Angie Pfeiffer

Ruhrpottabschied

Jede Ähnlichkeit mit lebenden oder verstorbenen Personen oder Persönlichkeiten ist selbstverständlich nicht gewollt und rein zufällig.

Angie Pfeiffer

Ruhrpott-abschied

Roman

Deutsche Erstausgabe 2015
© by Angie Pfeiffer
Copyright-Hinweis:
Dieser Text ist urheberrechtlich geschützt.
Nachdruck und Vervielfältigungen, auch auszugsweise,
bedürfen der schriftlichen Zustimmung der Autorin
Herstellung und Verlag:
Bod - Books on Demand
Norderstedt
Printed in Germany
ISBN:9783738641295

„Die große Liebe ist das unentrinnbare Schicksal, noch in einem zweiten Ich zu leben und in ihm tödlich verwundbar zu sein."

Joachim Fernau, ‚Disteln für Hagen'

März

„Schon 7 Jahre. Heute genau auf den Tag", dachte Elisa, während sie aus ihrer Kaffeetasse nippte. Zur Sicherheit schaute sie noch einmal auf den Kalender. Doch, sie hatte sich nicht verguckt. Neben dem heutigen Datum stand eindeutig ein Vermerk: ‚Scheidung, unbedingt feiern'.
Das hatte sie, so wie in jedem Jahr, eigenhändig im Kalender eingetragen. Sie nahm sich vor, am Abend eine Flasche Sekt zu öffnen und auf die beste Entscheidung ihres Lebens anzustoßen. Sie würde Annerose, ihre beste Freundin, im Laufe des Tages anrufen und sie fragen, ob sie Lust hätte an der kleinen Feier teilzunehmen. In der Regel ließ es sich Anne nicht nehmen, an diesem Tag bei Elisa vorbeizuschauen.

***

Jetzt, nach gut sieben Jahren, konnte Elisa überhaupt nicht mehr verstehen, wie sie es so lange mit Alfred ausgehalten hatte. Er war alles andere als ein Traummann gewesen, doch hatte sie immer zu ihm gestanden. Wenn sie nicht während einer Operation einen Herzstillstand bekommen und dadurch begonnen hätte, ihr Leben neu zu überdenken, wäre sie vielleicht immer noch bei ihm. Den Ausschlag für die Trennung hatte allerdings ein Ausbruch von Gewalttätigkeit seinerseits gegeben. Er hatte nicht nur sie, sondern auch die zwei Söhne böse misshandelt.
Nachdem Elisa beschlossen hatte, sich endgültig von Alfred zu trennen, war alles leicht gewesen. Zunächst hatte sie noch das Gespräch gesucht, ihn gebeten seinerseits auszuziehen, sie mit den Kin-

dern in der Eigentumswohnung der Eheleute wohnen zu lassen. Das hatte er kategorisch abgelehnt. „Was denkst du dir eigentlich? Du willst dir wohl meine Wohnung unter den Nagel reißen was? Das könnte dir so passen. Wenn du die Trennung willst, dann sieh gefälligst zu, wo du mit den Blagen unterkommst. Ich werde euch nicht die Wohnung überlassen."

„Es ist nicht deine, sondern unsere Wohnung, mein Bester", klärte Elisa den Unbelehrbaren auf. „Zudem wäre es für die Kinder das Beste, wenn sie in ihrem gewohnten Umfeld blieben. Schließlich müssen sie unsere Trennung verarbeiten, das ist schlimm genug." Alfred unterbrach sie harsch. „Ja wer will denn abhauen? Ich vielleicht? Ja wer hat denn wen dazu gebracht die Nerven zu verlieren? Hättest du mich nicht so provoziert, dann wäre ich auch nicht ausgerastet. Jetzt schiebst du mir den schwarzen Peter zu und willst mich auch noch aus meiner Wohnung vertreiben. Das kommt gar nicht in Frage. Wenn du weg willst – bitteschön. Aber vergiss nicht, deine Blagen mitzunehmen, sonst verklage ich dich."

„Gut, wenn du das so siehst, dann werden wir die Wohnung eben verkaufen und uns das Geld teilen. Schließlich ist sie so gut wie bezahlt. Und noch einmal, du und ich stehen gemeinsam im Grundbuch, also gehört die Wohnung auch uns beiden."

Alfred baute sich drohend vor Elisa auf. „Ich bleibe hier wohnen. Du schaffst es sowieso nicht, auf eigenen Beinen zu stehen. Wenn es das erste Mal eng für dich wird, dann kommst du heulend zu mir zurück."

Nach diesem Ausbruch gab es Elisa auf, vernünftig mit Alfred zu reden und machte sich stattdessen auf die Wohnungssuche.
Eine kleine Wohnung für sie und die Jungen war bald gefunden. Wie sie es vermutet hatte, fehlte Alfred seinen Söhnen nicht. Das Gegenteil war der Fall. Während der Ehe hatte er Felix und Matts nur zur Kenntnis genommen, wenn sie ihn gestört hatten. Dann konnte er ansatzlos ausrasten. Bei einer solchen Gelegenheit hatte er Matts, seinen jüngeren Sohn, einmal mit einem Spazierstock geschlagen, ehe Elisa dazwischen gehen konnte. Als Folge hatte das Kind den ganzen Rücken voller blauer Flecke, woraufhin Elisa ihrem Mann angedroht hatte, das Jugendamt einzuschalten, bzw. ihn anzuzeigen. Alfred hatte sich tatsächlich eine längere Zeit zurückgehalten, jedenfalls bis zu dem Zeitpunkt, an dem er seine Frau geschlagen hatte.
Mutter und Kinder richteten sich in ihrem neuen Leben ein, kamen gut zurecht.

Ein paar Wochen nach Elisas Auszug tauchte Alfred überraschend in der neuen Wohnung auf. Er flegelte sich in einen Sessel, ohne überhaupt nach den Kindern geschaut zu haben und blickte sich neugierig um. „Donnerwetter! So schlecht sieht es hier gar nicht aus."
„Was du nicht sagst", Elisa war richtig stolz auf sich. „Was hast du denn gedacht? Dass ich ohne dich nicht zurecht komme? Das ist nicht dein Ernst, oder?"
Alfred musterte sie einen Moment und grinste dann breit. „Ehrlich? Ich hätte gedacht, dass du schon nach ein paar Tagen zu mir zurückgekrochen kommst, aber fürs Erste hast du dich ja gut

hier eingerichtet. Egal, dann dauert es eben ein wenig länger. Das schaffst du nie, schließlich sind die Blagen noch klein. Du wirst schon sehen, was du davon hast, dass du mich sitzen gelassen hast. Das sagt die Mutti auch. "
Elisa blieb für einen Augenblick die Luft weg, doch dann gewann ihr ganzer Frust und auch die Wut auf Alfred die Überhand. „Um mir das zu sagen bist du hier aufgelaufen? Was bildest du dir eigentlich ein, du unverschämter Armleuchter. Ich habe gedacht, ich könnte endlich einmal vernünftig mit dir reden. Schließlich ist immer noch unsere Eigentumswohnung da, bei der wir zu einer Lösung kommen müssen. Aber dir ist nicht zu helfen." Sie erhob sie sich und öffnete die Zimmertür. „Wo es hinaus geht weißt du! Lass dich hier nie wieder blicken! Du wirst von meiner Anwältin hören."
Alfred lief rot an und stürzte zur Tür hinaus. Elisa folgte ihm. „Und einen schönen Gruß an deine geliebte Mutter, sie kann ihr Söhnchen von jetzt an ganz für sich allein haben. Ich dachte einmal, ich hätte einen Mann geheiratet und kein Muttersöhnchen."
Alfred drehte sich noch einmal um, öffnete den Mund, doch es schien ihm keine passende Antwort einzufallen. So warf er die Wohnungstür mit einem lauten Knall ins Schloss. Felix und Matts steckten neugierig die Köpfe aus dem Kinderzimmer, in dem sie miteinander gespielt hatten.
„Papa ist wohl weg, was", bemerkte Felix trocken. Er winkte seinem Bruder. „Los, Matts, jetzt können wir in Ruhe weitermachen und müssen nicht aufpassen, dass wir leise sind."

Elisa nahm die beiden ihn den Arm. „Das müsst ihr in Zukunft sowieso nicht mehr."

Nach diesem Zwischenfall ließ Alfred sich nicht mehr blicken. Elisa suchte tatsächlich eine Anwältin auf, die sich mit dem uneinsichtigen Ehemann in Verbindung setzte. Nach langem hin und her willigte Alfred zähneknirschend ein, das Eigentum zu verkaufen. Der Erlös wurde zwischen den Eheleuten geteilt. Er zog in eine Mietwohnung, überwies pünktlich den Unterhalt für die Jungen und kümmerte sich ansonsten wie gewohnt wenig bis gar nicht um seine Söhne. Mit der Zeit ließ er den Kontakt völlig einschlafen.
Auch seine Familie, insbesondere seine Mutter, brach den Kontakt mit Elisa und den Kindern ab. Nur Alfreds Schwester Lara schnitt Elisa nicht. Sie erklärte kategorisch, dass sie mit den Problemen zwischen Elisa und Alfred nichts zu tun habe und bemühte sich um eine neutrale Haltung beiden gegenüber. Mit der Zeit wurden aus den Schwägerinnen gute Freundinnen, die sich regelmäßig trafen. Doch je weniger Alfreds Familie sich um die Kinder kümmerten, umso rührender taten das Elisas Eltern und ihr Bruder Peter.
„Ich habe es dir gleich gesagt, Spatz, dieser Gimpel ist kein Mann für dich. Ich habe ihn nie leiden können. Es ist ein Wunder, dass du so lange bei ihm geblieben bist", erklärte ihr Vater. „Dass du mir seine Gewalttätigkeit immer verschwiegen hast kann ich nicht verstehen. Wenn ich daran denke, dass er dich und die Jungen geschlagen hat, dann könnte ich mit dem abgerissenen Tischbein bei ihm vorbei gehen und ihm Manieren beibringen."

Tatsächlich hatte Elisa ihrem Umfeld sorgsam eine heile Welt vorgespielt. Sie schämte sich für Alfred. Hinzu kam, dass sie es lange Zeit nicht wahrhaben wollte, dass ihre Ehe schon längst gescheitert war. Aber das alles hatte sie hinter sich gelassen.
Jetzt musste sie bei dem Gedanken an ihrem nicht besonders kräftigen Vater mit dem abgerissenen Tischbein in der Hand grinsen, während ihre Mutter amüsiert die Hände in die gut gepolsterten Hüften stützte. „Kalle Jollenbeck! Wenn der Gedanke mir auch gefallen würde, wirst du mir nicht den schönen Wohnzimmertisch verschandeln, schon gar nicht nachträglich. Übrigens kriegst du das Tischbein nicht einmal mehr abmontiert, geschweige denn abgerissen. Die Zeiten sind vorbei, mein Lieber. Du bist nicht mehr der Jüngste."
Kalle tätschelte seine Frau. „Ist ja gut, Ilsekind. Ich meine das auch nur so. Der Mistkerl soll mir nicht über den Weg laufen, ob ich nun ein alter Opa bin oder nicht."

Nach einem Trennungsjahr wurde die Ehe auf Elisas Betreiben geschieden, wobei Alfred sich auch hier gegen eine gütliche Einigung sträubte. Er bestand auf getrennten Anwälten, was die Scheidung für beide Teile erheblich verteuerte. Am Tag des Gerichtstermins trafen die Eheleute zum ersten Mal nach längerer Zeit aufeinander. Elisa streckte Alfred die Hand entgegen. „Hallo Alfred. Ich denke wir sollten wirklich anfangen vernünftig miteinander umzugehen." Alfred schnaufte vernehmlich, schaute anschließend verächtlich auf ihre Hand und drehte sich weg, ohne Elisa ins Gesicht geschaut zu haben. Sie zuckte die Schultern. „Wenigstens habe ich es noch einmal versucht", wandte sie sich an ihre Anwältin.

„Das hätte ich ihnen gleich sagen könne. Ich kenne diesen Typ Mann zur Genüge. Er wird ihnen nie verzeihen, dass Sie ihn verlassen haben, wo er doch unfehlbar ist", erwiderte diese belustigt. „Seien Sie froh, dass Sie ihn los sind." Die Anwältin musterte ihre Mandantin mit einem kritischen Blick. „Aber ich denke, so lange bleiben Sie nicht allein. Ich könnte mir gut vorstellen, dass Sie irgendwann wieder heiraten."

Elisa machte eine abwehrende Handbewegung. „Never ever! Ich noch einmal heiraten – niemals. Wer macht schon den gleichen Fehler zweimal!"

Die Anwältin erhob sich. „Wir werden sehen. Jetzt müssen wir in den Gerichtssaal und dann sollte die Scheidung schnell über die Bühne gehen."

Was ihre Arbeitsstelle anbetraf, so hatte Elisa auch hier Glück. Nach einiger Zeit wurde in der Boutique, in der sie halbtags arbeitete, eine Ganztagsstelle frei. Das war sicherlich nicht ihr Traumberuf, aber er half ihr, eine bisher ungeahnte Selbstständigkeit zu entwickeln, denn sie kam finanziell gut über die Runden.

***

Das alles war inzwischen 7 Jahre her. Obwohl sich alles zum Guten entwickelte, Elisa einen großen Bekanntenkreis hatte, fühlte sie sich in letzter Zeit nicht besonders wohl.

Immer öfter musste sie an Alan denken. Alan mit den rauchgrauen Augen, den sie kurz vor ihrer Trennung von Alfred kennen gelernt hatte. In den sie sich verliebt und den sie trotzdem zurückge-

wiesen hatten. Damals war sie sicher gewesen, das Richtige zu tun. Schließlich musste sie ihr Leben neu sortieren, musste zunächst einmal an die beiden Kinder denken. Jetzt war sie nicht mehr so sicher, ob sie die richtige Entscheidung getroffen hatte.
„Du musst wissen, was du willst. Wenn du im Moment keine Beziehung eingehen kannst, so werde ich das schweren Herzens akzeptieren. Aber solltest du uns nicht wenigstens die Chance geben, uns richtig kennenzulernen? Vielleicht änderst du deine Meinung", sagte Alan, während er sie sanft in die Arme zog. Elisa machte sich entschlossen frei. „Bitte, mach es mir nicht so schwer. Ich muss erst einmal den Kopf frei bekommen. Es ist im Moment alles zu viel für mich. Erst muss ich mich von meinem Mann trennen, eine Baustelle fertig machen", erklärte Elisa mit einem schiefen Lächeln. „Dann kann ich neu anfangen."
„Du hast alle Zeit der Welt, kannst dich jeder Zeit bei mir melden. Ich bin für dich da, wenn du das möchtest. Aber das musst du mir dann schon sagen. Ich werde dir nicht hinterherlaufen. Schließlich habe ich auch meinen Stolz."
Bei diesem Satz war es geblieben. Elisa hatte nie wieder Kontakt mit ihm aufgenommen und Alan hatte sich, wie er es gesagt hatte, nicht bei ihr gemeldet.
‚Jetzt ist es aber genug', mit einem energischen Ruck holte sich Elisa in die Wirklichkeit zurück. ‚Dir geht es gut. Du wolltest nie wieder fest mit einem Mann zusammen sein und niemals und unter keinen Umständen wieder in die Ehefalle tappen!' Das hatte sie sich hoch und heilig geschworen.

Trotzdem, es wäre schön, sich wieder zu verlieben. Schließlich hatte sie aus ihren Fehlern gelernt. In einer neuen Beziehung würde sie alles richtig machen.

***

„Du spinnst ja", erklärte ihr die Ex Schwägerin Lara unumwunden, als Elisa bei einem spontanen Treffen von den wieder erwachten Sehnsüchten erzählte. „Sei froh, dass du frei und ungebunden bist. Ich würde sonst was darum geben."
Erstaunt horchte Elisa auf. „Sag mal, was ist jetzt los? Roland und du, ihr seid schon so lange zusammen. Ihr versteht euch doch fantastisch, jedenfalls sieht das nach außen hin so aus. Ist irgendetwas passiert? Muss ich mir Sorgen machen?"
„Ach, weißt du, es mag alles toll aussehen zwischen uns, ist es aber schon lange nicht mehr. Roland arbeitet immer so viel. Er ist meist abgeschlafft, schlecht gelaunt und will von mir von vorn bis hinten bedient werden. Zudem unternehmen wir überhaupt nichts mehr zusammen, nicht einmal am Wochenende hat er Lust aus dem Haus zu gehen." Gedankenversunken rührte die Freundin in ihrem Kaffee herum. „Wenn ich noch einmal die Zeit zurückdrehen könnte, dann würde ich nicht heiraten."
„Aber Lara, wie kannst du das nur sagen", rief Elisa geschockt aus. „Bestimmt hast du nur eine Depri-Phase. Oder kommst du schon in die Wechseljahre? Roland ist immer so lieb und zuvorkommend zu dir. Ich kann mir gar nicht vorstellen, dass es zwischen euch mal so richtig kracht."
„Ich bin weder in den Wechseljahren, noch depressiv, meine Liebe. Und von wegen zuvorkommend

und lieb! Hast du eine Ahnung. So benimmt sich Roland, wenn jemand dabei ist. Sind wir allein, so lässt er den Macho raushängen. In der letzten Zeit streiten wir uns nur noch. Wenn das so weitergeht, dann, dann ...", Lara suchte nach Worten, „ ... dann suche ich mir einen Liebhaber, was fürs Herz und zum Kuscheln. Du und ich können ja zusammen damit anfangen", fügte sie grinsend hinzu.

„So war das aber jetzt nicht gemeint", grinste Elisa zurück. „Im Grunde deines Herzens liebst du Roland, auch wenn du jetzt über ihn herziehst. Bestimmt renkt sich alles wieder ein. Du musst einfach Geduld haben."

„Du hast gut reden, dir geht nicht ständig jemand auf den Geist. Aber lassen wir das jetzt. Was hast du vor? Du kannst ja schlecht ein Plakat vor dir hertragen mit der Aufschrift: Suche netten Mann zum Verlieben."

„Stimmt. Vielleicht rede ich mal mit Anne. Sie hat in Punkto Männer mehr Erfahrung als wir beide zusammen."

***

Tatsächlich ergab sich für Elisa bald die Gelegenheit, mit ihrer besten Freundin über das Thema zu sprechen. Sie und Annerose hatten es sich in Elisas Wohnzimmer bei einem Glas Rotwein bequem gemacht. Diese Mädel Abende hatten sich nach Elisas Trennung wieder eingebürgert. Manchmal klinkte sich Lara mit ein, was aber heute nicht der Fall war.

Annerose und Elisa hatten sich während der Ausbildung als Bürokauffrau bei einem Opelhändler kennengelernt und wurden schnell Freundinnen. Bald lernten die Mädchen zwei miteinander befreundete Arbeitskollegen kennen, die als Gesellen in der Autowerkstatt arbeiteten. Während es zwischen der blonden, vorwitzigen Annerose und dem bulligen Mario sofort funkte, brauchte Elisa einen zweiten Anlauf, um mit Alfred Gimpel zusammen zu kommen. Beide Ehen wurden nicht glücklich, doch während Annes Ehe kinderlos blieb und bereits nach sieben Jahren geschieden wurde, hielt die Verbindung zwischen Alfred und Elisa wesentlich länger.

Anne hatte sich, nach den negativen Erfahrungen mit ihrem Ehemann, nie wieder fest gebunden. Zwar gab es in regelmäßigen Abständen einen Favoriten, doch hielten diese Beziehungen nie sehr lange. Ihre letzte Eroberung war ein 10 Jahre jüngerer Mann, der in der Wohnung über ihr lebte. Die Beziehung zwischen den beiden war ein ständiges auf und ab, wobei es in der letzten Zeit sehr nach einer steilen Talfahrt aussah. Auch Anne schien beziehungstechnisch so gar nicht zufrieden zu sein. „Wie schaut es mit deinem Henry aus? Habt ihr euch nach dem letzten Streit wieder zusammengerauft?", fragte Elisa interessiert.

Anne zuckte betont gleichgültig die Schultern. „Er ist nicht mein Henry und es interessiert mich nicht, was der Typ macht. Es ist ärgerlich, dass er mein Nachbar ist. Ich sehe ihn viel zu oft durch den Hausflur schleichen."

„Das hört sich gar nicht gut an. Du hast ihm doch vor gar nicht so langer Zeit den tollen Schreibtisch spendiert. Da hat es noch ausgesehen, als wärt ihr das Dream-Team schlechthin. Hat er sich für das Geschenk nicht revanchiert und dich nett zum Essen ausgeführt oder warum bist du so sauer auf ihn?"

Anne pustete die Wangen auf, ließ die Luft anschließend langsam wieder entweichen. „Witzbold. Wie sollte er das. Er steckt doch immer noch mitten im Studium und ist chronisch pleite. Wie oft ich ihm schon Geld geliehen habe, kannst du dir nicht vorstellen. Ich kann ihn höchstens zum Essen einladen, aber darauf habe ich auch keine Lust mehr. Das letzte Mal ist er anschließend zwar mit in meine Wohnung gekommen, hat sich dann allerdings auf die Couch gelegt und ist eingeschlafen. Und geschnarcht hat er auch noch."
Elisa unterdrückte ein Kichern, was Anne noch mehr in Rage brachte. „Ich habe ihn kurzerhand rausgeschmissen und mir zur Beruhigung einen Krimi angeschaut. Das muss ich mir wirklich nicht noch einmal antun. Überhaupt ist er in der letzten Zeit immer müde und hat keine Lust auf Sex. Egal was ich probiere, er winkt jedes Mal ab."
„Das kann ich mir gar nicht vorstellen. Henry ist doch gerade mal 30. Eigentlich müsste er scharf wie sonst was auf dich sein. Hat er denn in der Uni so viel Stress? Oder meinst du, dass er, na ja, dass er eine Andere kennengelernt hat?", fragte Elisa vorsichtig.
„Das glaube ich nicht. Wenn er nicht in der Uni ist, dann ist er zu Hause oder hier bei mir. Wann sollte er sich mit einer anderen Perle treffen? Ob er in der Uni Stress hat? Auf mich macht er jedenfalls einen tiefenentspannten Eindruck, wenn er zurückkommt. So anstrengend ist das alles also auch nicht", sinnierte Anne. „Vielleicht liegt es daran, dass wir schon fast zwei Jahre zusammen sind. Nach einiger Zeit schleicht sich in jede Beziehung eine gewisse Routine ein. Ich werde ihm vorschlagen eine Beziehungspause einzulegen, denke ich,

damit wir uns beide darüber klar werden, was wir wollen."

„Jetzt komm, Anne. Weißt du nicht, was du willst? Vor allem: Willst du Henry wirklich nicht mehr? Eine Pause von der Beziehung, das klingt wie der Anfang vom Ende. Du solltest ihn öfter mal anmachen, wenn er lustlos ist. Das bringt ihn schon in die Puschen."

„Du ahnungsloser Engel. Meinst du, dass ich auf die Idee nicht schon selbst gekommen bin? Letzte Woche habe ich den allerletzten Versuch gestartet. Dazu hatte ich mir richtig scharfe Wäsche gekauft und die passenden Halterlosen. Das habe ich angezogen, Highheels dazu und meinen schwarzen Seidenkimono. Ich wusste, dass Henry oben in seiner Wohnung war. Er hatte sich abgesetzt, weil er lernen wollte. So bin ich also hochgegangen. Der Nachbar von ganz oben ist mir im Flur begegnet. Du glaubst nicht, was der für Stielaugen gekriegt hat, dass ihm der Sabber nicht das Kinn hinunter gelaufen ist, war alles. Egal, ich habe jedenfalls bei Henry geklingelt und mich gegen den Türpfosten gelehnt, so in etwa." An dieser Stelle lehnte sich Anne in einer eindeutig lasziven Pose an die Wohnzimmertür. Elisa verfolgte ihr Tun mit offenem Mund. „Und dann hat er dich in die Wohnung gezerrt und so richtig ..."

„Von wegen, so richtig", unterbrach die Freundin sie. „Er hat die Tür aufgemacht, kurz gestutzt und hat sich wieder an seinen Computer gesetzt. Ach ja und er hat ‚komm doch rein' gemurmelt. Aber ich habe nicht aufgegeben, sondern den Kimono runtergleiten lassen, bin zu ihm hin gestöckelt und habe ihm sanft die Schultern massiert. Weil er doch so verspannt war und so." Anne, die immer

noch an der Tür gestanden hatte, ließ sich in ihren Sessel plumpsen. „Was soll ich dir sagen. Er hat kurz aufgeschaut und gesagt, ich solle doch den Kimono oder besser seinen alten Frotteebademantel anziehen, sonst würde ich mich wohlmöglich erkälten. Dann hat er weiter wie verrückt auf der Tastatur herumgetippt und mich vollständig ignoriert. Das kann doch nicht normal sein. Wenn ich mir vorstelle wie das vor einem Jahr gewesen ist, dann werde ich ganz wehmütig."
„Vielleicht solltest du ihm etwas Zeit geben. Oder tatsächlich eine Beziehungspause einlegen, obwohl ich das nicht für richtig halte, wenn du mit ihm zusammenbleiben möchtest", hier zögerte Elisa einen Moment, bevor sie entschlossen fortfuhr. „Möglicherweise ist er sich auch seiner Sache zu sicher. Ein bisschen Eifersucht hat noch nie geschadet. Ich weiß, du würdest ihn nie betrügen, das sollst du ja auch gar nicht", kam sie der Freundin zuvor, die protestierend aufgefahren war. „Er soll nur wieder merken, was für eine tolle Frau du bist, dass du an jedem Finger zehn Kerle haben könntest, wenn du das wolltest. Übrigens wäre es einfach schön, sich neu zu verlieben, meinst du nicht? Na ja, wenigstens etwas verlieben", erklärte sie mit einem Seitenblick auf Annes skeptische Miene. „So mit Schmetterlingen im Bauch und nachts vor Sehnsucht nicht schlafen können. Mit kribbeln in den Fußsohlen und das Handy mit aufs Klo nehmen, weil man sonst seinen Anruf verpasst."
„Ja, klar und mit Heulattacken, weil er nicht anruft. Mit Schlafentzug und am nächsten Morgen völlig fertig sein. Mit mitleidigen Blicken von den Kollegen und einem ernsten Gespräch beim Chef. Und das alles letztendlich nur, um meinen Freund eifer-

süchtig zu machen? Das muss ich wirklich nicht haben." Anne schaute ihre Freundin für einen Augenblick aufmerksam an. „Was ist los mit dir? Bisher hieß es immer: Ach nö, bloß nicht wieder eine Beziehung eingehen. Das kommt für mich nicht in Frage. Plötzlich redest du vom Kribbeln und von Schmetterlingen im Bauch."
Elisa seufzte. „Das habe ich auch immer so gemeint wie ich es sagte. Aber es hat sich in der letzten Zeit einiges verändert. Die Jungen sind jetzt 14 und 16 Jahre alt und brauchen mich nicht mehr so, wie nach der Trennung von Alfred. Sie machen ihr Ding, sind mit ihren Freunden unterwegs. Nicht mal mehr ins Kino gehen sie mit mir. Und ich habe lange gebraucht, um mit dem traurigen Ende meiner Ehe klarzukommen. Das alles zu verarbeiten hat seine Zeit gedauert, das weißt du doch aus Erfahrung. Inzwischen habe ich mich in meinem Leben eingerichtet, fühle mich wohl darin. Jetzt hätte ich Platz und Zeit für eine neue Liebe."
„Das ist ja alles gut und schön, aber wie stellst du dir das vor. Wir sind beide nicht mehr taufrisch. Männer, die altersmäßig zu uns passen ... Henry lasse ich jetzt mal außen vor, der ist ausgesprochen frühreif", grinste Anne ihre Freundin an, was diese laut auflachen ließ. „Also, passende Männer sind entweder verheiratet und suchen eine Gelegenheit für einen Seitensprung. Oder sie sind geschieden, haben kleinere Kinder und müssen Unterhalt bezahlen. Ja, und dann gibt es noch die unverheirateten, aber das die nicht alle Latten im Zaun haben ist an fünf Fingern abzuzählen. Schöne Aussichten." Entschlossen trank Anne ihr Weinglas leer. „Und jetzt bist du dran."

April

„Das ist ja wohl das Allerletzte. So nötig kannst du es doch nicht haben. Wenn ich dir einen Rat geben darf: Am Besten erzählst du keinem anderen davon. Schon gar nicht deinen Eltern, sie wären entsetzt, dass ihre Tochter sich einen Kerl per Kontaktanzeige anlachen will", hier hielt Annerose inne, um Luft zu holen.
Tatsächlich durchforstete Elisa in letzter Zeit regelmäßig die Rubrik „Er sucht Sie", die in der Wochenendbeilage der Tageszeitung abgedruckt war. Sie war dabei auf eine interessante Annonce gestoßen:
„Er (48), sympathischer, humorvoller, gutaussehender Singlemann sucht liebenswerte, lustige Frau (Alter Nebensache) für besondere Treffen."
Elisa hatte einen kurzen Brief verfasst und ihn, versehen mit einem Foto und großen Hoffnungen, abgeschickt. Eine Woche später flatterte ihr ein netter Brief ins Haus. Der Mann bat um ein Treffen, schlug ein unverbindliches Kaffeetreffen vor, wobei er gleich die Uhrzeit und das Lokal vorgab. Kurzentschlossen willigte Elisa ein.
Jetzt erzählte sie ihrer Freundin freudestrahlend von dem Date und war erstaunt über Annes Reaktion. „Das kannst du knicken, da wird sowieso nix draus. Das Alter der Frau, die er sucht ist Nebensache? Der ist nicht wählerisch, was? Hast du überhaupt schon ein Foto von dem Typen gesehen?"
„Nein", gab Elisa zögernd zu. „Aber wieso klingst du so negativ? Vielleicht ist das ein ganz Netter, der, wie ich, allein ist. Sicher hat er sich bei der Bemerkung über das Alter der Frau gar nichts ge-

dacht. Übrigens will ich ihn mir ja nur mal ansehen, das ist alles."
„Dann achte aber lieber mal darauf, dass du die Möglichkeit hast gleich wieder zu gehen, wenn es nötig ist. Die Erfahrungen habe ich schon hinter mir."
Annerose hatte vor Jahren dieselbe Idee wie ihre Freundin gehabt. Allerdings hatte sie selbst eine Kontaktanzeige aufgegeben. Sie bekam eine Menge Post und machte sich daran, die Bewerber einen nach dem anderen kennenzulernen. Nach kurzer Zeit stellte sie fest, dass es gar nicht einfach war, die Spreu vom Weizen zu trennen.
„Wobei von einem Traumprinzen keine Rede sein konnte. Einer war schlimmer als der Andere. Schließlich habe ich mich nur noch auf einem Parkplatz verabredet. Ich blieb im Auto sitzen und schaute mir erst einmal in Ruhe an, was da aus dem Wagen stieg. Einmal preschte ein nagelneuer Porsche auf den Parkplatz. ‚Nicht schlecht', dachte ich, aber nur so lange, bis der Typ ausgestiegen war. Wenn das kein Zuhälter war, dann heiße ich Erna: Muskelshirt, natürlich zu eng. Den Hosenboden der Jeans in den Kniekehlen. Dicke Goldkette um den Hals, dickes goldenes Armband, fette Uhr. Die Haare blondiert, in Locken, schulterlang, Dreitagbart. Er entsprach wirklich jedem Klischee. Als er freudestrahlend auf mein Auto zukam, habe ich so was von Gas gegeben!" Anne schüttelte sich noch im Nachhinein. „Danach habe ich die Sache aufgegeben."
„Aber nur weil du schlechte Erfahrungen gemacht hast heißt es ja nicht, dass ich das auch machen muss. Vielleicht ist dieser Mann die Ausnahme. Übrigens habe ich natürlich niemandem außer dir

davon erzählt und schon gar nicht meinen Eltern. Was meinst du denn. Ich kann mir vorstellen, dass mein Bruder sich erst totlachen und mich dann andauernd damit aufziehen würde, wenn er davon wüsste."

„Damit hätte er Recht, du wirst schon sehen. Wie geht es Peter eigentlich? Ihn habe ich schon lange nicht mehr gesehen", erkundigte sich Anne betont harmlos.

„Stimmt, bei mir hat er sich auch länger nicht mehr blicken lassen. Er hat im Moment wohl mit seinem Fuhrunternehmen alle Hände voll zu tun. Du weißt, dass er dich gut findet. Das hat er dir mehr als deutlich gezeigt. Wenn du gewollt hättest ..."

Annerose unterbrach die Freundin. „Hör auf mich zu verkuppeln. Im Moment bin ich noch mit Henry zusammen." Sie schwieg einen Moment nachdenklich. „Allerdings weiß ich nicht, wie lange das noch gut geht. Wenn er sich weiter so gleichgültig verhält, dann werde ich wohl doch Schluss machen."

„Siehst du. Vielleicht überlegst du dir meinen Vorschlag doch noch. Wenn es mit meinem Zeitungsdate nichts wird, dann können wir ja mal zusammen gucken, ab wir den passenden Typen für uns finden. Für jede von uns einen, meine ich", fügte Elisa lachend hinzu.

***

Nervös betrat Elisa das Café. Es kam ihr entgegen, dass der Mann ein Lokal im Nachbarort ausgesucht hatte. Somit war nicht damit zu rechnen, jemand Bekanntes zu treffen. Ein Date per Zeitungsannonce, das klang ausgesprochen spießig, ja hausbacken. Sie war etwas zu früh und steuerte einen freien Tisch in einer Ecke an, ohne sich großartig umzusehen. Hier setzte sie sich auf die Stuhlkante, schloss für einen Moment die Augen. Sie atmete tief ein und aus um sich zu beruhigen. Annes Horrorgeschichten gingen ihr schon seit einer Weile durch den Kopf. Sie hoffte, dass der zu erwartende Mann wenigstens einigermaßen normal aussah. Schließlich hatte sie ihn noch nie gesehen. Während sie ihm ein Foto von sich geschickt hatte, musste sie sich auf seine Selbstbeschreibung verlassen.

Ein Stuhl scharrte über den Boden, Geschirr klirrte, jemand setzte sich zu ihr. „Wenn das kein Zufall ist, was machst du hier", sagte ihr Bruder.

‚Nein, bitte nicht', dachte Elisa entsetzt und riss die Augen auf.

„Ich weiß, dass wir uns ein paar Wochen nicht gesehen haben, aber so verändert habe ich mich in der Zeit jetzt auch nicht. Du guckst mich an, als wäre ich Jack the Ripper", erklärte Peter trocken.

„Hallo, was machst du denn hier?", hauchte Elisa matt.

„Ich habe zuerst gefragt. Egal, ich arbeite, fahre Ware aus. Das macht man so, wenn man ein Kleinunternehmer ist, der sich kein Personal leisten kann, weißt du. Ich bin beim letzten Kunden früher mit dem Abladen fertig geworden als geplant und genehmige mir deshalb einen Kaffee. Das ist das ganze Geheimnis." Peter schwieg, sah sie erwartungsvoll an.

„Ich will auch einen Kaffee trinken."

„Tatsächlich? Das hätte ich jetzt nicht gedacht. Das ist aber so gar nicht deine Gegend hier, oder?", fragte Peter interessiert.

Elisa zuckte hilflos die Schultern. „Wieso jetzt nicht meine Gegend. Ich war gerade hier in der Ecke, habe eine Freundin besucht. Überhaupt geht dich das gar nichts an, wo ich Kaffee trinke." Sie sah sich demonstrativ nach der Bedienung um und orderte einen Milchkaffee. Nach dem sie einen Schluck genommen hatte, musterte sie ihren Bruder verzweifelt. „Willst du nicht mal wieder los? Ich denke du arbeitest."
Peter grinste sie an. „Ich habe noch etwas Zeit. Ich bleibe bis du ausgetrunken hast, dann musst du nicht so allein hier sitzen. Weißt du was, ich geben dir den Kaffee aus."
Die Tür öffnete sich und ein Mann betrat das Café. Elisa durchfuhr es heiß. War das ... Nein! Dieser Mann setzte sich an einen Tisch, zog die Zeitung hervor und begann konzentriert zu lesen.
Elisa seufzte resigniert, beschloss ihrem neugierigen Bruder die Wahrheit zu sagen. Vielleicht würde er sich dann diskret zurückziehe. „Hör zu, ich bin hier verabredet. Mit einem Mann, wenn du es genau wissen willst. Und bevor du mich weiter ausquetschst: Ich habe ihn über eine Zeitungsannonce kennengelernt. Wehe du lachst, dann kannst du was erleben."
Um Peters Mundwinkel zuckte es, aber er hatte sich bemerkenswert im Griff. Er kannte seine kleine Schwester und wusste, dass sie zuweilen unbeherrscht reagieren konnte. „So, so. Zeitungsannonce", brummelte er. „Du bist ja bekloppt, hast du das nötig?"
„Das geht dich gar nichts an", zischte Elisa ihn an. „Und jetzt zieh Leine, bevor er kommt."
Mit einem breiten Grinsen erhob sich Peter. „Dann will ich dir die Tour nicht vermasseln, Schwester-

herz. Viel Spaß noch." Elisa atmete auf. Doch statt das Café zu verlassen, setzte sich ihr Bruder an einen freien Tisch und bestellte ein Mineralwasser. ‚Das wird mir jetzt alles zu blöd. Ich zahle und dann gehe ich einfach', dachte Elisa. Doch bevor sie das Gedachte in die Tat umsetzen konnte, betrat ein Herr mittleren Alters das Café. Er sah sich suchend um und steuerte zielsicher ihren Tisch an.
„Hallo, ich glaube wir sind verabredet", strahlte er, stutzte aber, als er Elisas düstere Miene bemerkte. „Oder irre ich mich?"
„Nein, das stimmt schon", würgte sie heraus, während sie zu ihrem Bruder hinschielte, der interessiert in ihre Richtung schaute. Als er ihren Blick bemerkte, prostete er ihr grinsend mit dem Wasserglas zu. Elisa verdrehte die Augen und konzentrierte sich auf ihr Gegenüber. „Sie sind also Herr Ölschlegel?"
„Für sie bitte Ludger", grinste der. „Ich dachte schon, ich wäre am falschen Tisch. Sie haben ein wenig, wie soll ich sagen, ernst geschaut. Ich hoffe es geht Ihnen gut. Jedenfalls freue ich mich Sie kennenzulernen."
„Das tut mir leid", erleichtert registrierte Elisa, dass ihr Bruder sich anschickte das Café zu verlassen. In der Tür drehte er sich noch einmal um, deutete auf Ludger Ölschlegel, schüttelte den Kopf. Elisa zog eine Grimasse.
„Oh, ist ihnen nicht gut?" fragte Ludger besorgt.
„Doch, doch, das ist die Aufregung. Schließlich lerne ich nicht jeden Tag einen Mann kennen, mit dem ich über die Zeitung in Kontakt gekommen bin", beeilte sich Elisa zu versichern.
Ludger zuckte die Achseln. „Kein Problem, meine Liebe. Ich bin von Beruf Makler und habe mit

Menschen aller Couleur zu tun. Da ist mir nichts fremd, nichts menschliches, jedenfalls. Ich werde sie noch entspannen."

„Tatsächlich?" Mit dieser rätselhaften Bemerkung konnte Elisa nicht viel anfangen, doch sie hatte keine Zeit darüber nachzudenken, denn Ludger sah sich missbilligend um. „Ich möchte sie zu einem frühen Abendessen einladen. Hier ist nicht das richtige Ambiente für ein angemessenes Kennenlernen. Ich hatte die Lokalität anders in Erinnerung, müssen Sie wissen."

„Aber sie haben diese Café doch selbst vorgeschlagen. Mir gefällt es hier", erklärte Elisa. Nicht auszudenken, wenn ihr Bruder draußen herumlungern würde. Er würde es fertig bringen, ihr das Date komplett zu vermasseln.

„Keine Widerrede, meine Liebe." Ludger wedelte der Kellnerin mit einem Geldschein zu. „Selbstverständlich zahle ich ihren Kaffee. Ich weiß schon die richtige Lokalität für uns." Er schlug ein Nobelrestaurant ganz in der Nähe vor.

„Hier fühlen Sie sich viel wohler und können schön entspannt sein. Das sehe ich Ihnen an der hübschen Nasenspitze an", bemerkte er wenig später. Wirklich ging es Elisa schon besser. Beim Verlassen des Cafés hatte sie nervös nach ihrem Bruder Ausschau gehalten, doch der war offensichtlich weitergefahren. Jedenfalls konnte sie ihn zu ihrer Erleichterung nirgends entdecken. Wieso mischte er sich überhaupt in ihre Angelegenheiten? Hoffentlich würde er wenigstens den Eltern nichts erzählen. Elisa beschloss, ein ernstes Gespräch mit ihm zu führen. Sie schrak aus ihren Gedanken als Ludger ihre Hände ergriff. „Ich muss ihnen etwas beichten", sagte er mit einem treuherzigen Augenaufschlag. „Ich bin zwar sehr allein und einsam, aber so wirklich Single bin ich nicht."

„Wie meinen sie das?" Elisa entzog sich ihm. Erst jetzt bemerkte sie, dass er einen Ehering trug. „Sie haben doch ausdrücklich geschrieben, dass Sie getrennt von ihrer Frau leben."

Na ja, getrennt, das ist ein weiter Begriff. Ich erwäge die räumliche Trennung schon seit längerer Zeit. Formal bin ich allerdings noch verheiratet. Sie müssen wissen, dass meine Frau völlig über meine Bedürfnisse hinweggeht. Sie ist nur mit ihrem Job verheiratet. Morgens steht sie schon um halb fünf auf, um ihre Yogaübungen zu machen und anschließend fährt sie zur Arbeit. Am Abend ist sie müde, geht meistens um 21 Uhr ins Bett. Und am Wochenende muss sie sich auf ihren Unterricht vorbereiten, hat selbst dann keine Zeit für eine kleine Entspannung. Sie ist Direktorin einer berufsbildenden Schule müssen sie wissen." Den letzten Satz sagte Ludger nicht ohne Stolz. „Trotzdem – ein Mann sollte nicht so behandelt werden", fügte er hinzu.

„Heißt das, dass sie mit ihrer Frau zusammenleben?"

„Na ja, noch ist das so. Zunächst suche ich eine nette Frau, die mich versteht. Alles Weitere ergibt sich dann sicherlich."

Elisa schüttelte kurz den Kopf. Das wurde ihr alles zu viel. Erst ihr Bruder, der sich sicher auf ihre Kosten lustig machen würde und jetzt dieser Mensch, der ihr vorgemacht hatte, dass er eine Beziehung suchen würde, aber offensichtlich an einer Affäre interessiert war. „Sie können das Kind ruhig beim Namen nennen. Sie haben gar nicht vor, sich von Ihrer Frau zu trennen. Sie kommen bei ihr nicht auf ihre Kosten und suchen jetzt etwas nebenbei", sagte sie konsterniert.

Ludger verzog das Gesicht: „Aber, aber, meine Liebe, welch eine unromantischer Ausdruck: etwas nebenbei suchen! Ich suche eine nette, hübsche, aufgeschlossene Frau, die offen für alles Neue ist und mich versteht. Ich bin nicht unvermögend, müssen sie wissen." Wieder nahm er ihre Hände, schaute ihr tief in die Augen. „Wenn sie mir nur die Gelegenheit geben, dann werde ich sie von meinen Qualitäten überzeugen. Ich bin ein versierter und ausdauernder Liebhaber. Mir ist es wichtiger die Frau glücklich zu machen, als selbst zur Erfüllung zu kommen. Sie werden es nicht bereuen. Sicher haben sie bemerkt, dass dieses Restaurant zu einem Hotel gehört. Wir könnten problemlos ein Zimmer mieten."

Zum zweiten Mal entzog Elisa sich ihm. „Das kommt mir alles zu plötzlich. Ich war davon ausgegangen, dass sie ledig sind. Überhaupt habe ich nicht vor, schon beim ersten Treffen so weit zu gehen. Erst einmal müsste ich Sie kennenlernen und ob ich das wirklich will, das weiß ich nicht."

„Wie könnten wir uns besser kennenlernen als durch Intimität. Ich bitte Sie. Sie sind doch eine gestandene Frau! Liebe am Nachmittag, lockt Sie das denn gar nicht?" Ludger ließ nicht locker. „Bestimmt würde es ihnen gefallen, sich von mir verwöhnen zu lassen! Lassen Sie sich fallen. Ich bin für alles offen, wirklich."

Elisa schluckte. Er mochte für alles offen sein, sie ganz bestimmt nicht. „Ich denke nicht, dass ich das möchte. Also lassen Sie es gut sein. Bestimmt finden Sie bald eine Dame, die Ihre Bedürfnisse mit

Ihnen teilen will. Ich bin es definitiv nicht. Jetzt sollte ich wirklich gehen, ich habe um diese Uhrzeit sowieso keinen Hunger."

„Aber, aber, meine Liebe. Das habe ich doch nicht böse gemeint. Ich finde Sie eben attraktiv. Darüber sollten Sie sich freuen. Wir sollten unser Date nett und harmonisch beenden. Ich werde auch ganz brav sein, und ihr Nein total akzeptieren."

„Sorry, aber ich möchte jetzt gehen." Elisa stand entschlossen auf, was Ludger hektisch werden ließ. „Warten sie bitte einen Augenblick! Ich zahle nur schnell und dann bringe ich sie wenigstens zu ihrem Auto."

Zögernd setzte sich Elisa auf die Stuhlkante. Vielleicht reagierte sich tatsächlich über. Zu nahe getreten war Ludger ihr nicht wirklich, er hatte ihr eigentlich nur einen Vorschlag gemacht, ohne sie zu bedrängen. Sie sollte ihn kühl und gelassen abweisen und die Form wahren.

Nachdem er die Getränke bezahlt hatte, verließen die beiden gemeinsam das Lokal und steuerten den Parkplatz an. Elisa war froh, darauf bestanden zu haben, mit dem eigenen Auto zu fahren, statt auf Ludgers Vorschlag eingegangen zu sein, in sein Auto zu steigen. An Ort und Stelle angekommen, ging Ludger zur Großoffensive über.

„Überlegen sie es sich, meine Liebe", flüsterte er drängend, während er sich an sie presste. „Ich habe einiges zu bieten, wie Sie jetzt vielleicht bemerken." Er drückte seinen Unterleib an sie, sodass sie seine Erektion deutlich spüren konnte. „Das gefällt dir doch, gib es zu", murmelte er und versuchte sie zu küssen. Elisa tastete nach ihrem Autoschlüssel und bemühte sich gleichzeitig, dem Griff seiner feuchten Hände und seinen noch feuchteren Lippen

zu entgehen. Das war gar nicht so einfach, denn dieser Mann schien seine Finger plötzlich überall zu haben. Jetzt rieb er sich auch noch an ihr. Übelkeit stieg in ihr hoch.
„Urks!" Er hatte es tatsächlich geschafft, seine Zunge in ihren Mund zu stecken. Elisa biss kräftig zu.
Mit einem Aufjaulen ließ Ludger sie los, hielt sich beide Hände vor den Mund. Die Gelegenheit nutzte sie, um schnellstens in ihr Auto zu kommen. Mit fieberhafter Eile steckte sie den Schlüssel ins Zündschloss und fuhr los. Im Rückspiegel sah sie Ludger, der ihr fassungslos hinterher starrte.

„Habe ich es dir nicht gesagt! Hättest du auf den Rat einer erfahrenen Frau gehört, Mädel! Vergiss die Zeitung."
Elisa konnte genau hören, dass Anne von einem Ohr zum anderen grinste. Zu Hause angekommen hatte sie gleich ihr Freundin angerufen und ihr von dem misslungen Date erzählt.
„Ich gebe es ungern zu, aber du hast Recht gehabt", sagte sie zerknirscht. „Wenigstens wird dieser unmögliche Kerl eine ganze Weile nur lispeln können, wenn überhaupt. Die Erfahrung mit diesem Schwachmaten werde ich verschmerzen können. Viel ärgerlicher ist, dass mein Bruder mir im Café über den Weg gelaufen ist. Er war der Letzte, dem ich zu diesem Zeitpunkt begegnen wollte. Wahrscheinlich wird er mich die nächsten 100 Jahre damit aufziehen."
„Ja, das glaube ich auch", merkte Anne genüsslich an. „Damit wirst du wohl klarkommen müssen. Dann ist es ja gut, dass Peter sich im Moment ziemlich rar macht."

„Stimmt, ich wünsche ihm, dass die Geschäfte bombig laufen und er wenig Zeit hat. Wie sieht es aus? Kommst du am Samstag mit in die Disco? Lara hat gefragt, ob wir zusammen ausgehen sollen. Vielleicht läuft mir dort ja der Richtige über den Weg."
„Du gibst wohl nie auf, was", lachte Annerose. „Okay, das wird mich auf andere Gedanken bringen. Übrigens muss jemand auf dich aufpassen, sonst gerätst du wieder an den Falschen."

***

Am Samstag trafen sich die Freundinnen, um in ihre Stamm Diskothek zu gehen, die den treffenden Namen ‚Zur alten Liebe' hatte. Hier trafen sich vorwiegend Leute mittleren Alters.
„Kommt rein", mit diesen Worten öffnete eine gutgelaunte Anne die Wohnungstür für Lara und Elisa. „Wie wäre es mit einem Gläschen Sekt, bevor wir losgehen?" Sie steuerte unternehmungslustig den Kühlschrank in der Küche an.
„Du hast es gut, die Disco liegt um die Ecke. Aber ich muss nachher noch fahren", erklärte Elisa.
„Aber ich nicht, weil du mich mitnimmst", ließ sich Lara vernehmen. „Ich nehme gern ein Glas Sekt. Übrigens kannst du mit Orangensaft mischen."
„Stimmt", stellte Anne fest. „Ich schütte dir das Glas halb voll und du nimmst O'saft dazu. Hast du Lara eigentlich schon von deinen letzten Erlebnissen erzählt?"
Elisa lachte laut auf. „Olle Petze. Nein, das habe ich nicht und grins nicht so hinterhältig."
„Was denn für Erlebnisse", fragte Lara interessiert, während sie an ihrem Sekt nippte.

„Na ja, ich habe dir doch erzählt, dass ich ganz gerne jemanden kennenlernen möchte. Also habe ich mal in die Zeitung geguckt und bin auf eine interessante Annonce gestoßen ..."
Elisa erzählte von ihren Erlebnissen mit dem notgeilen, verheirateten Ludger und seinem Versuch, sie auf dem Parkplatz doch noch zu verführen.
„Was soll ich sagen, dieser Mann ist zu einem Kraken mutiert. Er hatte plötzlich doppelt so viele Arme als normal, mindestens. Als er mir auch noch seine Zunge in den Mund gesteckt hat, da habe ich kräftig zugebissen. Natürlich hat er losgelassen. Ich bin schnell ins Auto gesprungen und habe Gummi gegeben." Lara und Anne prusteten los, auch Elisa stimmte in das Lachen mit ein.
„Du hättest dem Typen bevor er zudringlich geworden ist sagen sollen, wo der Hammer hängt", japste Lara schließlich.
„Ich glaube wo sein Hammer hängt, das hat er gewusst", erklärte Elisa mit einer komischen Grimasse, was die Freundinnen zu einem weiteren Heiterkeitsausbruch veranlasste.
„Wer guckt denn heutzutage auch noch in die Zeitung. Omas und Opas vielleicht. Es gibt doch ganz andere Möglichkeiten", stellte Lara schließlich fest.
Ein Schlüssel, der im Schloss der Eingangstür umgedreht wurde, ließ sie verstummen. Henry betrat den Raum. „Ich hätte mir denken können, dass ihr es euch hier erst einmal gemütlich gemacht habt und ein Sektchen schlürft." Er nahm Elisa in den Arm. „Na du, lange nicht gesehen. Wie geht es dir?"
„Gut, danke. Ja, das stimmt. Wir haben uns länger nicht gesehen. Du hast dich in der letzten Zeit ganz

schön rar gemacht, mein Lieber", antwortete Elisa. Sie wandte sich der Ex Schwägerin zu. „Ich glaube ihr kennt euch noch gar nicht. Henry, das ist Lara."
„Nein, ich hatte bisher noch nicht das vergnügen", stellte Henry fest und reichte Lara die Hand. „An dich würde ich mich ganz bestimmt erinnern."
Während die Angesprochene sanft errötete, mischte sich Anne ein. „Was willst du eigentlich hier? Du weißt doch ganz genau, dass wir Mädels heute in die ‚Alte Liebe' gehen."
„Ja, das habe ich nicht vergessen. Ich hatte gehofft, dich noch anzutreffen, weil ich dich fragen wollte, ob ich euch nachher abholen soll. Wenn du mir eine Uhrzeit sagst, dann komme ich in die Disco, damit ihr nicht allein nach Hause gehen müsst."
Anne schüttelt verblüfft den Kopf. „Was soll das denn? Das hast du noch nie gemacht und es ist wirklich nicht nötig. Den Heimweg finde ich allein, danke. Übrigens weiß ich nicht, wie lange wir ausgehen. Lass mal gut sein."
„Ich dachte ja nur ..." Henry zuckte bedauernd mit den Schultern. „Dann will ich auch nicht weiter stören. Viel Spaß, amüsiert euch gut." Mit einem Winken verabschiedete er sich.
„Das ist dein Freund?", schnurrte Lara. „Der ist aber süß und so besorgt. Das finde ich wirklich nett. Ich wette, dass Roland schon im Bett liegt und schnarcht, wenn ich nachher nach Hause komme. Er ist froh, dass ich weg bin. Dann kann er sich wenigstens mal in Ruhe ‚Wetten dass ...' angucken, ohne dass ständig jemand dazwischen quatscht, hat er gesagt. Er ist in letzter Zeit aber auch ein Charmebolzen."
„Lass mal, so toll ist es mit Henry auch nicht mehr. Ich weiß nicht was der heute hat. Sonst ist er über-

haupt nicht so. Los jetzt, Mädels, lasst uns die Dizze aufmischen."

Die ‚Alte Liebe' war eine nette kleine Diskothek. Bald standen die Freundinnen um einen Stehtisch und schauten sich unternehmungslustig um. Anne nahm einen Nebentisch ins Visier, an dem ein Junggesellenabschied gefeiert wurde. „Ich wette, dass in spätestens 3 Minuten drei der Typen hier bei uns stehen", stellte sie fest. Die Freundinnen wechselten einen amüsierten Blick, es schien ein unterhaltsamer Abend zu werden. Wirklich forderten zwei der Männer Anne und Elisa zum Tanzen auf, während ein Dritter sich neben Lara stellte und ihr etwas erzählte.
„Ich bin Bäcker", teilte Elisas Tänzer ihr mit. Damit war sein Repertoire erschöpft. Er schwieg beharrlich, ließ sich keine weitere Bemerkung entlocken. Elisa musterte ihn leicht enttäuscht. Was war bloß mit den Männern los? Wo waren die interessanten Typen? Irgendwie schienen immer die anderen tolle Männer kennenzulernen. Nach einem weiteren Tanz ließ sie den schweigsamen Bäcker auf der Tanzfläche zurück und ging wieder zum Stehtisch. Annerose war auch schon wieder da, nippte an ihrem Weinglas. Sie wies auf den Mann, der Lara jetzt einen Arm um die Schulter gelegt hatte und auf sie einredete. Vergeblich versuchte Lara von ihm abzurücken, warf den Freundinnen einen hilflosen Blick zu.
„Der labert schon die ganze Zeit", erklärte Anne der Freundin. „Was meinst du, sollen wir ihr helfen?"
Elisa nahm einen Schluck aus ihrem Wasserglas. „Lass sie ruhig noch eine Weile zappeln. Übrigens

kann sie ihm doch einfach sagen, dass er sie in Ruhe lassen soll."
So betrachteten die Freundinnen Lara und den aufdringlichen Menschen aus der Distanz. Der Mann schien sich durch Laras Passivität ermuntert zu fühlen, denn er zog sie noch näher an sich, versuchte mit der Hand ihren Brustansatz zu erreichen. Das war selbst der leidensfähigen Lara zu viel. Mit einem Ruck befreite sie sich, stemmte die Hände in die Hüften, fixierte den Fummler finster.
„Sag mal geht's noch? Nicht genug, dass du mich die ganze Zeit mit Müll zutextest, jetzt grabschst du auch noch", fuhr sie ihn an. „Habe ich ein Schild mit der Aufschrift ‚unbedingt anfassen' auf der Stirn, oder was? Jetzt ist es aber mal gut. Lass mich bloß in Ruhe."
„Genau, Hände weg von meiner Frau", erklärte Anne. „Falls du es noch nicht geschnallt hast: Wir sind lesbisch."
Lara grinste. „Ja, genau, danke mein Hase."
Der Gescholtene öffnete den Mund, schloss ihn gleich wieder. „Na dann werde ich lieber mal…", stotterte er, drehte sich auf dem Absatz herum und entfernte sich ein paar Schritte. Er schüttelte den Kopf. „Sachen gibt es", hörten die Freundinnen ihn sagen. Sie prusteten los. „Hört mal zu, ihr Tussies. Ihr hättest mir ja auch mal helfen können. Ihr habt genau gesehen, dass ich den Typ nicht losgeworden bin und euch auf meine Kosten amüsiert", meckerte Lara mit gespieltem Ernst.
„Ich dachte, dass du das Problem mühelos selbst bewältigst, Hase. Schließlich bist du schon ein großes Mädchen und gebunden", erklärte Anne grinsend.

Lara seufzte. „Gebunden, eben. Es muss fantastisch sein, wenn man keinen Mann an der Backe hat, tun und lassen kann, was man möchte."

„Na ja, es hat natürlich seine Vorteile, wenn man solo ist. Es hat aber auch genug Nachteile. Ich jedenfalls hätte schon gerne wieder jemanden. So fürs Herz und zum Kuscheln", mischte sich Elisa ein.

„Stimmt, kein Mann ist auch keine Lösung", stellte Lara fest. „Ich meine ja auch nur, dass frau nicht unbedingt fest gebunden sein muss. Weißt du, man lernt einen tollen Mann kennen, verliebt sich, heiratet. Nach einiger Zeit passiert es unweigerlich: Der tolle Typ mutiert zum Ehemann. Er latscht in Pantoffeln, mit einer ausgebeulten Jogginghose und im Unterhemd herum. Kratzt sich den Hintern, schnarcht, will nur noch fernsehen und seine Ruhe."

„Mensch, Mädel, du klingst aber negativ. Obwohl ich dir grundsätzlich Recht gebe", sagte Anne. „Ich möchte jedenfalls nie wieder heiraten."

„Heiraten will ich auch nicht. Mir würde es genügen, mich ab und zu mit einem netten Typen zu treffen."

„Na ja, Elisa, wenn du meinst, dass du sonst keinen vernünftigen Mann kennenlernst, dann versuch es doch über das Internet, das macht heutzutage jeder. Da geht die Post ganz schön ab. Dort kannst du Kerle ohne Ende kennenlernen: Böse Buben, Schmusekater, nette Typen, es gibt alles was das Herz begehrt", sagte Lara bestimmt.

„Meinst du?", Elisa war recht angetan, „Vielleicht sollte ich das wirklich machen. Ein Versuch kann nicht schaden. Woher weißt du das überhaupt so genau", fügte sie hinzu.

„Ich habe da schon mal nachgeschaut, aber das ist eine längere Geschichte, die erzähle ich dir ein anderes Mal."
Annerose tippte sich an die Stirn. „Mädels ihr spinnt ganz schön. Jetzt geht es ab auf die Tanzfläche!"

Wieder zu Hause angekommen traf Elisa auf ihre Söhne und Felix Freundin, die auf einer Feier gewesen waren und nun den Kühlschrank nach Essbarem untersuchten.
„Hört auf herumzukramen. Es ist noch Pasta Soße da, ich koche uns schnell ein paar Spaghetti", entschied Elisa, die selbst Hunger hatte. Oft saßen Mutter und Söhne am Wochenende abends, oder in diesem Fall nachts, noch eine Weile zusammen, aßen eine Kleinigkeit und klönten.
„Sag mal, Julia", wandte sie sich an Felix Freundin, während sie die Nudeln ins heiße Wasser tauchte. „Ist das denn in Ordnung für deine Eltern, wenn du hier bei Felix übernachtest? Machen sie sich keine Gedanken."
Die Angesprochene wechselte einen Blick mit ihrem Freund, bevor sie antwortete. „Das ist kein Problem, machen Sie sich mal keine Sorgen. Meine Eltern wissen Bescheid. Übrigens vertrauen sie mir, schließlich bin ich schon fast volljährig."
Elisa runzelte die Augenbrauen. „Ah – ha. Ich dachte du bist fast 17, so wie Felix. Habe ich da etwas falsch verstanden? Ich war davon ausgegangen, dass ihr beide in die Selbe Klasse geht?"
„Das hast du wirklich falsch verstanden, Mamma. Julia geht in dieselbe Schule wie ich. Sie ist eine Klasse über mir", mischte sich Felix ein. Sie wird im nächsten Monat 18." Er legte den Arm um seine

Freundin. „Ehrlich, du brauchst dir keine Sorgen machen, wir passen schon auf." Zu dieser Aussage nickte Julia ernsthaft.

Elisa schluckte. Offensichtlich ließ sich diese Zeit nicht mit ihrer Jugend vergleichen. Ihre Eltern hätten es niemals toleriert, dass sie die Nacht bei einem Freund verbracht hätte. Schon gar nicht bei einem jüngeren. „Na gut, dann versuche ich also mir keine Gedanken zu machen. Du kannst mich überhaupt duzen, wo du ja schon fast volljährig bist", lächelte sie das Mädchen an, während Felix sichtbar aufatmete. Julia räkelte sich wohlig. „Ich bin ganz schön müde, echt", stellte sie fest.

„Ein Glück, dann seid ihr gleich auch nicht so laut", meldete sich Matts zu Wort. „Unsere Zimmer haben eine Verbindungstür, daran solltet ihr mal denken."

„Das tun wir und haben uns letztens auch gefragt, ob du schon fertig bist", grinste Felix seinen Bruder an, während Julia betont uninteressiert ihre Fingernägel betrachtete.

„Arsch!" Matts war tatsächlich rot angelaufen. Verblüfft schaute Elisa von einem zum anderen. Die Zeiten hatten sich wirklich sehr geändert, stellte sie fest. Sie beneidete das Jungvolk um seine Freiheit und Unverklemmtheit.

Später kuschelte sich Elisa satt und zufrieden in ihr Bett. Vielleicht sollte sie es wirklich einmal über das Internet versuchen jemanden kennenzulernen. Mit diesem Gedanken schlief sie ein.

***

Am Sonntag besuchte Elisa ihre Eltern. Das hatte sich nach ihrer Trennung so eingebürgert. Meist kochte ihre Mutter für sie und die Kinder mit, wo-

bei sie Kalle, Elisas Vater, tatkräftig unterstützte. Auch wenn sich Peter, ihr geschiedener Bruder mit einklinkte, reichte es für alle. Heute allerdings macht sich Elisa allein auf den Weg. Wie sie es schon befürchtet hatte, traf sie ihr Bruder breit grinsend im elterlichen Wohnzimmer an. „Dass du hier heute herumhängst, habe ich mir gedacht", begrüßte sie ihn.
„Ich muss doch wissen was es Neues gibt. Übrigens habe ich einen Riesenhunger auf Mutters Schmorbraten."
„Mit Klößen und Rotkohl", fügte Kalle hinzu. „Das kann meine Ilse wirklich fantastisch. Aber der Braten geht nur in einem schwarzen Topf, sagt sie. Sonst wird er nichts."
„Eben, der schwarze Topf. Den gab es schon, als wir Kinder waren. Jetzt erzähl doch mal, wie dein Treffen gelaufen ist, Schwesterchen. Ich musste ja weg." Wieder grinste Peter, dieses Mal mehr diabolisch.
Kalle schaute interessiert auf: „Ein Treffen mit wem? Habe ich was nicht mitgekriegt?"
Elisa wandte sich in Richtung Küche. „Ich schau dann mal, ob ich etwas helfen kann, wenn ihr hier schon so faul herumsitzt."
„Da bist du ja, wir haben schon auf dich gewartet", begrüßte Ilse ihre Tochter. „Sind die Jungen nicht mitgekommen?"
„Sie schlafen noch. Es ist gestern ein bisschen spät geworden, du weißt ja, wie das ist." Vorsichtshalber erzählte Elisa ihrer Mutter nicht, dass Julia bei Felix übernachtet hatte.
„Nein, ich weiß nicht, wie das ist. Das habe ich schon längst vergessen", erklärte Ilse und hob vorsichtig die Klöße ins heiße Wasser. „In unserem

Alter geht man früh ins Bett. Dein Vater und ich haben uns „Wetten dass ..." angeschaut. Aber diese ausländische Musik dazwischen ist nicht schön. Ich habe dann immer umgeschaltet, obwohl dein Vater sich beschwert hat. Übrigens war das die hundertste Sendung. Die hättest du dir auch mal ansehen können."

„Lass mal. Bei mir war es gestern Abend ausgesprochen nett, auch ohne Fernseher."

„So, so, nett? Du kannst den Tisch decken. Das Essen ist fertig. Ich weiß nicht, was heute mit deinem Vater los ist. Er hilft mir gar nicht vernünftig mit." Elisas Mutter schaute streng über ihren Brillenrand.

Während des Essens hielt Peter sich bemerkenswert zurück, sprach über unverfängliche Themen, bohrt nicht weiter nach, was Elisa erleichtert zur Kenntnis nahm. Sie nahm sich vor, ihn in einer stillen Stunde zu bitten, den Eltern nichts von dem unglücklichen Date mit Ludger, dem Krakenmann, zu erzählen.

„Spatz, du musst mehr essen", stellte Kalle beim Abräumen fest. „Du bist viel zu dünn."

Elisa pustete. „Das Essen ist wie immer fantastisch, aber ich kann nicht mehr. Überhaupt bin ich gerade richtig und überhaupt nicht zu dünn."

Kalle legte den Arm um seine Frau. „Ein paar Pfündchen mehr auf den Rippen würden dir gut stehen. Schau deine Mutter an. Sie hat eine ausgesprochene Rubensfigur."

Ilse nickte. „Ja, an meinem 65. Geburtstag habe ich die Waage weggeworfen. Jetzt kümmere ich mich nicht mehr um mein Gewicht und bin dick aber glücklich."

„Von wegen", Kalle zog sie an sich. „Du bist toll gepolstert, darauf stehe ich, Ilsekind." Er ließ sie los und gab ihr einen Klaps auf den Allerwertesten, was Ilse zum Strahlen brachte. „Lass das. Jetzt wird abgewaschen und dann gibt es Kaffee und Kuchen."
Elisa stöhnte und ließ sich neben ihren Bruder auf die Couch plumpsen.
„Unterhaltet ihr beide euch mal, ich glaube das ist nötig", erklärte Kalle augenzwinkernd. „Ich helfe eurer Mutter mit dem Abwasch."

„Also, erzähl schon. Was war das für ein Typ, mit dem du dich im Café getroffen hast? Bestimmt war das ein Versicherungsvertreter. Er hatte so etwas Öliges an sich", fragte Peter neugierig, als die Geschwister allein waren. Elisa verdrehte die Augen.
„Das war ein Makler und kein Versicherungsmensch. Wir haben uns eine Weile unterhalten, aber es hat zwischen uns nicht gepasst."
„Das hätte ich dir gleich sagen können. Ich wette, dass der Typ verheiratet war. Das hat man ihm an der Nasenspitze angesehen und am Ehering natürlich."
„Sag bloß, das hast du im Vorbeigehen gesehen?", fragte Elisa überrascht. „Mir ist das erst gar nicht aufgefallen."
„Du bist ja selten dämlich", stellte ihr Bruder fest. „Klar ist mir das aufgefallen. Sag mal: hast du es so nötig einen Kerl kennenzulernen, dass du jetzt schon auf Zeitungsannoncen antwortest? Oder hast du etwa selbst eine aufgegeben? Die Welt ist voller Männer und du bist eine hübsche Frau. Da muss es doch möglich sein, auch ohne den Aufwand fündig zu werden."

Elisa holte tief Luft. „Das geht dich eigentlich alles gar nichts an, mein Lieber. Ich möchte gern wieder eine Beziehung haben. Vielleicht auch einfach jemanden, mit dem ich meine kleinen Alltagssorgen teilen kann. Jemanden, der für mich da ist und für den ich da sein kann. Aber das ist gar nicht so einfach. Wenn das so wäre, dann hättest du sicher selbst schon wieder eine Beziehung, oder?" Mit dieser Bemerkung hatte sie den Nagel auf den Kopf getroffen. Peter war schon länger geschieden als Elisa und immer noch solo, obwohl er ein ausgesprochener Familienmensch war.

„Na, ja, die ich will, die kriege ich nicht und die mich wollen, interessieren mich nicht", erklärte Peter. „Ist ja auch schon gut. Eigentlich kann ich dich verstehen und mische mich nicht weiter in deine Angelegenheiten, versprochen. Und keine Sorge, ich erzähle ganz bestimmt nichts."

„Es gibt auch nichts zu erzählen, ich werde das Experiment sicher nicht wiederholen. Zeitung geht gar nicht."

„Ach, ich bin mit unserer Tageszeitung ganz zufrieden", erklärte Ilse, die mit einer Kuchenplatte ins Zimmer kam. „Aber ihr jungen Leute habt es ja eher mit diesem Internet."

Elisa strahlte sie an. „Eben, Mama, da sagst du etwas!"

Am späten Nachmittag klingelte Elisa, mit einem Kuchenpaket beladen, bei ihrer Freundin Anne. „Ich habe dir etwas von meiner Mutter mitgebracht", erklärte sie und drückte Anne das Paket in die Hand. „Ich esse heute sicher nichts mehr." Sie schnurrte weiter ins Wohnzimmer, ließ sich in einen Sessel fallen.

„Mutti hat wieder zugeschlagen, was", stellte Annerose fest. „Wenn du weiterhin sonntags bei ihr isst, dann wird noch was aus dir, Süße."
„Du weißt ja, sie backt ausgesprochen gern. Das gleiche Paket habe ich für die Jungen im Auto. Die werden sich allerdings darüber freuen."
„Ich werde den Kuchen an Henry weitergeben. Seit er nicht mehr so oft hier unten ist und sich bei mir durchschnorrt, weiß er so etwas zu schätzen."
Elisa lachte. „Wenigstens die regelmäßigen Mahlzeiten fehlen ihm, was. Eure Beziehung ist ganz schön festgefahren. Es hört sich nicht so an, als würde sich etwas ändern. Apropos: Ich habe mir durch den Kopf gehen lassen, was Lara gesagt hat. Warum sollte man es eigentlich nicht mit der Partnersuche über das Internet versuchen? Anbieter für so etwas gibt es doch genug. Was meinst Du?"
„Na ja", erwiderte Anne nachdenklich. „Warum eigentlich nicht? Was soll schon passieren? Zunächst ist das ja alles unverbindlich und anonym. Ob man sich wirklich mit jemandem treffen will, kann man dann immer noch entscheiden."
Elisa nickte heftig. „Siehst du, das sage ich doch. Sieh das doch mal sportlich: Was hindert uns daran, ein bisschen Spaß zu haben, ein bisschen zu flirten. Wir suchen ja nicht gleich einen Ehemann, nicht einmal eine richtig feste Beziehung. Eigentlich wollen wir nur jemanden fürs Herz und zum Wärmen, wenn es nachts gar zu kalt ist."
„Eine menschliche Wärmflasche meinst du?", grinste Anne. „Das wäre doch was. Ich habe immer so kalte Füße. Weißt du was, jetzt mache ich uns eine Flasche Sekt auf, dann schauen wir mal. Keine Wiederrede, du kannst heute hier schlafen. Klamotten kann ich dir leihen. Du fährst morgen

früh nach Hause oder gleich zur Arbeit. Wenn schon, denn schon."
Elisa strahlte ihre Freundin an. „Ich widerspreche ja gar nicht. Habe morgen eh Spätschicht, das passt ganz prima. Ich rufe nur eben zu Hause an und sage den Jungen Bescheid, dass sie sturmfrei haben."

So saßen die Freundinnen bald vor Annes Computer. Es war wirklich einfach, ein geeignetes Forum zu finden, die Partnersuche per Internet schien in zu sein. Nachdenklich tippte sich Elisa mit dem Finger an die Nase. „Was meinst du? Willst du zuerst dein Profil eingeben und ich mach das dann nach dir? Obwohl ...", hier zögerte sie einen Moment.
„Sollen wir denn überhaupt zwei Profile erstellen?", führte Anne den Gedanken weiter aus. „Vielleicht reicht es, wenn wir es erst einmal mit einem versuchen. Das andere können wir immer noch hinzufügen." Sie hob die Sektflasche an, schüttelte sie leicht. „Tatsächlich schon leer. Ich hole noch eine Neue. Du kannst inzwischen deiner Fantasie freien Lauf lassen, Schätzchen." Kichernd tänzelte sie in Richtung Küche.
Elisa setzte sich vor den Computer. „Mal sehen. Wir geben uns einen Doppelnamen. Unsere Haarfarbe stimmt halbwegs überein. Gut, meine Haare sind etwas mehr rot. Aber das fällt nicht ins Gewicht. Bei der Größe nehmen wir einen Mittelwert. Ich bin eins fünfundsechzig, du eins siebzig, also sind wir im Schnitt eins achtundsechzig. Das Gewicht nehmen wir Pi mal Daumen. Eigentlich ist das ganz einfach."

Elisa tippte eifrig. Unter Kichern und Giggern nahm das Inserat Formen an.

Hallo Du,
ich heiße Ann – Elisa.
Ich suche einen netten Typen zum schmusen, kuscheln, lachen und lieb haben. Einen Mann, mit dem ich Pferde stehlen, albern sein und ernste Gespräche führen kann. Den ich niederknutschen und mit dem ich (vielleicht) heißen Sex haben kann.
Ich bin meistens lieb, aber manchmal zickig, immer kompromissbereit, aber sehr unabhängig.
Hier ist mein Steckbrief:
Ich bin 168 cm groß und wiege 60 kg, habe rote Haare und grüne Augen. Besondere Kennzeichen musst du schon selbst herausfinden.
Interesse?
Ann-Elisa@t-inline.de

„Ach schau mal, das habe ich ganz vergessen", Elisa stand auf und drehte sich einmal um die eigene Achse, wobei sie leicht aus dem Gleichgewicht geriet. „Wie alt sind wir denn überhaupt?"
„Mädel", lispelte Anne, „wir sehen keinen Tag älter aus als 30. Wenn ich jetzt noch eine Flasche Sekt aufmache, dann werden wir noch jünger."
Elisa hob ihr Glas. „Das ist eine ausgesprochen gute Idee. Aber wir wollen nicht übertreiben. Wir geben an, dass wir 35 sind. Das sind immerhin fünf geschummelte Jahre und liest sich einfach besser. Das merkt sowieso keiner."
„Ganz genau, das merkt kein Mann. Die merken eh nix."

Auch in diesem Fall waren sich die Freundinnen einig.

***

Am nächsten Morgen wachte Elisa mit einem gewaltigen Brummschädel auf. Mühsam wälzte sie sich aus dem Bett und wankte ins Bad. In der Küche traf sie eine gut gelaunte, perfekt gestylte Annerose an. „Na, wie geht es dir heute Morgen? Hast du gut geschlafen?"
Stöhnen fasste Elisa sich an den Kopf. „Nicht so laut und nicht so munter, bitte. Ich habe ein kleines Männchen in meinem Kopf, das klopft mit einem Hammer an meine Schädeldecke."
„Du kannst eben nichts vertragen, Mädel. Das kommt davon, dass du nicht im Training bist. Versuch das Männchen mal hiermit zu beruhigen", mit diesen Worten reichte die Freundin ihr eine Tasse Kaffee. „Ich muss los, bin schon spät dran. An Klamotten kannst du dir aus meinem Schrank heraussuchen was du brauchst. Die Wohnungstür ziehst du einfach ins Schloss. Bye. Bin gespannt, ob wir heute Abend schon Post haben."
Elisa winkt der Freundin matt hinterher. Sie war froh, dass Anne sich auf den Weg zur Arbeit machte.
Am Abend rief eine aufgeregte Annerose an. „Du solltest mal deinen Computer anmachen. Wir haben jede Menge Post bekommen. Jetzt schon, stell dir das nur vor. Allerdings sind einige merkwürdige Mails dabei. Manche Typen haben sie nicht mehr alle. Was du sich einbilden."
„Stopp", unterbrach Elisa den Redeschwall. „Nicht so schnell und, vor allem, nicht so laut. Das Männchen ist immer noch nicht vollständig aus meinem

Kopf verschwunden. Ich habe mich heute echt durch den Tag gequält. So viel trinke ich nie wieder."

Anne gluckste ins Telefon. „Du tust mir fast leid. Trotzdem musst du unbedingt die Antworten auf unser Inserat lesen. Gut, dass wir uns eine gemeinsame Mailadresse eingerichtet haben. Mach dich auf einiges gefasst."

„Ist ja gut. Wenn du dann Ruhe gibst, werde ich mir das anschauen. Vielleicht rufe ich dich nachher an."

Bewaffnet mit einem großen Glas Alka Selzer setzte sich Elisa an den Computer. Anne hatte nicht übertrieben, das Postfach quoll schier über. Es gab Angebote, die an Eindeutigkeit nichts zu wünschen übrig ließen. Mails, die vor Grammatikfehlern und abstrusen Formulierungen nur so strotzten und einfach merkwürdige Nachrichten wie: ‚Ich stehe auf Damenfüße in Highheels. Bitte schicke mir doch ein Foto deiner Füße'.

Aber auch wirklich nette Mails waren dabei. Elisa seufzte. Sie würden aussortieren müssen, aber das hatte Zeit. Sie entschloss sich, die Freundin nicht mehr anzurufen und es sich stattdessen vor dem Fernseher bequem zu machen.

„Eigentlich ist es doch ganz schön, allein zu sein", dachte sie, als sie sich auf ihr Sofa kuschelte.

***

Ein paar Tage später trafen sich die Freundinnen, um endlich die Antwortmails auf ihr virtuelles Inserat abzurufen.

„Das wird auch Zeit, es werden mehr und mehr", erklärte Anne. „Ich habe alle Nachrichten kurz überflogen, aber richtig eingelesen habe ich mich

nicht. Das wollte ich mir aufheben, bis du vorbeikommst."
„Mir ging es ganz genauso. Ich hatte zudem in den letzten Tagen richtig viel zu tun. Da habe ich abends einfach nicht die Energie aufgebracht, mich damit zu beschäftigen. Heute ist der erste ruhigere Tag der Woche. Jetzt los, ich bin ganz kribbelig. Ob wohl jemand passendes dabei ist?" Elisa konnte kaum still sitzen, so aufgeregt war sie.
„Jetzt bleib ruhig." Annerose mimte die Abgeklärte. „Ich öffne ja schon das Postfach. Wir fangen am besten oben an." Sie öffnete die erste Nachricht und kicherte los. „Das ist mal eine interessante Aussage. Der Typ schreibt, dass er sehr sauber ist, sich regelmäßig duscht. Na ja, anders ist auch schlecht."
Elisa drängelte sich vor den Computer. „Lass mich auch mal sehen. Ich glaub es nicht. Sollen wir gleich antworten? Was hältst du von folgendem Text: Weiter so, waschen ist immer gut, mein Junge. Sicher hat das deine Mutti auch gesagt." Elisa tippte gleich los. „Ich mach das schon, ich bin schneller als du. Jedenfalls beim Tippen", fügte sie hinzu. Anne verpasste ihr einen Stoß in die Rippen. „Was soll das denn heißen? Werde nicht frech, Kleine. Och nö, lies das: Hallo, ich bin Aldo. Wie ist deine BH Größe? Was soll das denn? Da fällt mir nichts mehr zu ein, echt! Oder soll ich ihn nach seiner Größe fragen? Aber ich glaube man sagt in dem Fall eher Länge, oder?"
„Das lässt du schön sein. Der schickt uns glatt ein Foto. Ich weiß wirklich nicht, ob du eine Großaufnahme DAVON sehen möchtest!"
„Sicher nicht. Das fehlt mir noch. Aber die nächste Nachricht klingt super. Oliver heißt der Typ." An-

nerose öffnete den Anhang und seufzte beim Betrachten des Fotos wohlig auf. „Schau dir bloß dieses Sahnestückchen an. Der könnte glatt ein Model sein. Dass er überhaupt eine Frau über das Internet sucht, kann ich nicht verstehen. Die Mädel müssten ihm scharenweise nachlaufen, so wie der aussieht."

„Vielleicht fehlt ihm schlicht und ergreifend die Zeit, um jemanden kennenzulernen. Er schreibt, dass er Architekt ist. Bestimmt ist er viel unterwegs."

„Egal, der ist genau meine Kragenweite. Er gehört mir, einverstanden?

Elisa schmunzelte. „Ja, klar. Du kannst ihn gern übernehmen. Ich stehe sowieso nicht auf zu hübsche Männer. Da hat man nur Ärger mit und schön bin ich selbst."

„Eingebildet bist du gar nicht, was. Der nächste gefällt mir auch ganz gut." Nun war Anne in Fahrt gekommen.

„Hallo, ich heiße Paul. Ich bin im Security Bereich tätig", las Elisa laut vor. „Bodyguard, was? Den kannst du auch gleich haben." Sie betrachtete das angehängte Foto. „Stehst du auf Muskeltypen? Gut, er sieht nicht schlecht aus, wenn man es etwas grober mag. Für mich ist das nix."

„Da habe ich aber Glück gehabt", konterte Anne. „Warum kein Kerl mit Muskeln satt. Ich schreibe ihm zurück und hänge ein sexy Bild von mir an, genau wie bei Oliver. Wie sieht es mit dir aus? Ist irgendwer für dich dabei?"

„Doch, da sind schon ein paar Männer, die ganz nett klingen. Aber erst werde ich mich mit dem Fußfetischisten befassen. Darunter kann ich mir so gar nichts vorstellen. Man soll sich bilden, wo man kann", grinste Elisa, worauf Anne eine Grimasse zog.

„Ich bin ja schon ernst. Der Polizist ist ganz nett. Bernhard heißt er. Auch dieser hier, Andrew gefällt mir ganz gut. Aber er schreibt, dass er auf füllige Frauen steht." Elisa schaute zweifelnd an sich herunter.

„Ach was, dann ziehst du eben einen Pushup an, mit dicken Silikonpolstern, das merkt er erst einmal gar nicht." Annerose wusste offensichtlich Rat in allen Lebenslagen. „Hier haben wir einen Banker. Er sieht nicht schlecht aus und schreibt sehr nett. Ach herrje, adelig ist er auch noch. Willst du es mit ihm versuchen, sonst behalte ich ihn."

Elisa überflog die Mail des Blaublütigen und betrachtete anschließend das Foto. „Nicht übel, ich kann ihn ja mal antesten. Bei Nichtgefallen kannst du es versuchen, wenn du dann noch magst. Oder wir behalten ihn zur Reserve, falls es mit den anderen Typen nichts wird. Was machen wir mit denen, die eigentlich nur zwei Worte gelesen haben, nämlich heiß und Sex?"

„Ich glaube, es lohnt nicht ihnen zu antworten. Löschen wir sie einfach!"

So verbrachten die Freundinnen einen unterhaltsamen Nachmittag, an dessen Ende ein gutes Dutzend Bewerber in die engere Wahl kamen und die sie schwesterlich unter sich aufteilten.

„Siehst du wohl", stellte Elisa mit Genugtuung fest. „Ich habe es dir doch gleich gesagt, das Internet birgt ungeahnte Möglichkeiten. Aber du musst dich auch immer anstellen. Wenn ich das Lara erzähle ... Ich muss sie gleich morgen anrufen."

Mai

An den nächsten Wochenenden musste Elisa arbeiten, sodass es eine Weile dauerte, bis sie wieder ausreichend Zeit für ihre Freundinnen fand. Sie hatte die Abende damit verbracht, E-Mails zu beantworten, denn noch immer bekamen die Freundinnen reichlich Post. Langsam kristallisierte sich heraus, mit wem sie sich zunächst treffen würde und wer auf die Ersatzbank kam.

Heute war Samstag, Annerose und Elisa hatten sich für den späten Abend verabredet, um wieder einmal in die ‚Alte Liebe' zu gehen. So vertrieb sich Elisa einmal mehr die Zeit am Computer. Sie hatte sich am Vormittag das Album ‚Abenteuerland' von der Gruppe ‚Pur' gekauft und summte das Lied vom grauen Haar gedankenverloren mit.
Als die Türglocke läutete, blieb sie ungerührt sitzen. Sie erwartete keinen Besuch und ging davon aus, dass einer der Jungen die Haustür öffnen würde. Das war auch der Fall. Mit der sich öffnenden Tür von Felix Zimmer übertönte die Gruppe ‚Die Ärzte' alle anderen Geräusche. Die Jungen befanden sich wohl wieder einmal auf dem ‚Planet Punk'. Sie hatten beschlossen eine Band zu gründen und hörten sich in der letzten Zeit bevorzugt Punkrock an. ‚Ich rede nicht mit dir, ich leide stumm, ich rede nicht mit dir, also hör mir nicht zu', gaben Die Ärzte zum Besten.
„Ja mei, nach stummem Leiden hört sich das aber nicht an", murmelte Elisa, gleichzeitig beglückwünschte sie sich einmal mehr dazu, dass die unmittelbaren Nachbarn ziemlich alt und ziemlich schwerhörig waren. Mit dem Schließen der Zim-

mertür reduzierte sich der Lärm beträchtlich, wie Elisa aufatmend feststellte.

„Ihr habt einen ganz schönen Lärmpegel hier. Es ist gut, dass die Zimmertüren der Jungen scheinbar einen Schallschutz haben. Mein Patenkind hat die Mucke voll aufgedreht. Ich habe ihm übrigens versprochen, dass er zum Geburtstag eine Gitarre bekommt. Deine Erlaubnis vorausgesetzt."

Überrascht schaute sich Elisa um. Lara kam grinsend in ihr Zimmer und ließ sich in einen Sessel sinken. „Ich hoffe ich störe dich nicht."

„Aber nein, ich will nachher mit Anne in die Disco und vertreibe mir die Zeit gerade damit zu flirten. Ich hatte dir ja schon am Telefon erzählt, dass wir ein virtuelles Inserat aufgegeben haben. Das ist der Hammer, wirklich. Wir bekommen immer noch reichlich Post. Aber sag mal, hast du einen besonderen Grund vorbeizukommen oder willst du deine alte Schwägerin einfach überraschend besuchen? Wenn du Lust hast, kannst du übrigens gern nachher mitkommen. Falls du nicht schon etwas anderes geplant hast."

„Ich würde gern mit in die ‚Alte Liebe' kommen. Leider passt es heute nicht", seufzte Lara. „Ich war in der Gegend und wollte einfach schauen ob du zu Hause bist und Hallo sagen. Bei der Gelegenheit kann ich dir gleich erzählen, dass Alfred eine neue Flamme hat. Eine Brigitte aus Kupferdreh. Die hält sich für ganz was Besonderes. Sie nennt sich auch nicht Brigitte, sondern Brischitt, wie eine Französin. Dabei hat die einen Slang drauf wie ein Püttrologe. ‚Gip mich ma die Butter', so ungefähr. Er will bei ihr einzuziehen, dem graust auch vor nix. Ich habe die beiden letztens bei unserer Mutter getroffen. Was die Perle sich bei der Mutti ein-

schleimt, das ist nicht normal. Mutti hinten und Mutti vorne. Das gefällt meinem Bruder natürlich."
„Dann passt Brischitt aus Kupferdreh gut zur Familie. Anwesende natürlich ausgenommen", grinste Elisa. „Von mir aus kann Alfred einziehen wo und bei wem er will. Hauptsache, ich habe ihn nicht mehr auf dem Hals. Um die Jungen kümmert er sich sowieso nicht, also ist es egal, wo er wohnt. Ich bin froh, dass er wenigstens den Mindestunterhalt für seine Söhne bezahlt. Trotzdem danke, dass du mir das erzählst. Es ist besser wenn ich das weiß, wegen der Kinder. Allerdings werde ich ihnen nichts sagen, außer sie fragen mich nach ihrem Vater, was unwahrscheinlich ist."
„Das ist auch ganz in Ordnung so. Ich verstehe meine Familie wirklich nicht. Wenn sie nach eurer Trennung auch mit dir nichts mehr zu tun haben wollen, so ist das eine Sache. Aber die Jungen haben damit nichts zu tun. Meine Mutter bleibt doch die Oma der beiden, ob du dich von Alfred getrennt hast oder nicht. Was meinst du, wie ich mich deswegen schon mit der Mutti gefetzt habe."
„Das musst du nicht. Es ist unnötig, weil sich deine Mutter nicht ändern wird. Sie hat mich nie leiden können und überträgt dieses Gefühl jetzt auf ihre Enkel." Elisa zuckte die Schultern. „Das Thema ist für mich abgeschlossen, weißt du. Inzwischen interessiert mich die restlich Familie Gimpel nicht mehr. Was gibt es sonst noch neues bei dir?" Sie merkte, dass Lara zögerte und stand auf. „Was meinst du? Soll ich uns eine Tasse Kaffee kochen? Dann können wir in Ruhe quatschen."
„Ihr habt ja jetzt auch ein Inserat aufgegeben", begann Lara, als die beiden es sich mit ihrem Kaffee bequem gemacht hatten. Elisa horchte auf.

Sollte ihr Gegenüber etwas genauso auf die Suche gegangen sein?

„Das habe ich vor einer ganzen Weile auch schon gemacht", erklärte Lara ein wenig atemlos. „Aber anders als Anne und du. Ihr sucht ja sozusagen offiziell einen Mann. Ich dagegen ...", hier geriet die Schwägerin ins Stocken.

„Du dagegen suchst inoffiziell?", fragte Elisa erstaunt.

„Wie soll ich das erklären? Wie ich dir schon erzählt habe, läuft es zwischen mir und Roland nicht gut oder besser gesagt: es läuft gar nichts mehr. Er hat sich so verändert. Was ich mache, interessiert ihm überhaupt nicht. Hauptsache, ich lasse ihn in Ruhe. Versuche ich mit ihm zu reden, dann blockt er nur ab. Werde ich massiv, so ist er beleidigt und hat noch mehr Grund nicht mit mir zu sprechen. Aber das ist noch nicht alles. Viel schlimmer ist, dass er in sexueller Hinsicht überhaupt kein Interesse mehr an mir hat. Entweder er ist müde oder gestresst von der Arbeit. Ich habe alles versucht, wirklich. Wenn ich versuche ihn zu verführen, dann kriegt er Kopfschmerzen!" Sie schnaubte. „Stell dir das mal vor! Kopfschmerzen wie ein Mädchen!"

Elisa schüttelte verblüfft den Kopf. Ähnliches hatte Anne über ihren Henry erzählt. „Meinst du, dass er eine Freundin hat?"

„Ach was, niemals. Er ist ja immer zu Hause. Und überhaupt, wenn er sich doch mal überwindet und mit mir schläft, dann braucht er höchstens 10 Minuten, mit an- und ausziehen, Vor- und Nachspiel. So beeilen kann sich keine Frau, niemals. Wie sollte er also eine Freundin zufriedenstellen?"

Wieder schnaubte Lara empört durch die Nase. „Wirklich, es langt mir so was von."
„Willst du dich also von ihm trennen?", fragte Elisa ratlos. „Suchst du deshalb einen Anderen?"
Lara schüttelte heftig den Kopf. „Nein, das will ich auf keinen Fall! Was du immer denkst. Ich habe einen gewissen Lebensstandard, meinst du den kann ich so einfach aufgeben. Dann müsste ich ja richtig arbeiten gehen! Von den paar Stunden, die ich jetzt als Arzthelferin jobbe, kann ich nicht leben. Überhaupt macht mich der Gedanke, dass ich mein BMW Cabrio aus Kostengründen gegen ein kleineres Auto tauschen müsste richtig fertig. Ein wenig Luxus braucht Frau schließlich. "
Jetzt war es an Elisa, den Kopf zu schütteln. „Aber was hast du dir sonst vorgestellt? Willst du fremdgehen oder was? Meinst du, das ist die Lösung?"
„Vielleicht. Jedenfalls habe ich mich bei ‚Top Secret' angemeldet. Kennst du das?"
„Ich kenne das Forum aus der Reklame im Fernseher. Das ist doch eine Plattform, die für diskrete Seitensprünge, für Casual Sex wirbt, oder? Aber, dass dort alles so abgeht, wie es gesagt, beziehungsweise beworben wird, konnte ich mir bisher nicht vorstellen. Eigentlich habe ich darüber auch nicht nachgedacht, weil ich so etwas nie in Betracht gezogen habe. Warum auch. Mit einem verheirateten Mann will ich mich gar nicht einlassen, das führt nur zu Problemen."
„Nun sei bloß nicht so selbstgerecht. Du kannst tun und lassen was du willst und bist niemandem Rechenschaft schuldig", fuhr Lara auf.
„Bin ich doch gar nicht. Aber meine Meinung werde ich dir immer sagen, ob es dir passt oder

nicht. Magst du weiter erzählen? Du hast dich also dort angemeldet."

„Na ja, das ist schon eine Weile her. Übrigens ist die Anmeldung für Frauen kostenlos, deshalb habe ich es ausprobiert. Ich habe, genau wie ihr, eine Menge Nachrichten bekommen. Einige waren indiskutabel, selbst für dieses Forum. Ich weiß nicht, was manche Männer sich denken. Ich suche ja auch keinen One - Night - Stand, sondern etwas für länger. Jedenfalls bin ich einem Mann ziemlich nah gekommen. Er ist zwar verheiratet, aber er hat schon lange ein Bruder – Schwester Verhältnis mit seiner Frau."

„Was hat der? Ein Bruder – Schwester Verhältnis?" Elisa unterdrückte krampfhaft ein Lachen, was Lara nicht davon abhielt fortzufahren. „Wir haben uns bislang noch nicht gesehen, aber wir telefonieren seit ein paar Wochen regelmäßig miteinander. Er ist sehr nett und sehr erotisch. Was der mir für Sachen schreibt und sagt, das habe ich bisher nicht zu träumen gewagt", schwärmte sie mit glänzenden Augen.

„Stopp, das will ich jetzt gar nicht genau wissen", erklärte Elisa resolut. „Warum erzählst du mir das alles? Was genau willst du eigentlich von mir?"

Lara holte tief Luft. „Ich würde ihn natürlich gerne treffen. Er hat mir einen verlockenden Vorschlag gemacht. Er möchte ein ganzes Wochenende mit mir verbringen, damit wir uns gleich richtig kennenlernen können. Ist das nicht eine fantastische Idee?"

Plötzlich verstand Elisa, worauf die Freundin hinaus wollte. „Du möchtest ein Wochenende mit ihm verbringen und willst Roland weiß machen, dass wir beide zusammen wegfahren, stimmt das?"

„So ungefähr. Ich weiß nicht, wen ich sonst fragen sollte. Du hast doch nicht mehr viel mit Roland zu tun, siehst ihn so gut wie gar nicht. Deshalb habe ich gedacht, dass es dir nichts ausmacht. Annerose käme auch in Frage, aber ihr möchte ich nichts sagen. Sie hält mir nachher noch eine ellenlange Moralpredigt. Was meinst du, würdest du mir den Gefallen tun?"

Elisa kämpfte mit sich. Einerseits wollte sie der Freundin den Gefallen schon tun, andererseits mochte sie Laras Ehemann wirklich und konnte nicht verstehen, dass seine Frau ihn betrügen wollte. Die beiden waren ihr immer wie das Vorzeigeehepaar schlechthin vorgekommen. Laras Offenbarungen überforderten sie völlig. Schließlich kam ihr ein Gedanke. „Mach was du willst, ich werde Roland bestimmt nichts sagen, aber ich werde ihn auch nicht belügen. Wenn er mich während deines Liebeswochenendes anruft und nachhakt, dann sage ich die Wahrheit, nämlich das du nicht bei mir bist. Ich muss ja von deinem Wochenendtrip offiziell nichts wissen, das brauche ich ihm nicht auf die Nase binden. Wäre das in Ordnung für dich?"

Lara wirkte erleichtert. „Ja sicher. Am nächsten Wochenende dann? Falls Roland dich wirklich anrufen sollte, stellst du dich einfach dumm und schickst mir eine kurze SMS. Ich werde mir schon etwas einfallen lassen. Aber warum sollte er das tun, er vertraut mir ja."

Der letzte Satz schockierte Elisa noch mehr. Sie fühlte sich bei dem Gedanken, den arglosen Ehemann zu täuschen überhaupt nicht wohl. Denn irgendwie war sie jetzt doch in den Betrug verwickelt worden. Sie fühlte sich erleichtert, als Lara plötzlich auf die Uhr schaute und ihren Kaffee

austrank. „Ich muss dann auch weg. Roland wartet bestimmt schon auf mich. Er will ein langweiliges Theaterstück anschauen und hat darauf bestanden, dass ich ihn begleite. Keine Ahnung, wie das heißt. Irgendwas mit ‚Warten auf Dingens'. Danke für die Schützenhilfe, ich revanchiere mich ganz bestimmt."
„Lara, das kann auf Dauer nicht gut gehen, am Besten du schaffst klare Verhältnisse. Denk wenigstens darüber nach."
Die so Angesprochene drehte sich in der Tür noch einmal um. „Mach ich, ist versprochen! Einen schönen Abend und Grüße an Anne, das nächste Mal komme ich wieder mit."

In der ‚alten Liebe' herrschte der ganz normale Wahnsinn. Annerose stieß Elisa an. „Da vorne, wäre das nicht genau deine Kragenweite?"
Elisa schaute unauffällig in die Richtung. „Wo denn?" Dann begriff sie, wen die Freundin meinte. Am Tresen stand ein Mann, der interessiert zu ihnen hinüber schaute. Er war groß, kahlköpfig und trug einen Fleece Pullover, auf dem ein aufgedruckter Hirsch prangte.
„Annerose von der Heidt, das ist aber nicht dein Ernst, nicht wahr! Den Pulli hat ihm Mutti gekauft und er trägt ihn in der Disco!" Unwillkürlich ging sie hinter Annerose in Deckung. „Hilfe, er kommt rüber! Hätte ich bloß nicht hingeguckt."
Die Freundin gab ihr einen freundschaftlichen Rippenstoß: „Nun sei nicht feige und tanz mit dem armen Kerl, wahrscheinlich bist du heute Abend die Einzige, die ihm keinen Korb gibt."

Zu Elisas Erstaunen bewegte sich der Hirschpullover richtig gut zur Musik. Sie blieb eine Weile mit ihm auf der Tanzfläche.
„Siehst du", stellte Anne wenig später fest, „tanzen kann er, das steht fest. Lass dich nicht anquatsche, Mädel, ich muss mir mal das Näschen pudern."
Sie ging hinaus und der Hirschpullover, sein Bierglas in der Hand, gesellte sich zu Elisa. „Ich bin Friseur", begann er das Gespräch, „und was machst du so?"
„Dies und das", Elisa wusste nicht, wie sie ihn abwimmeln konnte. Ein kahlköpfiger Friseur war einfach nicht ihr Typ. Dann kam ihr eine Idee. „Hör mal", sagte sie, „jetzt möchte ich mit meiner Freundin feiern. Weil, äh, sie ist hat heute Geburtstag. Das musst du verstehen. Aber ich schreibe dir meine Telefonnummer auf, ruf mich doch einfach mal an, wenn du Zeit und Lust hast", sie sah ihm tief in die Augen, „dann sind wir auch völlig ungestört." Sie schrieb ein paar Zahlen auf den Rand eines Bierdeckels und schob ihn in Hirschpullovers Richtung. Der war ganz Feuer und Flamme. „Ja", sagte er begeistert, während er nach dem den Bierdeckel langte. „Ich rufe dich ganz bestimmt an, versprochen! Ganz bestimmt, in den nächsten Tagen." Bierdeckel schwenkend entfernte er sich.
Anne, die gerade um die Ecke bog schaute entgeistert. „Hast du dem wirklich deine Telefonnummer gegeben? So nötig ist es aber doch wirklich nicht, oder! Jetzt, wo wir eine so große Auswahl haben."
Elisa grinste hinterhältig. „Nein, ich habe ihm DEINE Telefonnummer gegeben."

Am Sonntag war Elisa nicht so richtig bei der Sache, wie ihre Eltern schnell feststellten. „Was ist

los? Du machst einen verwirrten Eindruck. Hast du gestern Abend bei der Tanzveranstaltung einen interessanten Mann kennen gelernt?", fragte ihre Mutter interessiert. Peter blickte von seinem Kuchenteller auf. „Ja, wie sieht es aus? Bist du bei deiner Suche weiter gekommen, Schwesterherz?" Elisa streckte ihm die Zunge heraus. „Das geht dich nichts an. Du brauchst gar nicht so blöd zu grinsen. Übrigens war ich in der Disco", wandte sich Elisa an ihre Mutter. „Tanzveranstaltung, das hört sich nach Tanztee und alten Leuten an. Wenn ihr es genau wissen wollt: da war bloß ein kahler Friseur, der hatte einen Hirschpullover an."
Ihre Mutter klatschte entzückt und die Hände. „Oh, Norwegermuster, wie geschmackvoll! Solche Pullis mag dein Vater sehr gern. Ich habe ihm einige gestrickt." Sie stieß ihren Mann an. „Sag doch auch mal was."
Kalle nickte grinsend. „Ja, eure Mutter kann gut handarbeiten. Ihre selbstgestrickten Pullover sind immer so schön warm."
Ilse nickte zufrieden. „Da hörst du es, Kind. Jemand der Norwegermuster zu schätzen weiß, ist gediegen. Das solltest du dir merken."
„Eben", Kalle nahm sich noch ein Stück Torte und lächelte zufrieden. „Es wurde Zeit, dass du das mal merkst, Ilsekind."
„Weißt du was, wenn ihr das nächste Mal in die Disco geht, dann komme ich mit. Das habe ich lange nicht mehr gemacht", erklärte Peter. „Übrigens würde ich Anne gerne wieder sehen. Du hast ja gesagt, dass sie Schluss mit ihrem Freund gemacht hat."
Elisa runzelte die Augenbrauen. „Das kannst du gern machen. Es war immer lustig, wenn du ganz

zufällig auch in der ‚Alten Liebe' aufgetaucht bist. Jedenfalls hast du nicht gestört", fügte sie nach einer kurzen Denkpause hinzu. „Ob Anne jetzt so richtig Schluss mit Henry gemacht hat, das muss ich sie direkt mal fragen. Jedenfalls ist sie nicht abgeneigt, sich neu zu orientieren, mein Lieber."
„Sag ich doch. Es wird Zeit, dass ich mich um sie kümmere", stellte Peter grinsend fest.

***

„Wie sehe ich aus?" Elisa stand in der Tür zu Felixs Zimmer. Sie hatte heute ihr erstes Internet - Date und sich entsprechend aufgebrezelt.
„Mutter, dieser Rock ist viel zu kurz!" Felix musterte sie von oben bis unten. „Und überhaupt, musst du dich schminken, in deinem Alter?"
Elisa stöhnte theatralisch. „Du bist ja schlimmer als Oma. Sie hat mich letztens in Unterwäsche gesehen. Weißt du was sie gesagt hat?"
„Keine Einzelheiten bitte." Felix hob beide Hände über den Kopf, was Julia auf den Plan rief. „Lass dir nichts einreden, du siehst toll aus. Was hat die Oma gesagt?"
„Sie hat mich gemustert und dann ganz streng über ihren Brillenrand geguckt. Dann hat sie mich arg getadelt: Sei froh, dass dein Vater das nicht mitbekommt. Er würde den zweiten Herzinfarkt bekommen. Was du trägst ist wirklich keine anständige Unterhose, Kind, da ist entschieden zu wenig Stoff dran! Wo ist dein Unterhemd, denkst du denn gar nicht an deine Nieren! Und überhaupt, unsere Strümpfe früher haben völlig anders ausgesehen! Wo ist denn dein Strumpfhalter?" Elisa ahmte gekonnt den nörgeligen Tonfall ihrer Mutter nach.

„Genau, das wollte ich jetzt wissen! Könnt ihr eure Weibergespräche vielleicht draußen führen?", Felix was not amused. „Ich werde mal rüber zu Matts gehen, dann könnt ihr euch in Ruhe über Mutters Unterwäsche unterhalten", mit diesen Worten trollte er sich.
„Stör dich nicht an dem Quatschkopf", Julia musste lachen. „Vielleicht sehen wir uns nachher noch, dann kannst du mir erzählen, wie dein Date war. Einstweilen viel Spaß."

Elisa betrat das „Extrablatt" und schaute sich suchend um. Seltsam, obwohl sie spät dran war, schien ihre Verabredung noch nicht eingetroffen zu sein. So setzte sie sich erst einmal an einen Bistrotisch. Ihr erstes Date hatte sie mit dem Polizisten, einem gut aussehenden Mann, der sich als treu, großzügig, aufgeschlossen und sehr nett beschrieb. Seine E-Mails klangen ein wenig langweilig, aber vielleicht war er einfach kein großer Briefschreiber.
„Da sind Sie ja, haben Sie mich gar nicht gesehen?" Der Mann, welcher sich jetzt zu ihr setzte, hatte wenig mit dem Foto gemein, das sie von ihm bekommen hatte. Eine gewisse Ähnlichkeit war schon vorhanden, sie musste sich den Herrn nur weniger faltig, ausgemergelt, verhärmt, mindestens zehn Jahre jünger und mit vollem Haupthaar vorstellen. „Ich habe schon auf Sie gewartet", nörgelte er und schaute sie streng an. „Ich schätze eine gewisse Pünktlichkeit, das ist ja bekanntlich die Höflichkeit der Könige. Schwamm drüber, jetzt sind Sie hier. Ich will großzügig sein. Möchten sie etwas trinken?"
„Ja gerne, eine Cola."

Das fing ja gut an.

„Coca Cola kann ich nicht vertragen. Sie müssen wissen, dass ich magenleidend bin. Ich bevorzuge Tee und stilles Mineralwasser. Zudem ernähre ich mich vegetarisch und Laktose frei, tendiere aber durchaus zu veganer Kost."

Elisa schaute sich demonstrativ die Speisekarte an. „Ich hätte gerne einen Burrito, dazu bitte eine doppelte Portion Pommes mit Majo." Die Bedienung notierte die Bestellung und Elisa wandte sich dem sichtlich entsetzten Polizisten zu. „Ich esse unheimlich gern Fleisch und Magenprobleme habe ich, Gott sei Dank, auch nicht."

„Ähm, ja, " er nippte an seinem Tee. „Wo wir doch so nett zusammen sitzen, wollen wir uns nicht duzen? Ich bin Bernhard, wie Sie wissen. Sie haben zwei Vornamen? Wie darf ich sie nennen?"

Solange sie mit diesem ausgemergelten Meckerer keinen Bruderschaftskuss tauschen musste, war Elisa alles Recht. „Ja sicher, Bernhard, oder soll ich Bernie sagen? Ich bin sowieso nicht für Förmlichkeiten. Sag einfach Elisa zu mir, das reicht."

„Bitte Bernhard, meine Liebe", wieder ein strenger Blick. „Ich halte gar nichts von dieser Unsitte, die schönen deutschen Namen zu verniedlichen."

‚Du meine Güte, was für ein schräger Vogel', fuhr es Elisa durch den Kopf. Sie suchte nach einem unverfänglichen Gesprächsthema. „Hast du schon länger Probleme mit dem Magen?" Das war Bernhards Stichwort. Er orderte einen neuen Kamillentee, holte tief Luft und erzählte seine Leidensgeschichte. Man verstand ihn nicht. Nicht in seiner Dienststelle, nicht privat. Seine Frau hatte sich scheiden lassen, überhaupt wurde er überall verkannt. Deshalb auch die Magenprobleme. Der Burrito kam, Elisa verspeiste ihn genüsslich, nickte ab und zu mitfühlend, hörte nicht mehr zu.

„…und deshalb suche ich jetzt eine liebe Frau, die meine Sorgen mit mir teilt und mir hilft, die Last des Lebens zu tragen. Ich war schon lange nicht mehr aus. Ist dir 22 Uhr Recht?"

Elisa erwachte aus dem Koma, denn Bernhard war am Ende seiner Leidens- und Lebensgeschichte angekommen. Er erwartete scheinbar eine Antwort, jedenfalls guckte er ziemlich erwartungsvoll.

„Ja", sagte sie erst einmal probeweise.

Bernhard strahlte, soweit ihm das bei seinem mürrischen Gesicht möglich war. „Das ist schön, ich freue mich."

„Worauf jetzt genau?", fragte Elisa vorsichtig.

„Aber, aber, meine Liebe, willst du mich foppen? Samstag! Soll ich dich abholen, oder treffen wir uns gleich im Tanzlokal?"

Verflixt, da hatte sie wieder einmal einen schönen Mist gebaut. Hätte sie lieber mal besser zugehört. Das fehlte noch, dass dieser magersüchtige Langweiler sie von zu Hause abholte. Die Knaben würden Lachkrämpfe bekommen. „Wir treffen uns lieber gleich im Lokal, wo war das jetzt noch?"

„Meine liebe Elisa, an deiner Konzentrationsfähigkeit müssen wir gelegentlich arbeiten. Es war das ‚Casablanca', dort ist mein Chef, wie ich bereits erwähnte, Stammgast."

In Elisa kochte es, wenn Bernhard noch einmal diesen salbungsvollen Ton anschlug und meine Liebe zu ihr sagte, dann würde sie ihm seinen Kamillentee über den Kopf schütten, Polizist der nicht! „Ich muss jetzt wirklich los. Ich habe noch einen Termin, den hatte ich ganz vergessen."

„Ts-ts-ts", Bernhard wusste nicht, wie hart er am Abgrund stand. „Konzentration, meine Liebe und nicht vergessen: Samstag, 22 Uhr im Casablanca."
Ungeduldig winkte Elisa der Bedienung, die auch sofort zur Stelle war.
„Zahlen sie getrennt oder zusammen?"
Bernhard musste nicht lange nachdenken: „Selbstverständlich getrennt!"
„Ach lass mal, Bernhard, ich bezahle dein Teechen mit, schließlich bin ich emanzipiert", meinte Elisa und zwinkerte der Bedienung zu.

„Du bist aber schon früh wieder zu Hause, das war wohl nix, was?" Felix, Matts und Julia hatten den Kühlschrank geräubert und es sich in der Küche bequem gemacht.
„Kinder, ich brauche erst mal einen Schnaps. Das glaubt ihr nicht." Elisa setzte sich dazu und erzählte was ihr widerfahren war. „Jetzt weiß ich nicht, ob ich den ollen Bernhard einfach versetzen soll", klagte sie.
Matts sah sie streng an. „Mutter, versprochen ist versprochen. Der Typ ist Polizist, wenn du ihn versetzt dann hast du für 100 Jahre Knöllchen an der Backe." Er prustete los.
„Nicht an der Backe, an der Windschutzscheibe", kicherte Julia.
Elisa musste lachen. „Doofe Blagen", mit diesen Worten stolzierte sie aus dem Zimmer.

***

‚Eigentlich hat Matts Recht. Versprochen ist Versprochen', dachte Elisa, als sie ihr Auto auf dem Parkplatz der Disco abstellte. Sie würde den Abend nett hinter sich bringen, Bernhard erklären, dass ein weiteres Treffen nicht in ihrem Sinne wäre und zur Tagesordnung übergehen. Wie zu erwarten, war das Casablanca um diese Uhrzeit nicht gerade überfüllt. Dieses Mal erkannte sie Bernhard sofort, er war ja auch nicht zu übersehen, denn er trug ein ziemlich kariertes Sakko.

„Hallo, dieses Mal bist du fast pünktlich", stellte er fest, nicht ohne noch einmal auf seine Uhr zu schauen.

„Hallo", antwortete Elisa schwach, mit diesem Sakko hatte sich nicht gerechnet. „Heute keinen Tee?"

„Nein, ich trinke Wasser, wie du ja siehst."

„Geschüttelt oder gerührt?"

„Haha, das ist witzig", Bernhard ließ sich nicht die Stimmung verderben. „Möchtest du tanzen?"

„Ja, gerne", Elisa beschloss das Beste aus dem Abend zu machen und beim nächsten Date besser zuzuhören.

Auf der Tanzfläche drehten sich schon einige Paare. Einer der Tänzer musterte Elisa eingehend. Lächelnd erwiderte sie seine Blicke, um sich resigniert wieder Bernhard zuzuwenden. Sein Tanzstil passte zum Sakko. Auch er war ziemlich kariert. Wieder zurück an ihrem Platz, ergriff Elisa die Gelegenheit: „Hör mal Bernhard, ich muss dir etwas sagen. Es wird wohl nichts mit uns."

„Das dachte ich auch schon", antwortete Bernhard zu Elisas Verblüffung. „Du hast einige Eigenschaften, die mir nicht so gut gefallen und mit denen ich mich nicht abfinden könnte: Du bist unpünktlich…"

„Genau", unterbrach Elisa ihn eifrig, „ und ich bin so unaufmerksam, höre nie richtig zu. Unordentlich bin ich auch noch, du ahnst nicht, wie es

bei mir zu Hause aussieht. Überhaupt – ich könnte niemals aufs Fleisch verzichten. Das könntest du als Vegetarier oder sogar Veganer auf Dauer bestimmt nicht ertragen."
Bernhard schaute leicht irritiert. „So ist es."
„Dann lass uns heute einfach nur Spaß miteinander haben. Ansonsten suchen wir weiter nach dem Idealpartner." Elisas Laune hob sich rapide. „Los, jetzt wird noch einmal getanzt!" Sie zog Bernhard auf die Tanzfläche. Plötzlich machte ihr weder sein seltsames Sakko, noch sein Zappeltanzstil etwas aus. Auch Bernhard wurde lockerer. Plötzlich zog er sie eng an sich. „Würde es dir etwas ausmachen, näher an mich ran zu rücken?" flüsterte er ihr ins Ohr. „Da vorne tanzt mein Chef."
„Ja und?" Elisa verstand nicht worauf er hinaus wollte.
„Na ja, der hat mich noch nie mit einer so hübschen Frau zusammen gesehen."
Grinsend drückte ihm Elisa einen Kuss auf die Wange. Irgendwie tat er ihr leid. Wie mochte seine Ex Frau bloß aussehen? Sie beschloss, ihm den Gefallen zu tun und rückte noch näher. „Äh, so nah auch nicht, das macht mich jetzt aber nervös." Es war schwer, Bernhard etwas Recht zu machen.
„Willst du jetzt Eindruck machen, oder nicht!" Sie sah ihm tief in die Augen, was ihn irritiert blinzeln ließ. Wieder an ihrem Platz versuchte sie ein wenig mit Bernhard zu flirten, doch das stellte sich als nicht so leicht heraus. Dienstgespräche lagen ihm scheinbar besser. Wenigstens schien sie auf Bernhards Chef Eindruck zu machen, denn der schaute öfter ungläubig zu seinem Mitarbeiter hinüber.
Der Abend neigte sich dem Ende zu, die Zwei machten sich zum Aufbruch bereit. Plötzlich stand

der Tänzer, welcher Elisa den ganzen Abend gemustert hatte vor ihr. „Ich schaue dich schon den ganzen Abend an, du guckst gar nicht richtig zurück", lächelte er und schob ihr einen Zettel in die Hand. „Ich finde dich süß und habe dir meine Telefonnummer aufgeschrieben. Vielleicht magst du mich mal anrufen?" Er musterte den verblüfften Bernhard kurz. „Was willst du denn mit dem?"
Ehe Elisa antworten konnte hatte er sich umgedreht und war gegangen. Du meine Güte, welch ein Frechling, aber irgendwie gefiel ihr das. Sie beschloss die Telefonnummer erst einmal zu behalten.

***

Annerose hatte sich mit ihrem ersten Date zum Essen verabredet und war angenehm überrascht. Oliver, der Architekt, sah im Original noch besser aus als auf dem Foto, das er ihr zugeschickt hatte. Strahlend kam er auf sie zu und begrüßte sie überschwänglich: „Hallo, es freut mich sehr, dich heute treffen zu dürfen. Der Tag war bis jetzt schön, nun wird er perfekt." Auch Anne strahlte. „Schön dich zu treffen." Sie setzte sich, wobei er ihr den Stuhl zurecht rückte. Es würde ein toller Abend werden, in diesem Punkt war sich Anne sicher.
„Womit darf ich dich verwöhnen? Vielleicht mit einem Gläschen Champagner?"
„Gerne, ich liebe Champagner."
Oliver gab sich ganz als Mann von Welt, suchte das Menü und den passenden Wein aus, prostete ihr zu. „Auf uns, auf einen perfekten Abend mit einem wundschönen Abschluss!" Er schaute ihr tief in die Augen. „Du bist noch schöner, als ich es

vermutet hatte. Die Fotos, die du mir geschickt hast, werden dir nicht gerecht."

Das Essen war vorzüglich, der Wein richtig gut, Oliver beherrschte den Smalltalk perfekt. Annerose fühlte sich berauscht, was nicht nur am Alkohol lag. Sie schien einen Glücksgriff getan zu haben. Dieser Mann war fantastisch: gut erzogen, charmant, großzügig und er schien nicht unvermögend zu sein. Zumindest ließ das seine äußere Erscheinung vermuten. Sie würde die Gelegenheit beim Schopf ergreifen, austesten wie fantastisch er wirklich war. Nach dem Dessert und dem anschließenden Espresso kam sie zur Sache.

„Was meinst du, ich habe zu Hause noch eine Flasche ‚Pommery', auf Eis. Die habe ich für eine besondere Gelegenheit aufbewahrt."

Wieder schaute ihr Oliver tief in die Augen. „Es wäre schön, wenn das jetzt die besondere Gelegenheit wäre."

Bald darauf saßen die beiden eng umschlungen auf der Couch in Annes Wohnzimmer. Sie stellte fest, dass Oliver auch im Küssen versiert war. Plötzlich öffnete sich die Tür. Henry stand im Zimmer. „Ich hoffe ich störe nicht!"

„Henry, was willst du? Sorry, Oliver, das ist ein Nachbar und Freund. Er wohnt eine Etage höher", stöhnte Annerose.

„Mein Kaffee ist alle und da wollte ich mir welchen von dir ausleihen." Henry ließ sich nicht aus der Ruhe bringen. Annerose wedelte ungeduldig mit der Hand. „Hol dir aus der Küche was du brauchst. Und dann Tschüss!" Entschuldigend wandte sie sich wieder Oliver zu. „Ich sollte ihm wirklich den Schlüssel abnehmen."

Henry klapperte in der Küche herum. Wenig später war er verschwunden. Etwas irritiert nahm Oliver sie wieder in den Arm, küsste sie zärtlich. Annerose seufzte wohlig und erwiderte seinen Kuss.
Ein Schlüssel klapperte, Henry stand wieder in der Wohnzimmertür. „Entschuldigung, habt ihr ein paar Zigaretten? Meine sind alle."
Anne griff sich die fast volle Zigarettenpackung vom Tisch und marschierte auf den Störenfried zu: „Hier, nimm die Schachtel einfach mit hoch, sonst noch was? Ein paar Erdnüsse, Käsecracker oder Chips? Nimm dir einfach was du für die nächsten 14 Tage brauchst und komm bitte heute nicht noch mal runter!"
„Bin ja schon weg, sei doch nicht so unfreundlich!" im Hinausgehen wandte sich Henry an Oliver. „Danke für die Zigaretten und viel Spaß noch!"
Der zog die Augenbrauen hoch. „Was war das denn jetzt? Ein Freund und Nachbar, hm?"
„Vergiss ihn einfach. Wir waren vor langer Zeit kurz zusammen. Da läuft gar nichts mehr!" Zärtlich strich sie über Olivers Oberschenkel. „Jetzt sollten wir uns um wirklich wichtige Sachen kümmern!"
Das ließ sich Oliver nicht zweimal sagen. Wenig später kümmerte er sich intensiv um alle wichtigen Sachen, die Annerose zu bieten hatte. Auch das konnte er wirklich gut. Sie stöhnte laut und langanhaltend.
Plötzlich hämmerte es heftig an der Wohnzimmertür. „Um Gottes Willen Annerose, ist alles in Ordnung, geht es dir gut? Soll ich den Notarzt holen?"
Das war selbst für den in allen Lebenslagen versierten Oliver zu viel. Er raffte seine Kleidungstü-

cke zusammen, drängte sich an Henry vorbei und lief ins Badezimmer. Einen kurzen Augenblick später erschien er korrekt bekleidet wieder im Flur. „Der Notarzt wird nicht nötig sein, aber vielleicht solltet ihr beide einen Psychiater konsultieren!", mit diesen Worten verließ er die Wohnung.
„Mensch Anne, ich hab`s doch nur gut gemeint…", weiter kam Henry nicht, denn Annerose griff sich den nächstbesten Gegenstand, in diesem Fall war es ein Kristallaschenbecher, und warf nach ihm.

***

„Die Story ist noch viel besser als meine. Hat sich Oliver noch einmal bei dir gemeldet?", fragte Elisa fasziniert. „Oder hast du versucht ihm die Situation zu erklären?"
„Natürlich hat er sich nicht mehr gemeldet. Er reagiert auch auf keine meiner E-Mails. Ich komme also gar nicht dazu, etwas zu erklären. Wahrscheinlich hält er mich für eine völlig beknackte Person, die ihren Lover für die Nacht ausquartiert hat, damit sie freie Bahn hat. Ich nehme Henry sein Verhalten wirklich übel, denn ich habe ihm wer weiß wie oft gesagt, dass es sinnlos ist zwischen uns. Ich habe die Beziehung offiziell beendet. Irgendwie geht er einfach darüber hinweg. Was soll ich denn noch machen? Ihm ein Kündigungsschreiben schicken? Hiermit kündige ich die Beziehung zum Ersten des Monats, das wäre doch mal was. Andere Leute machen per SMS Schluss und das wird akzeptiert. Henry ist einfach bescheuert", Annerose zuckte hilflos mit den Schultern.

„Er ist nicht bescheuert, sondern eifersüchtig. Er liebt dich immer noch. So viel Glück hätte ich auch gerne." Lara hielt ihr Glas hoch. „Ich glaube der Rotwein verfliegt ziemlich schnell. Mein Glas ist schon wieder leer."

Die drei Freundinnen hatten sich heute bei Elisa getroffen, um einen richtig schönen Weiberabend mit allem was dazu gehört abzuhalten. Elisa schenkte nach. „Ich glaube Lara hat Recht. Er hat eure Trennung bisher noch nicht realisiert. Wie auch, er geht schließlich immer noch bei dir ein und aus. Das würde ich an deiner Stelle als erstes abstellen. So macht er sich immer weiter Hoffnungen. Er meint, du kriegst dich wieder ein und ihr setzt irgendwann eure Beziehung weiter fort."

„Es ist ganz praktisch, dass Henry bei mir ein und aus geht, wie du es ausdrückst", erklärte Anne augenzwinkernd. „Auf diese Weise erspare ich mir zum Beispiel das Einkaufen. Er hat mit seinem Studium definitiv mehr Zeit als ich. Du weißt, wie sehr mich der Job in Anspruch nimmt. Es hatte sich während unserer gemeinsamen Zeit so eingebürgert, dass er die Einkäufe regelt und öfter etwas kocht. Das haben wir so beibehalten. Wenn er gerade bei mir unten ist, saugt er auch gerne mal Staub und putzt durch. Dafür unterstütze ich ihn finanziell. Das ist doch fair. Ich hasse Hausarbeit und ihm macht sie nichts aus. Das heißt noch lange nicht, dass ich die Beziehung fortsetzen will. Das sollte er wirklich kapiert haben."

„Du bist ja lustig. Hältst dir den Ex als Hausmann. Auf die Idee muss man auch erst kommen." Lara schien fasziniert von diesem Gedanken zu sein. „Das hätte ich praktizieren müssen, als Roland und ich zusammengezogen sind. Jetzt ist der Zug abge-

fahren. Er macht im Haushalt praktisch gar nichts. Alles bleibt an mir hängen. Aber nicht nur das, nicht mal beim Sex komme ich auf meine Kosten."
Anne schaute sie interessiert an. „Sag bloß? Ich dachte immer, dass du eine glückliche Beziehung führst. Obwohl ich mich schon darüber gewundert habe, dass du in der letzten Zeit so oft mit uns auf die Piste gehst. Das scheint deinem Mann nichts auszumachen, was?"
„Es macht ihm wirklich nichts aus. Er schaut sich lieber ‚Wetten dass ...' an, als etwas mit mir zu unternehmen. Roland kommt mir vor, als wenn er auf einen Schlag um 20 Jahre älter geworden wäre. Egal, ich werde schon damit klarkommen. Wie geht es eigentlich jetzt mit euren Internetbekanntschaften weiter? Habt ihr das aufgegeben oder gibt es noch mehr Treffen?"
Elisa und Anne wechselten einen verschwörerischen Blick. „Ja klar suchen wir weiter. Ich treffe mich demnächst mit einem total gutaussehenden Typen. Der sieht fast aus wie Mel Gibson."
Anne prustete los. „Ja sicher, aber nur für die Westentasche. Ich dagegen habe ein richtiges Prachtexemplar aufgetan. Er ist Bodyguard, du kannst dir vorstellen, wie gut er aussieht. Wir haben schon öfter miteinander telefoniert. Er ist richtig, richtig nett."
„Und ist der Prachtkerl verheiratet?", fragte Lara misstrauisch.
„Nein, ist er nicht. Er lebt zwar im Moment noch mit einer Frau zusammen, aber in dieser Beziehung klappt überhaupt nichts mehr. Er ist einfach zu pflichtbewusst, um sich von heute auf morgen von ihr zu trennen. Ist das nicht süß. Aber er sucht eine

Wohnung und will sich langsam von ihr lösen, damit sie nicht zu sehr leidet."
Lara verdrehte die Augen. „Das hört sich kompliziert an. Ob das alles stimmt, was der Typ dir erzählt? Ich wünsche es dir."
„Das wünsche ich mir auch. Aber so verbissen sehe ich das gar nicht." Annerose hob ihr Glas. „Ein Toast auf alle unbraven Mädels dieser Welt und auf uns drei ganz speziell: Auf dass uns alles gelingen wird, was wir uns vornehmen!"

Später nahm Elisa Lara beiseite. „Wie sieht`s mit deiner Bekanntschaft aus? Habt ihr wirklich das Wochenende miteinander verbracht?"
„Schon. Es war ganz nett, aber er ist doch nicht der Richtige, fürchte ich. Das habe ich ihm auch gleich am Sonntag gesagt und, dass ich ihn nicht widersehen möchte."
„Tatsächlich? Gleich am Sonntag? Hast du das schon am Samstag festgestellt und wolltest ihm das Weekend nicht versauen, oder was? Vor allem: wie hat er die Abfuhr aufgenommen?"
Wenn Lara die Ironie der Worte überhaupt wahrnahm, so zeigte sie es nicht. „Erst war er am Boden zerstört, hat sich dann aber eingekriegt. Schließlich ist er selbst Schuld. Stell dir bloß mal vor: Er hatte mit seinem Alter total gelogen. In seinem Profil hat er angegeben, dass er 55 ist. Das ist hart an der Grenze für mich. Schließlich wäre er dann über 10 Jahre älter als ich. Ich tendiere sowieso eher zu jüngeren Männern, musst du wissen. Aber er klang halt so nett, dass ich das in Kauf genommen habe. Jedenfalls hat er mir am Sonntag Morgen gebeichtet, dass er noch zehn Jahre älter ist, also 65! Das geht ja wohl gar nicht."

Elisa schluckte. Sie konnte es sich mit ihren 40 Jahren überhaupt nicht vorstellen, Sex mit einem so alten Mann zu haben. „Ich glaube das nicht. Hast du tatsächlich mit ihm geschlafen? Und vor allem, hast du denn nicht gemerkt wie alt er tatsächlich ist, als du ihn so ohne Klamotten gesehen hast? Oder habt ihr es im Dunkeln gemacht?"
„Er ist gut trainiert. Besser als so mancher junge Kerl. Schließlich hat er eine Ehefrau, die auch erst 47 ist. Da muss er schon auf sich achten, sagt er. Nur will die nichts mehr von ihm wissen, in sexueller Hinsicht, meine ich. Er glaubt, dass sie beruflich so eingespannt ist, aber ich denke, sie hat einen Anderen. Vielleicht einen Kerl, der altermäßig zu ihr passt. Egal, jedenfalls war der Sex mit ihm richtig gut. Er ist total auf mich eingegangen und kann ganz schön lange. Trotzdem will ich ihn nicht wieder treffen. Ich suche ja eine dauerhafte Affäre. Stell dir mal vor, der Opa kriegt in ein paar Jahren auf mir einen Schlaganfall oder so!"
„Ja, man muss für die Zukunft planen." Diese Bemerkung konnte sich Elisa nicht verkneifen. „Also suchst du weiter? Oder hast du schon jemand neues gefunden? Ich habe letztens gelesen, dass Foren wie ‚Top Secret' total im Trend sind, dass man stündlich mit neuen Kontakten bombardiert wird."
„So schlimm ist das auch wieder nicht, aber natürlich bin ich weiter auf der Suche, genau wie ihr. Ich habe mir auch schon überlegt, ob ich in diesem Jahr nicht alleine in Urlaub fahren sollte. Vielleicht würde sich sogar die Möglichkeit ergeben, ein paar nette Tage mit einer neuen Bekanntschaft zu verbringen. Das wäre ganz schön aufregend. Roland kommt wieder einmal nicht aus dem Quark. Die Arbeit hinten und vorne. Alles was ich vorschlage

passt ihm nicht. Ich könnte alleine etwas buchen, es würde ihm überhaupt nicht auffallen."
Elisa schüttelte mit dem Kopf. Sie konnte es nicht nachvollziehen, wie schnell Laras Hemmschwelle, einen Seitensprung betreffend, ins Unterirdische gefallen war. „Sei bloß vorsichtig. Ich will mir gar nicht ausmalen was passiert, wenn Roland hinter deine Aktivitäten bei ‚Top Secret' kommt. Dann ist nix mehr mit dem Halten des Lebensstandards, meine Liebe. Überhaupt, verheiratete Männer, die mal nebenbei Sexkontakte suchen, das wäre überhaupt nicht mein Ding!"
„Was wäre nicht dein Ding?" die Stimme aus dem Hintergrund gehörte Matts, der unbemerkt in die Küche gekommen war.
„Es ist überhaupt nicht mein Ding mir die Finger blutig zu arbeiten, um zwei Raupen durchzufüttern, die mir die Haare vom Kopf fressen!"
Grinsend machte sich Matts am Kühlschrank zu schaffen. „Aber Mutter, du liebst uns doch. Dazu gehört auch das Füttern der Junge!"

Juni

Heute feierte Ilse ihren Geburtstag. Elisa hatte sich den Tag frei genommen, um ihrer Mutter bei den Vorbereitungen für die Feier zu helfen.
„Das erledigen wir Frauen alles im Handumdrehen. Dein Vater will mir immer helfen und steht nur im Weg herum. Mal abgesehen davon, dass er mir den halben Kartoffelsalat wegisst, kaum dass ich ihn fertig gemacht habe", erklärte Ilse und schickte ihrem Mann kurzentschlossen auf einen langen Spaziergang. „Du brauchst vor dem Nachmittag nicht wieder zu erscheinen", rief sie ihm hinterher.
„Aber Mama, das kannst du doch nicht machen", sagte Elisa ein wenig schockiert. Ilse zwinkerte ihr zu. „Das hätte ich mich früher auch nicht getraut. Aber mit den Jahren ist der Tiger zahnlos geworden. Er knurrt ab und zu noch, doch seinen Biss hat er verloren. Übrigens ist schönes Wetter, mit Regen ist nicht zu rechnen, also wird die frische Luft deinem Vater gut tun."

Jetzt waren die letzten Handgriffe erledigt, Kalle wieder eingetrudelt. Er hatte seinen Sohn Peter gleich mitgebracht, die Party konnte starten. Elisas Mutter hatte sich in Schale geworfen. Sie drehte sich einmal um die eigene Achse. „Na?"
„Mama, du bist eine Schönheit! Selbst Johannes Heesters wäre entzückt von dir."
„Das ist nicht dein Ernst", Mutter machte ein paar Tanzschritte. „Der Heesters ist mir viel zu alt. Der ist ja noch viel älter als dein Vater! Da fällt mir etwas ein: Wenn du einen netten Mann kennenlernst, wo du doch immer tanzen gehst, dann frag

ihn gleich als erstes, ob er handwerklich begabt ist. Ich möchte die Küche und das Badezimmer neu gemacht haben. Dein Vater schafft das nicht mehr und dein Bruder hat so viel zu tun, dass es bei einem Versprechen geblieben ist. Von meinen Enkeln will ich gar nicht erst reden."
„Ganz genau, Oma. Ich habe keine Ahnung von solchen Sachen. Dein anderer Enkel hat alle Hände voll zu tun", ließ sich Matts vernehmen. Er wies auf seinen Bruder, der sich intensiv mit seiner Julia beschäftigte und gar nicht merkte, dass über ihn gesprochen wurde.
„Ach, die jungen Leute. Was hatten wir für einen Spaß miteinander, als dein Vater jung war. Wenn er nur die Finger von den Weibern gelassen hätte", seufzte Ilse. Kalle zog vorsichtshalber den Kopf zwischen die Schultern. „Das ist doch alles so lange her", murmelte er.
„Mama, du bist unmöglich. Das will ich gar nicht wissen und es gehört ganz bestimmt nicht hier her."
„Eben, und jetzt wollen wir auf deinen Geburtstag anstoßen und eine schöne Feier haben, Ilsekind." Kalle schenkte Sekt aus und grinste seine Frau spitzbübisch an. Eine schöne Geburtstagsfeier wurde es dann auch. Ilse und ihre Freundinnen legten richtig los. Wenn auch zusammen 300 Jahre auf dem Sofa saßen, so waren es 300 muntere Jahre, zwischen denen Kalle sich sichtlich wohl fühlte.
Irgendwann standen Peter und Elisa zusammen in der Küche und ratschten miteinander, so wie früher. „Na, Schwesterherz, wie sieht es aus?"
„Das wollte ich dich gerade fragen. Du hast vor längerer Zeit gesagt, dass du eventuell mitkommen

würdest, wenn wir ausgehen. Daraus ist auch nichts geworden, was?"
Peter schaute seine Schwester prüfend an. „Ich war letztens erst in der ‚Alten Liebe', aber ihr wart an dem Samstag nicht dort. Das war nicht so tragisch, ich habe mich auch ohne euch Ziegen gut amüsiert. Vielleicht gehe ich gelegentlich wieder aus und zwar in Begleitung einer netten Frau. Da fällt mir etwas ein: Ich habe dort jemanden getroffen, der sich eingehend nach dir erkundigt hat."
„Tatsächlich?" Elisa nippte an ihrem Weinglas, tat betont uninteressiert. „Jemand, der sich nach mir erkundigt hat, so, so."
„Jetzt tu bloß nicht so. Du platzt gleich vor Neugierde, das sehe ich dir an der Nasenspitze an." Peter gab seiner Schwester einen liebevollen Nasenstüber. „Du warst vor ein paar Jahren ja wohl mit jemandem zusammen, mehr oder weniger. Das war ein echt netter Kerl. Ich habe nie verstanden, warum du ihm den Laufpass gegeben hast."
„Du meinst Alan, nicht wahr?", fragte Elisa verblüfft. „Ja denkt denn der überhaupt noch an mich?"
„Das kannst du aber glauben. Jedenfalls hat er sich sehr dafür interessiert wie es dir geht und ob du eine feste Beziehung hast. Das ist so weit gegangen, dass er mir ein Bier ausgegeben hat", grinste Peter.
Elisa schluckte. Diese Information brachte sie ganz schön aus dem Gleichgewicht, denn sie hatte in der letzten Zeit öfter an Alan denken müssen. Sie war einfach davon ausgegangen, dass er sie im Laufe der Zeit vergessen hatte. Schließlich waren seit ihrem letzten Treffen fast 7 Jahre vergangen. „Und

wie geht es ihm? Hat er eine Frau oder eine Freundin?"
„Ach schau mal an. Meine kleine Schwester interessiert sich plötzlich doch für den Typen. Meinst du ich habe ihn gefragt, ob er eine Freundin hat? Sehe ich so aus, als würde ich mich dafür interessieren, oder was? Jedenfalls war er an dem Abend allein. Er hat erzählt, dass er beruflich lange im Ausland war und seit kurzem wieder im Land ist. Ich habe ein Bier mit ihm getrunken und dann bin ich meiner Wege gegangen. Ich glaube, er ist dann auch nicht mehr lange in der ‚Alten Liebe' geblieben, aber so ganz genau habe ich natürlich nicht darauf geachtet, weil ich beschäftigt war."
„Na klasse, und warum erzählst du mir das jetzt überhaupt?"
Wieder grinste Peter breit. „Ich habe ihm gesagt, er soll dich selbst fragen wie es dir geht und ob du einen festen Partner hast. Ich habe ihm einfach deine Telefonnummer gegeben. Aua!" Peter stieß einen Schmerzenslaut aus, denn seine Schwester hatte ihm kräftig vor das Schienbein getreten.

Auch Anne zeigte sich überrascht und schockiert, als die Freundin ihr von dem Gespräch erzählte. „Dein Bruder hat also so einfach deine Telefonnummer herausgegeben? Ohne dich vorher zu fragen? Wie ist der denn drauf? Was machst du, wenn sich Alan tatsächlich bei dir meldet?"
„Wenn ich das mal wüsste. Aber wahrscheinlich ruft er mich sowieso nicht an. Warum sollte er auch, schließlich haben wir uns seit Jahren nicht mehr gesehen."
„Er hat sich nicht ohne Grund bei deinem Bruder über dich erkundigt. Ich fand ihn damals total süß

und gar nicht verstanden, warum du ihm so plötzlich den Laufpass gegeben hast ..."
Elisa unterbrach die Freundin. „Habt ihr euch jetzt alle verschworen? Das hat mein Bruder auch gesagt. Es hat damals eben nicht gepasst. Basta."
„Ich bin jedenfalls total gespannt, ob du von ihm hörst. Obwohl ich glaube, dass man eine Geschichte, die schon lange vorbei ist nicht mehr aufwärmen sollte." Anne wechselte abrupt das Thema. „Übrigens: Lara und du habt wohl Recht gehabt. Henry baggert ganz schön, seit er mitgekriegt hat, dass ich wieder auf der Piste bin. Vielleicht ist er wirklich eifersüchtig. Das geschieht ihm Recht."
„Wie war das jetzt mit den Geschichten, die man nicht aufwärmen soll? Ich mag Henry wirklich sehr, aber ich glaube nicht, dass ihr auf Dauer zu einander passt."
„Mach mal halblang. Ich will ihn doch gar nicht mehr. Das Miteinander ist einfach schön, wir streiten uns gar nicht mehr. Von mir aus ist das nur Freundschaft, mehr nicht. Aber sag mal, wie war das jetzt mit dem Fußfetischisten? Hast du ihm echt auf seine E-Mail geantwortet? Schreibt ihr euch noch?"
„Ach nö, es war eine etwas einseitige Geschichte. Der merkwürdige Mensch wollte ständig Fotos von meinen Füßen, nicht einmal meine Beine haben ihn interessiert und mein Gesicht schon gar nicht. Als er mich dann bat, ihm ein Paar meiner Schuhe zuzuschicken, damit er selber darin herumspazieren könne, habe ich die Sache beendet", kicherte Elisa. „Ich schrieb ihm, dass ich ständig mit dem Fußpilz zu kämpfen habe. Er hat sich nicht mehr gemeldet, komisch!"

Auch Annerose musste kichern. „Ohne Zweifel: DU wirst überall hinkommen!"
„Warum das jetzt?"
„Du weißt doch: Liebe Mädchen kommen in den Himmel ..."
„ ...und böse überall hin", komplettierte Elisa den Buchtitel.

***

Nicht lange nach der Unterhaltung mit ihrem Bruder bekam Elisa einen Anruf, der sie ziemlich aus der Bahn warf. Sie hatte einen anstrengenden Arbeitstag hinter sich, freute sich auf ein heißes Bad und einen ruhigen Abend, als das Telefon klingelte. Felix nahm den Anruf entgegen. Er streckte ihr das Telefon entgegen. „Da ist ein Typ, der dich sprechen will. Aber du kannst nicht so lange reden, Julia wollte gleich noch anrufen, sie ist mit ihren Eltern weggefahren."
„Ist ja schon gut, gib mal her", grummelte Elisa, nahm Felix das Telefon aus der Hand und meldete sich. Sie hörte ein leises Lachen. „Wenn das so ist, dann müssen wir uns kurz fassen. Hallo, hier ist Alan."
„Nein!"
„Doch, ehrlich", wieder das tiefe Lachen, das ihre Knie weich werden ließ.
Elisa schluckte. „Alan, mit dir habe ich gar nicht gerechnet."
„Ich habe deinen Bruder kürzlich getroffen. Hat er dir das erzählt? Er hat mir deine Telefonnummer gegeben und gemeint, dass ich dich ruhig einmal anrufen könnte. Komme ich ungelegen? Ich kann mich auch in den nächsten Tagen noch einmal melden."

Elisa schüttelte heftig den Kopf. Sie kam sich im selben Augenblick ziemlich dämlich vor, denn das konnte er ja gar nicht sehen. „Nein, ich freue mich, dass du anrufst. Peter hat mir von eurem Gespräch erzählt und davon, dass du länger im Ausland warst."
„Ja, das stimmt. Ich bin für meine Firma in den letzten Jahren in den USA tätig gewesen. Das Angebot kam kurz nachdem du mir klar gemacht hattest, dass du noch nicht reif für eine neue Beziehung bist. Jetzt bin ich seit einem halben Jahr wieder im Lande und versuche Fuß zu fassen. Das ist gar nicht so einfach. Aber das ist nicht wichtig. Wie geht es dir? Was machst du so?"
„Mir geht es gut, danke. Ich bin schon lange geschieden und habe die Entscheidung keinen Moment bereut. Damals hast du von deiner Frau getrennt gelebt, bist du ..."
„...auch geschieden, auch schon lange. Ich habe wenig Kontakt zu meiner Exfrau und den Kindern, leider. Aus begreiflichen Gründen, es war nicht möglich einfach mal 'rüberzufliegen, um einen Besuchstag mit den Kindern wahrzunehmen. Die Ferien durften meine Jungen nicht bei mir in den Staaten verbringen, das hat mein Exfrau verhindert. Aber das führt jetzt alles zu weit. Wollen wir uns nicht einmal treffen und einen Kaffee miteinander trinken, uns nett unterhalten? Ganz unverbindlich?"
„Mama!" Felix lugte um die Ecke, was Elisa dazu brachte, genervt die Augen zu verdrehen. „Hör mal, Alan, mein Sohn nervt im Moment gewaltig. Er erwartet einen Anruf von seiner Perle, das hast du je mitgekriegt. Klar können wir uns mal treffen. Auf einen Kaffee oder in der ‚Alten Liebe', meine

Freundin und ich sind öfter dort. Lass uns einfach noch einmal telefonieren, ja."

„Okay, ich gebe dir meine Telefonnummer, du kannst mich jederzeit anrufen. Aber ich melde mich auf jeden Fall in den nächsten Tagen noch einmal bei dir. Dann hast du vielleicht mehr Zeit. Ich würde mich sehr freuen dich wiederzusehen, wirklich."

Später lag Elisa im wohlig - warmen Badewasser, schloss die Augen und träumte vor sich hin. Sie malte sich aus wie ein Treffen mit Alan wohl ablaufen würde. Ob es richtig war, sich mit ihm zu verabreden? Sie beschloss sich einfach keine Gedanken darüber zu machen und alles auf sich zukommen zu lassen. Wenn Alan sich noch einmal melden würde, so würde sie sich mit ihm treffen. Sie beschloss ihn fürs Erste nicht anzurufen.

***

Von: Tommy
An: Ann-Elisa
Betreff: Deine Kontaktanzeige

Hallo Ann – Elisa,
mit Interesse habe ich Deine virtuelle Anzeige gelesen. Du suchst also einen Mann für alle Fälle. Vielleicht komme ich in Frage? Es ist schwierig einen Anfang zu finden, gerade wenn man im Baggern ungeübt ist, so wie ich. Also schreibe ich einfach mal los:
Ich heiße Thomas, aber alle nennen mich Tommy, jedenfalls alle Freunde. Ich bin 1 Meter 78 groß, also irgendwo in der Mitte und ich bin nicht zu dick und nicht zu dünn. Ob ich vorzeigbar bin, kann ich selbst schlecht beurteilen, hoffe es aber

stark. Aber wenigstens habe ich noch alle Haare. Allerdings bin ich schon 45 Jahre alt (oder jung?) und wahrscheinlich viel zu alt für eine knackige 35-jährige.
Ich bin als technischer Angestellter tätig (oh, ha, ein Schreibtischtäter).
Nebenbei interessiere ich mich für alle möglichen Sportarten: zumeist für den Motorsport (schöne Frauen, schnelle Autos) und ich fahre leidenschaftlich gern mit dem Bike, habe einen Tourer. Gerne würde ich einmal ein längere Tour machen, wobei eine Sozia kein Hindernis wäre oder fährst Du gar selbst Motorrad?
Hinzu kommt, dass ich das Segeln und Skifahren liebe.
Außerdem mag ich Musik: von den Stones und Eric Clapton bis zu aktuellen Hits. Was ich nicht mag, ist Techno. Wahrscheinlich bin ich dafür schon zu alt. Obwohl - das kann auch nicht sein, denn ab und an regt sich da doch noch was...
Ich mag es auch zu kuscheln, zu lachen, Blödsinn zu machen. Dafür hassen mich einige Kollegen (wegen des Blödsinns, nicht wegen des Kuschelns, denn streicheln und knuddeln gehört nicht ins Büro, glaube ich)!
Was noch? Wie gesagt, ich bin im Baggern ungeübt. Vielleicht möchtest du noch etwas von mir wissen? Du kannst mich gern alles fragen.
Ich hoffe sehr auf eine Antwort!
Tommy

Noch immer bekamen die Freundinnen E-Mails auf ihr virtuelles Inserat. Inzwischen antworteten sie kaum noch darauf. Hier allerdings war eine Nachricht gekommen, die Elisa neugierig machte, denn dieser Mann schien Humor zu haben. Er war auf eine unaufdringliche Art originell, klang nett und unkompliziert. Dazu kam, dass er auf die Rolling Stones stand, genau wie das auch bei Elisa der Fall war. Doch nicht nur sein Musikgeschmack stimmte mit dem ihren überein, auch, dass er ein passionierter Biker war, kam Elisa sehr entgegen. Sie liebäugelte schon seit einiger Zeit damit, den Motorradführerschein zu machen, hatte aber bis jetzt noch nicht den nötigen Antrieb gefunden, um das Projekt wirklich in Angriff zu nehmen. ‚Wenn er wüsste, dass ich nur knapp 5 Jahre jünger bin' dachte Elisa. Allerdings hatte sie nicht vor, ihn aufzuklären und schrieb eine nette Mail zurück. Anne, die inzwischen voll und ganz mit Paul, dem Bodyguard, beschäftigt war, winkte uninteressiert ab, sodass einem Kennenlernen nichts im Wege stand.

***

Zunächst wollte Elisa sich mit Andrew, dem Mel Gibson für die Westentasche, wie ihn Annerose spöttisch nannte, treffen. Der Bahnhof schien ihr geeignet, denn so konnte sie sich den Wartenden in Ruhe anschauen und gegebenenfalls direkt kehrt machen. Frau hatte aus ihren Erfahrungen gelernt. Wie gewöhnlich kam Elisa ein wenig zu spät. Andrew hatte ihr ein Foto geschickt, so erkannte sie ihn schon von weitem. In diesem Fall war es ein aktuelles Foto, wie Elisa erleichtert feststellte. „Hallo, ich bin Elisa und du bist Andrew, richtig." Abschätzend schaute er sie von oben bis unten an. „Ja, richtig. Schön das du da bist. Wollen wir einen Kaffee trinken?"

Andrew schien nicht solch ein Langweiler wie der miesepetrige Bernhard zu sein und besser aus sah er allemal. Die Unterhaltung beim Kaffee war kurzweilig und nett, bis Andrew von seinem großen Hobby erzählte. Er schien ein ausgesprochener Sportfreak zu sein: „Meine Freizeit gestalte ich nach Möglichkeit Outdoor. Ich fahre gerne Fahrrad. Wenn es geht mache ich große Touren, die letzte habe ich zum Hermanns Denkmal gemacht."
„Aber das sind doch wenigstens 150 km." Elisa war fassungslos. „ Die hast du mit dem Fahrrad zurückgelegt? Warum das denn?"
„Wie ich bereits sagte ist Bewegung mein Lebenselixier. Wenn ich nicht draußen fahren kann, dann nehme ich regelmäßig am Indoorcycling in meinem Fitnessclub teil. Beim Spinning kann ich erst richtig entspannen. Das ist für mich wie Meditation. Hinterher ein schöner Salat, ein stilles Wasser dazu, schon ist der Tag in Ordnung."
Elisa blickte ihn zweifelnd an. „Ich mache hin und wieder gerne Sport, aber das Fahrradfahren gehört nicht zu meinen bevorzugten Sportarten. Schon gar nicht das Fahrradfahren beim Spinning. Dabei kommt man so gar nicht von der Stelle und 150 km fahre ich dann eher mit dem Auto! Ich besitze nicht einmal ein Fahrrad!"
„Wirklich nicht? Vielleicht könnte ich dein Interesse wecken. Ich stelle es mir schön vor, einmal einen gemeinsamen Ausflug zu unternehmen, um unterwegs die Natur zu genießen."
„Die Natur genießen, dagegen ist nichts zu sagen, aber das muss doch nicht unbedingt von Fahrrad aus sein. Auch kann ich mir nettere Methoden vorstellen, um in Bewegung zu sein."

Andrew ließ sich nicht von seinem Sporttrip abbringen. „Joggen ist natürlich auch eine Möglichkeit, aber das machen meine Kniegelenke nicht mehr mit."
„Ach und das Fahrradfahren ist nicht belastend für die Kniegelenke?" fragte Elisa verblüfft.
„Man muss eben etwas für seinen Body tun und sich pflegen. Wie ich bereits anmerkte, Sport ist mein Leben."
Elisa betrachtete den Sportfanatiker noch einmal kritisch. So toll sah er eigentlich doch nicht aus und mit Mel Gibson ließ er sich auch nicht vergleichen. Wenn sie bedachte, dass sie sich auf Annes Anraten hin für dieses Treffen einen Pushup mit extra großen Silikonpolstern zugelegt hatte, so zweifelte sie inzwischen daran, ob sich die Investition gelohnt hatte. Dieses unglaubliche Teil ließ ihren Busen mindestens doppelt so groß erscheinen, als er in Wirklichkeit war.
„Kaffee habe ich genug getrunken", meinte sie schließlich. „Vielleicht sollten wir es für heute gut sein lassen."
„Aber der Abend hat doch gerade erst angefangen, sollen wir nicht noch etwas unternehmen? Ich habe mir heute extra viel Zeit genommen." Andrew schaute enttäuscht drein.
„Na gut, in der Nähe ist ein Pub, den ich mir schon lange einmal anschauen wollte." Elisa wusste sowieso nichts mit dem angebrochenen Abend anzufangen, dann konnte sie ihn genau so gut mit Andrew verbringen. Übrigens hatte sie sich wirklich schon lange vorgenommen, den Pub einmal zu besuchen.

„Hier ist es wirklich gemütlich, nicht wahr!" Das Lokal gefiel Elisa ausnehmend gut, ihre Laune hob sich zusehends.

„Ja, es ist ganz nett. Aber was ich noch erzählen wollte: Es wäre mein Traum mit dem Fahrrad durch ganz Deutschland zu fahren. Stell dir das einmal vor."

Das wollte sich Elisa wirklich nicht vorstellen. Sie versuchte das Thema zu wechseln. „Wie sieht es denn mit einem anderen Zweirad aus? Was hältst du vom Motorradfahren? Mit einer Maschine durch ganz Deutschland zu düsen, das könnte ich mir sehr gut vorstellen."

„Davon halte ich gar nichts. Das Motorradfahren ist eine gefährliche Sache. Wie schnell man damit verunglücken kann. Das Fahrrad ist im Gegensatz dazu eines der sichersten Transportmittel." Es war hoffnungslos. Andrew ließ sich nicht von seinem Fahrradtrip herunterholen, Elisa gab es auf. Sie ließ ihn einfach reden, warf ab und zu ein paar bejahende Worte ein oder nickte zustimmend. Bald drängte sie darauf, den Abend zu beenden.

„Das war wirklich ein schöner Abend, den wir bald wiederholen sollten", sagte Andrew, als er sie zu ihrem Auto begleitete. Elisa brummelte zustimmend, nahm sich aber vor, weitere Treffen mit ihm abzuwimmeln. Er hatte sie umfassend über das Fahrradfahren informiert. Sie legte keinen Wert auf weitere Crashkurse darüber. Am Auto angekommen hielt Andrew ihr die Fahrertür auf und stieg anschließend, zu ihrer Überraschung, an der Beifahrerseite ein.

„Was gibt das denn?" fragte Elisa gleichermaßen erstaunt wie belustigt.

„Ein so fantastischer Abend sollte doch auch angemessen abgeschlossen werden", raunte Andrew und küsste sie, während er gleichzeitig die Hand in ihren Ausschnitt schob. Elisa wurde wirklich sauer. Was dachte sich dieser Typ eigentlich. Erst hatte er sie den ganzen Abend mit seinen Sportgeschichten gelangweilt und jetzt gedachte er sie zu betatschen? Und das auch noch mitten auf dem Parkplatz? Für solche Kinderspielchen war sie entschieden zu alt. Doch ehe sie reagieren konnte, regelte sich diese Geschichte von allein, denn Andrew hatte, statt ihres Busens das Silikonpolster in der Hand. Er zog die Finger zurück, als hätte er sie sich verbrannt. „Äh, ich will dann mal gehen", mit diesen Worten stieg er aus.
„Ja, besser ist es", merkte Elisa trocken an und richtete ihre verschobene Silikoneinlage.

***

„Gut, dass er das Silikonkissen nicht mitgenommen hat, als Polster für den nächsten Fahrradtrip. Das sähe merkwürdig aus mit nur einem Atombusen", geierte Anne und tupfte sich die Lachtränen aus den Augenwinkeln. Wie das Sprichwort schon sagt: Wer den Schaden hat, braucht für den Spott nicht zu sorgen.
„Ich bezweifle, dass ich diesen Pushup noch einmal umschnalle. Frau soll wirklich nicht übertreiben. Übrigens fühle ich mich unwohl damit, weil ich nicht einmal mehr meine Schuhspitzen sehen kann. Du mit deinen merkwürdigen Tipps, Annerose von der Heidt."
Die drei Freundinnen saßen in ihrem Lieblingsbistrot. Elisa hatte gerade ihre Erlebnisse mit dem fahrradsüchtigen Andrew zum Besten gegeben und

damit unbändige Heiterkeitsausbrüche ausgelöst. Anne putzte sich die Nase. „Lass mal, meine Tipps und Ideen sind ganz gut. Und überhaupt – wer ist denn auf die Idee gekommen, sich einen Kerl über das Internet zu suchen?"
„Die Idee ist gar nicht schlecht", ließ sich Lara vernehmen. „Es bietet ungeahnte Möglichkeiten, das Internet meine ich, nicht deine Ideen, Anne. Wenn man sich etwas bemüht, lernt man Männer bis zum Abwinken kennen, die zu allem bereit sind. Das ist doch eine tolle Möglichkeit sich auszuleben."
„Ach, tatsächlich", fragte Anne, hellhörig geworden. „Woher hast du diese Weisheiten denn? Aus der Bild Zeitung? Ganz so einfach ist das nicht, obwohl es sich mit Paul ganz gut anlässt." Sie musterte Lara eingehend. „Sag mal, habt ihr euch getrennt, Roland und du? Oder bist du plötzlich Witwe geworden und suchst jetzt auch einen Mann über das Internet?"
Lara wusste plötzlich nicht, wohin mit ihren Händen. Fahrig nahm sie einen Schluck aus ihrem Weinglas. Sie beschlabberte sich prompt. Hektisch wischte sie mit einem Taschentuch an ihrem Ausschnitt herum und lief rot an. Anne wechselte einen Blick mit Elisa. „Sag schon was los ist. Ich sehe es dir doch an der Nasenspitze an, das etwas nicht stimmt."
„Es ist etwas passiert, etwas Tragisches, ganz aus versehen. Vor einer guten Woche war das. Ich habe es nicht absichtlich gemacht", sagte Lara. Sie gab es auf, an dem Fleck auf ihrem Shirt herum zu wischen. „Gut, dass es wenigstens Weißwein ist."
Jetzt war auch Elisa neugierig geworden. „Was hast du nicht absichtlich gemacht, außer, dass du

mit dem Wein gekleckert hast? Hoffentlich nichts Schlimmes?"

Lara holte tief Luft. „Roland ist Schuld. Ich habe ja schon erzählt, dass es zwischen uns schon lange nicht mehr so ist, wie es mal war. Wir haben uns auseinandergelebt. Das kommt halt vor, wenn man länger verheiratet ist. Immerhin sind es fast 25 Jahre. Das muss man sich mal vorstellen."

„Ja, ich weiß, wie lange ihr verheiratet seid. Vergessen? Ich war mit deinem Bruder verheiratet? Jetzt erzähl schon was passiert ist und spann uns nicht auf die Folter."

„Also, Roland ist in der letzten Zeit einfach unausstehlich. Immer meckert er herum, nichts kann ich ihm Recht machen. Da war es ja noch besser, als er sich nicht um mich gekümmert hat! Ich war dabei das Mittagessen vorzubereiten. Genauer gesagt, das Fleisch zu schneiden, weil ich Geschnetzeltes machen musste. Ich wollte Putenschnitzel mit Pommes machen und er hat herumgemosert und wollte lieber Geschnetzeltes mit viel Soße und Nudeln..."

„Lara!!!", ertönte es zweistimmig.

„Ihr müsst mich das schon erklären lassen. Das ist nicht so einfach. Ich schneide also das Fleisch in kleine Stücke. Dabei konzentriere ich mich total, weil das Messer verdammt scharf ist. Roland schleicht sich von hinten an mich heran, fasst mich an und brüllt mir ins Ohr. Was soll ich sagen, ich bin herumgeschossen, weil ich mich so erschreckt habe. Es war ein reiner Reflex, das versteht ihr doch, oder?"

Elisa schluckte. „Willst du damit sagen, dass du ihn mit dem Fleischmesser ..."

„...geschnitten hast", hauchte Annerose fasziniert.

„Geschnitten ist nicht das richtige Wort. Ich habe es ihm volle Pulle in den Bauch gerammt. Irgendwie. Das ging ganz von allein."
„Und jetzt ist er auf der Intensivstation, schwer verletzt, hängt an lauter Schläuchen", murmelte Elisa mit großen Augen.
Lara schüttelte energisch den Kopf.
„Er ist tot", stellte Anne mit Grabesstimme fest. „Wann ist die Beerdigung und warum bist du nicht im Knast?"
„Was ihr euch zusammenspinnt. Er ist zwar noch im Krankenhaus, kommt aber zum Wochenende raus. Ich habe tatsächlich keine lebenswichtigen Organe getroffen. Genau genommen habe ich an allen Organen vorbeigetroffen und auch an allen Arterien und was man da noch so hat, genau weiß ich das gar nicht. Komisch, dass so viel Platz im Bauchraum ist, was?" Lara leerte ihr Glas mit einem Zug, dieses Mal ohne Katastrophe. „Alles was er zurückbehält ist eine Narbe, das ließ sich nicht vermeiden."
„Unglaublich. Hast du mit ihm gesprochen? Was hat er gesagt? Will er sich jetzt scheiden lassen? Ich weiß nicht, ob ich mich unter diesen Umständen überhaupt ins Krankenhaus getraut hätte", fragte Elisa ungläubig.
„Ach was. Wieso das denn? Ich habe sofort den Krankenwagen gerufen. Eigentlich wollte ich mitfahren, aber das ging nicht, weil gleich nach dem Krankenwagen die Kripo gekommen ist. Die Beamten haben ernsthaft geglaubt ich wollte meinen Mann erstechen. So ein Blödsinn. Roland hat so schnell wie möglich richtig gestellt, dass es ein Unglücksfall war. Der wird es nie wieder wagen,

sich von hinten an mich heranzuschleichen", sagte Lara zufrieden.
„Du bist ja drauf", meldete sich Anne zu Wort. „Sag mal, was hat er denn so laut in dein Ohr gesagt, dass du dich so mörderisch erschreckt hast."
„Ich liebe dich, aber in einer Lautstärke, das glaubt ihr nicht. Ich muss jetzt los, Mädels, will noch im Krankenhaus vorbei. Wenn ich ehrlich bin, dann habe ich doch ein schlechtes Gewissen, obwohl ich ja eigentlich nichts dazu kann. Ich habe mir schon gedacht, dass ihr es genauso seht, nämlich, dass Roland selbst Schuld ist. Über das Internet und die Männersuche müssen wir uns demnächst in Ruhe unterhalten. Vielleicht kann ich euch ein paar Tipps geben." Lara flatterte dem Ausgang zu.
„Sag mal, Anne, haben wir gesagt, dass wir auch der Meinung sind, dass Roland Schuld an der Geschichte ist?"
„Eher nicht. Ich bin auch nicht der Meinung. Ich habe ja noch nie jemandem in den Bauch gestochen, aber ich glaube das braucht schon einen gewissen Kraftaufwand. Lara ist vielleicht eine Marke. Gut, dass Roland sie bei der Kripo entlastet hat. Er scheint sie wirklich zu lieben. Was meint sie mit den Andeutungen über das Internet und Männersuche? Das hat doch nicht ausschließlich mit unserer Suche zu tun?"
„Eigentlich wollte ich darüber gar nicht reden, aber wenn sie selbst schon damit anfängt: Sie hat sich bei ‚Top Secret' angemeldet und ist dort aktiv. Es scheint zwischen ihr und Roland schon seit längerer Zeit zu kriseln."
Anne schüttelte ungläubig den Kopf. „Das glaube ich jetzt nicht. Ist das nicht dieses Forum, das für diskrete Seitensprünge wirbt? Deshalb macht sie in

der letzten Zeit so komische Andeutungen. Na ja, sie muss wissen was sie macht."

„Eben. Es ist immer schwirig eine Beziehung zu beurteilen. Mehr möchte ich gar nicht erzählen. Vielleicht fragst du sie lieber selbst. Aber wir sind durch diese unglaubliche Räuberpistole ganz vom Thema abgekommen. Du sagst, dass es sich mit deinem Paul gut entwickelt?"

Anne strahlte. „Ja, richtig gut. Er ist ein Herzblatt, nett, lieb, zärtlich, zuvorkommend. Zudem kommt er gut mit Henry aus. Die beiden verstehen sich wie Brüder. Oft sitzen sie zusammen und quatschen."

„Heißt das, dass Henry immer noch bei dir abhängt? Das stört Paul gar nicht? Immerhin ist er dein Ex und noch verliebt in dich."

„Ehrlich, es passt super mit den beiden. Henry macht mir immer noch den Haushalt. Von Eifersucht ist keine Spur mehr vorhanden. Er scheint darüber weg zu sein, ist sehr diskret und lässt Paul und mich allein, wenn er merkt, dass wir das möchten. Alles könnte perfekt sein, wenn ...", Annerose suchte nach Worten. „Es gibt nur ein kleines Problem. Paul ist wirklich toll und genau mein Typ, aber er kommt nicht auf den Punkt."

„Ich schätz das heißt, dass ihr noch keinen Sex hattet? Vielleicht steht er auf Henry. Hast du darüber schon einmal nachgedacht?"

„Auf keinen Fall. Paul steht definitiv nicht auf Männer, das hätte ich längst bemerkt." Annerose war sichtlich empört.

„Vielleicht ist er einfach schüchtern. Hast du schon mal die Initiative ergriffen?"

„Ja, sicher. Was denkst du denn. Er hat mich auch schon ein paar Mal ganz gut befriedigt, aber wenn ich richtig mit ihm schlafen will, dann schafft er es immer ganz geschickt sich zu drücken, wenn es soweit ist. Er behauptet, dass ihm seine Befriedigung nicht wichtig ist. Was für ein Unsinn. Dabei ist er ein total heißer Typ. Stell dir vor: Er hat immer Polizeihandschellen dabei. Nicht bloß so ein nachgemachtes Zeug, sondern echte. Eine Knarre hat er natürlich auch."

Elisa runzelte nachdenklich die Augenbrauen. „Sag mal, hat er schon versucht dir die Handschellen anzulegen? Vielleicht steht er auf SM oder so und kommt dabei erst auf Touren?"

„Das glaube ich nicht. Er ist immer so sanft. Ein richtiger Teddybär. Er will ja auch, aber wenn ich ihn so weit habe, dann geht bei ihm gar nichts."

„Was ist nur mit den Männern los", seufzte Elisa. „Entweder sie fallen alles an, was nicht schnell genug auf die Bäume kommt oder sie wollen gar nicht. Gibt es eigentlich noch irgendwo einen ganz normalen Kerl?"

Juli

Von: Elisa
An: Tommy
Betreff: handwerklich begabt

Lieber Tommy,
es ist sehr seltsam, mit jeder Mail von Dir kommt es mir mehr vor, als ob ich Dich schon lange kenne. Und es erschüttert mich, dass wir so viele Gemeinsamkeiten haben. Ich mag, abgesehen von den Stones, die Gruppe BAP sehr. Dass Du sie auch gut findest und ausgerechnet den gleichen Lieblingssong hast wie ich, das ist schier unglaublich. Ich wette, wir haben auch die gleichen Romane im Regal stehen!
Ich wette auch, dass Du Dir, genau wie ich, den Film Phenomenon angeschaut hast. Travolta ist echt gut, nicht wahr. Auch so ein toller Typ. Nur gehe ich davon aus, dass Du nicht zum Schluss eine ganze Packung Taschentücher nass geheult hast so wie ich ;o).
Im letzten Jahr hat mich der Film Rob Roy genauso fasziniert. Er hat doch bestimmt auch Deinen Geschmack getroffen, oder? Ich glaube, Du bist ziemlich romantisch, auch wenn Du das nicht zugibst. Rob Roy hat es übrigens tatsächlich gegeben. Wusstest Du das? Er ist als der schottische Robin Hood in die Annalen eingegangen, aber eigentlich war er bloß ein Viehdieb, wenn auch bestimmt ein sehr charmanter. Aber auch Liam Neeson würde ich nicht von der Bettkante schubsen, ehrlich. Er wäre mein Typ.
Wie geht es weiter mit uns? Ich bin gespannt auf Deine Antwort und ich freue mich sehr darauf!

Ach ja: Nicht wundern, dass ich Dir über einen anderen Account schreibe, das ist besser. Schicke Deine Mails in Zukunft doch bitte an diese Adresse.
Ganz liebe Grüße
Elisa
PS: Hand auf´s Herz: Wie bist du denn handwerklich so drauf???

Von: Tommy
An: Elisa
Betreff: Duell

Hallo Elisa,
woher weißt Du, dass ich mit den Film Phenomenon gesehen habe und John Travolta total gut finde (jedenfalls als Schauspieler, wie er als Mann wirkt kann ich nicht beurteilen. Will ich auch gar nicht)?
Doch wer zum Teufel ist dieser verflixte Rob Roy und wer Liam Neeson? Sag mir wo ich die beiden finden kann und ich werde um Dich kämpfen. Ich bevorzuge das Breitschwert und werde sie niedermachen. Du stehst auf diese Typen? Dann lerne erst mal mich kennen! Ich bin kleiner und wendiger und Whisky trinke ich mindestens so viel wie beide zusammen. By the way, da kommt mir eine bessere Duellmethode in den Sinn, ich trinke sie einfach unter den Tisch.
Wieso fragst Du, wie ich handwerklich drauf bin? Soll ich Dir etwas bauen? Oder einfach tapezieren? Was immer Du möchtest, meine Kleine, das kriege ich schon hin. Für Dich und mit Dir zusammen würde ich so ziemlich alles hinkriegen, glaube ich.

Ich möchte noch so viel über Dich wissen und auch ich fühle mich schon ganz vertraut mit Dir.
Tommy

Elisa lächelte. Was Tommy schrieb gefiel ihr immer besser. Eigentlich wurde es Zeit, sich mit ihm zu treffen und zu schauen, ob er in der Realität auch so nett war, wie er sich gab. Nachdenklich krauste sie die Nase, dann schrieb sie:

Von: Elisa
An: Tommy
Betreff: Frage

Hallo mein Kämpfer,
ich bezweifle nicht, dass Du das Whisky Duell gewinnen würdest. Doch bevor es dazu kommt und Du evtl. auf längere Sicht außer Gefecht gesetzt bist, weil Du anschließend wahrscheinlich eine Woche verkatert bist, wäre es nett, Dich kennenzulernen.
Was meinst Du?
Elisa

Von: Tommy
An: Elisa
Betreff: Uff

Liebe Elisa,
es wäre schön, wenn wir uns treffen könnten. Bisher habe ich es nicht gewagt Dich danach zu fragen, das hat einen Grund. Es ist mir wichtig, dass Du ihn erfährst, bevor wir uns begegnen, denn ich

will absolut ehrlich zu Dir sein. Es fällt mir sehr schwer dies zu schreiben, denn ich habe Angst Dich zu verlieren, bevor ich Dich richtig kennen lernen durfte!!!
Du hast mich gefragt wie es mit uns weitergeht. Das liegt nun ganz bei Dir.
Ich bin verheiratet!
Nicht glücklich, natürlich nicht. Ich habe vor, mich von ihr zu trennen. Aber das hörst Du sicherlich öfter.
Ich wäre sehr traurig, wenn Du mir jetzt nicht mehr schreiben würdest, mir keine Chance geben könntest, um Dir einiges zu erklären, aber ich würde es akzeptieren.
Ich hoffe auf eine Antwort
Tommy

Elisa fluchte lautlos vor sich hin. Nun lernte sie schon einmal einen wirklich netten Mann kennen und der war – natürlich – verheiratet. Was sollte sie jetzt machen? Verheiratete Männer, die ein Techtelmechtel suchten, wenn ihnen die Ehe zur Gewohnheit geworden war gab es en masse. Sie erzählen einem alles Mögliche, von der Sehnsucht nach fremder Haut angefangen, bis zu unverstanden und frustriert. Letztendlich war kaum einer dieser Männer ehrlich und hatte wirklich vor, sich von seiner Ehefrau zu trennen. Warum sollte sie also ausgerechnet diesem Tommy über den Weg trauen.
Spontan nahm sie die Telefonnummer zur Hand, die sie bei dem denkwürdigen Discobesuch mit Bernhard, dem misepetrigen Polizisten zugesteckt bekommen hatte. Eigentlich hatte sie die Nummer schon oft entsorgen wollen, aber immer im letzten

Augenblick gezögert. Der Typ war zwar ganz schön frech gewesen, hatte ihr aber gefallen. Einen Ehering hatte er nicht getragen, darauf achtete Elisa seit den Erfahrungen mit dem menschlichen Kraken Ludger. Sie wählte die Handynummer. Der Angerufene meldete sich nach einiger Zeit und konnte sich sofort an Elisa erinnern. „Einen Moment", raunte er, „ich muss nur schnell in eine ruhige Ecke gehen."

„Wieso das denn, kannst du nicht frei sprechen?", fragte Elisa misstrauisch.

„Ja weißt du, das ist manchmal schwierig, meine Frau hört gerne mit."

„Ah-ha!" Offensichtlich noch ein verheirateter Mann.

„Unsere Ehe ist eben nicht mehr das, was sie war." Etwas Ähnliches hatte Elisa doch gerade gelesen. „Wir haben uns auseinander gelebt und schon seit über 5 Jahren keinen intimen Kontakt mehr miteinander."

„Ja logisch, sonst würdest du ja auch keinen fremden Frauen deine Handynummer zustecken." Elisa gab sich verständnisvoll, obwohl es in ihr brodelte. „Sicher ist das nicht leicht für dich."

„Schön, dass du es auch so siehst. Sollen wir uns nicht einmal treffen? Du hast mir ausgesprochen gut gefallen."

Elisa überlegte kurz. „Das könnten wir, irgendwann. Sag, hast du Kinder?"

„Ich weiß jetzt nicht, was die Frage soll, aber ich beantworte sie gern", sagte er irritiert. „Ich habe 2 Mädchen, 10 und 3 Jahre alt."

„Wenn du seit fünf Jahren keinen intimen Kontakt mehr zu deiner Frau hattest, dann muss es sich bei dir um einen Fall von Flugbesamung handeln.

Oder meinst du, dass deine Frau dich genau so betrügt, wie Du das offensichtlich mit ihr vor hast? Würde es dir nichts ausmachen? Darüber würde ich an deiner Stelle einmal nachdenken. Lass mal gut sein, ich bin nicht die Richtige. Wünsche dir noch einen schönen Tag", mit diesen Worten brach Elisa das Gespräch ab.
Es war wirklich nicht zu fassen! Dieser unmögliche Mann steckte in der Disco fremden Frauen seine Handynummer zu und hatte Frau und Kinder zu Hause! Langsam artete alles in Stress aus. Vielleicht sollte sie einfach alles auf sich beruhen lassen und überhaupt keinen Mann suchen.

***

Mit diesen Gedanken im Kopf machte sich Elisa an diesem Sonntag auf den Weg zu ihrer Freundin Anne.
„Du ahnst es nicht. Da schreibt mir mal ein netter Mann, der mir ausgesprochen gut gefällt und was ist los? Er ist natürlich verheiratet, unglücklich verheiratet, das ist ja klar. Warum passiert das eigentlich immer mir?"
Annerose hörte geduldig zu. Elisa war brummend wie eine wütende Hummel bei ihr aufgelaufen und schimpfte jetzt schon eine geraume Weile. Endlich schwieg sie, scheinbar war ihr die Puste ausgegangen.
„Nun mach mal halblang. Du weißt doch gar nicht, ob dieser Thomas nur halb so nett ist, wie du meinst. Vielleicht wärst du total enttäuscht von ihm gewesen. Überhaupt, wenn er dir so gut gefällt, dann kannst du dich doch unverbindlich mit ihm treffen. Ansehen ist ganz ungefährlich, weißt du. Du musst dich ja nicht mit ihm einlassen. Paul

war auch noch mit einer Frau zusammen, als wir uns kennengelernt haben. Übrigens: was ist eigentlich aus der Sache mit Alan geworden? Triffst du dich nicht mit ihm? Nur zur Erinnerung. Er ist geschieden."

Elisa atmete tief durch. „Du hast Recht, was rege ich mich eigentlich so auf. Ich überlege es mir, ob ich Tommy weiter schreibe. Wahrscheinlich werde ich es nicht machen. Er klang sowieso so, als würde er nicht damit rechnen. Alan hat sich nicht mehr gemeldet und ich rufe ihn nicht zuerst an. Nachher bildet er sich wer weiß was ein. Ich hatte mir vorgenommen, das ganz relaxed auf mich zukommen zu lassen. Einerseits würde ich ihn schon gerne treffen, andererseits ist es wie du sagst: Man sollte eine alte Geschichte nicht wieder aufwärmen. Ich denke, wenn genug Liebe zwischen uns gewesen wäre, dann hätte ich mich damals gar nicht von ihm getrennt."

Anne musterte ihre Freundin nachdenklich. „Jetzt wirst du kompliziert. Hast du schon daran gedacht, dass er darauf wartet, dass du dich meldest, weil er dir nicht auf den Geist fallen will. Immerhin hat er den ersten Schritt gemacht. Es kommt nicht darauf an, seinen Dickkopf zu behaupten. Es kommt einzig und allein darauf an, was du willst, Mädel. Falscher Stolz bringt dich nicht weiter." Schließgeräusche an der Wohnungstür unterbrachen die Freundin und ließen Elisa aufhorchen. „Ist das Henry? Hat er immer noch einen Schlüssel zu deiner Wohnung?"

„Das hätte ich beinahe vergessen zu erzählen: Paul wohnt vorübergehend bei mir, bis er eine passende Wohnung gefunden hat. Er hat sich endgültig dazu

entschlossen, seine Freundin zu verlassen. Siehst du, so kann es auch gehen."
Annerose hatte kaum ausgesprochen, als Paul auch schon in der Zimmertür stand. Er machte einen leicht verlegenen Eindruck, setzte sich mit einem Gruß auf die Sofakante. Auch Elisa wusste nicht was sie sagen sollte. Obwohl sie diesen Mann nur aus Annes Erzählungen kannte, war er ihr auf Anhieb unsympathisch. Sie konnte nicht einmal sagen woran das lag. So verabschiedete sie sich bald und fuhr heim, nicht ohne ihrer Freundin das Versprechen abgenommen zu haben, bald einmal wieder mit ihr in die Sauna zu gehen.

Das war ein seltsamer Tag gewesen. Elisa freute sich darauf, ihn ganz in Ruhe ausklingen zu lassen. Mit einem Glas Rotwein machte sie es sich in ihrem Lieblingssessel bequem und schlug ein Buch auf. Sie hatte ein paar Zeilen gelesen, als das Telefon klingelte.
„Hier ist Alan", die Stimme klang zögernd. „Ich hoffe nicht, dass dies wieder der falsche Zeitpunkt für ein Gespräch ist."
„Aber nein, überhaupt nicht. Ich wollte dich auch gerade anrufen", flunkerte Elisa, der Annes Worte noch im Ohr klangen.
„Tatsächlich, das trifft sich gut. Wie sieht es aus, sollen wir uns treffen und einfach ein bisschen quatschen? Was meinst du?"
Elisa schwieg verblüfft. „Wie jetzt, treffen? Sofort?", quetschte sie heraus.
Alan lachte leise. „Daran hatte ich eigentlich nicht gedacht, aber warum nicht. Wenn du gerade Zeit hast, dann könnte ich in einer halben Stunde bei dir sein. Hallo, bist du noch dran?"

Elisa hatte die Luft angehalten und atmete jetzt hörbar aus. „Eben, warum eigentlich nicht." Je mehr sie über diese Idee, die wohl durch ein Missverständnis zustande gekommen war, nachdachte, desto mehr gefiel sie ihr. „Wir können uns in dem Bistrot hier um die Ecke treffen, wenn das in Ordnung für dich ist. Wir trinken ein etwas zusammen und unterhalten uns über alte Zeiten. Sagen wir in einer Stunde?"
„Klar ist das in Ordnung. Dann mache ich mich gleich auf den Weg. Ich freue mich auf dich. In einer Stunde also."
Langsam legte Elisa den Hörer auf. Jetzt, wo sie sich verabredet hatte, bekam sie plötzlich Herzklopfen.

Sie erkannte ihn sofort. Er hatte sich an einen Tisch gesetzt, der etwas abseits stand und strahlte sie an. Als sie sich zögernd näherte, stand er auf und nahm sie in den Arm. Wieder bubberte ihr das Herz bis zum Hals. „Hallo, das ging schneller als erwartet, was", wisperte sie.
„Das kann man wohl sagen. Es freut mich, dass unser Treffen so unverhofft geklappt hat", er stockte, sah sie aufmerksam an. „Du hast dich gar nicht verändert, weißt du das. Geht es dir gut?"
„Ja, danke. Es geht mir bestens. Das Kompliment kann ich übrigens zurückgeben, auch du hast dich kaum verändert. Es ist fast sieben Jahre her, nicht wahr."
„Stimmt, aber ich habe während der Zeit oft an dich gedacht", Alan lächelte. „An deine Funkelperlenaugen und an dein Lächeln, das den Raum gleich ein bisschen heller macht. Daran, dass dir gar nicht bewusst ist, wie schön du eigentlich bist,

wie unwiderstehlich. Und auch daran, dass du mich in die Wüste geschickt hast, leider."
Elisa wurde es bei diesen Komplimenten ganz heiß, sie merkte, dass sie rot wurde. „Ganz so war das ja nicht", erklärte sie hastig. „Ich habe Zeit gebraucht, um die Trennung von meinem Mann zu verarbeiten. Ich musste erst einmal feststellen, wie es weitergehen sollte, wo mein Platz im Leben ist. Um es einmal so auszudrücken. Und da waren ja auch noch die Kinder. Inzwischen sind sie älter, brauchen mich nicht mehr so wie damals. Übrigens hast du dich auch nicht mehr gemeldet", erklärt sie energischer, als es ihr zumute war.
Alan schaute sie prüfend an. „Nun, es war klar für mich, dass ich dich in Ruhe lassen sollte. Jedenfalls habe ich dich so verstanden. Ich habe lange darauf gewartet, dass du dich wieder meldest. Dann habe ich das Angebot bekommen, in die USA zu gehen. Weißt du, mich hat hier nichts gehalten", Alan stockte, sah ihr in die Augen, nahm ihre Hand und strich ihr nachdenklich mit dem Daumen über den Handrücken. „Wir hätten in Kontakt bleiben sollen, dann wäre vieles anders gelaufen."
Elisa wurde es heiß, gleichzeitig bekam sie eine Gänsehaut. Sie schluckte. „Aber jetzt haben wir es endlich geschafft, uns zu treffen", sagte sie leise.
„Eben, und das ist das Wichtigste. Erzähl doch mal, was treibst du so? Wahrscheinlich stehen die Männer, die mit dir ausgehen wollen, Schlange vor deiner Tür."
Elisa lachte. „Von wegen."
Die beiden saßen lange zusammen, tranken Rotwein, unterhielten sich bestens. Alan erwies sich als ein launiger Unterhalter, war witzig und amü-

sant. Elisa fühlte sich wohl mit ihm. Er erzählte über sein Leben und das Arbeiten in den Staaten, interessierte sich aber gleichzeitig für Elisas Alltag. Schließlich schaute sie auf die Uhr. „Du meine Güte, es ist fast Mitternacht und wir sind wir die letzten Gäste. Ich glaube wir sollten jetzt so langsam Schluss machen."
Alan zuckte bedauernd die Schultern. „Das denke ich auch, der Kellner guckt schon ganz grummelig." Zum Abschied nahm er Elisa in den Arm: „Ich würde dich gerne küssen, aber ich traue mich nicht so richtig, nachher fange ich mir eine Ohrfeige ein."
Elisa lächelte. „Das Leben ist Risiko, vielleicht versuchst du es einfach."
Sanft küsste er sie auf den Mund. „Bis bald. Ich hoffe es dauert nicht wieder sieben Jahre ..."

***

Annerose und Elisa schwitzten, denn sie saßen einträchtig zusammen in der Sauna. Elisa hatte ihrer Freundin vom Treffen mit Alan berichtet.
„Meinst du es könnte zwischen euch funken?", fragte Anne neugierig. Elisa zögerte, sie war sich selbst nicht sicher. Der Abend mit ihm war schön gewesen, seine Komplimente und seine Aufmerksamkeiten hatten ihr geschmeichelt, doch es fehlte etwas. Sie hätte gar nicht genau sagen können, was es war. „Ich weiß es selbst nicht", erklärte sie schließlich. „Er ist charmant, ohne Frage und er gibt einer Frau das Gefühl, ganz einmalig zu sein. In seiner Gegenwart bekomme ich weiche Knie, trotzdem ..."
„Trotzdem ist er wohl nicht der Richtige, was", komplettierte Annerose den Satz. „Du bist wirklich

kompliziert, Mädel. Da hast du einen Kerl, der sich wirklich um dich bemüht und dir fehlt irgendetwas, das du aber nicht benennen kannst. Vielleicht triffst du dich noch einmal mit ihm, dann kannst du feststellen, ob etwas fehlt oder nicht." Sie verpasste ihrer Freundin einen sanften Rippenstoß. „Wir beide sind schon ziemliche Kamikaze, was. Jedenfalls, was die Männer anbetrifft. Und Lara macht das Trio Infernal perfekt. Hast du übrigens wieder einmal von ihr gehört? Sie hält sich seit der Messergeschichte ziemlich bedeckt, finde ich."
„Das stimmt allerdings. Ich glaube sie hat einen heimlichen Lover. Jedenfalls hat sie letztens am Telefon eindeutig zweideutige Andeutungen gemacht. Scheinbar ist er wesentlich jünger als sie und sie verbringt jede freie Minute mit ihm. Wahrscheinlich wieder so ein Macker, den sie über ‚Top Secret' kennengelernt hat. Aber so genau weiß ich das nicht. Roland tut mir leid. Er ist zwar aus dem Krankenhaus entlassen worden, aber ich glaube er hat immer noch ziemliche Probleme mit der Verletzung."
„Ja, unsere Lara. Es ist erstaunlich, wie sie sich in so kurzer Zeit vom Heimchen am Herd zur Femme fatale entwickelt hat. Das hätte ich niemals gedacht und ich bin bestimmt nicht prüde und habe viel Fantasie."
Elisa räkelte sich. „Egal, sie wird schon wissen was sie macht. Eigentlich hätten wir vor dem Saunagang noch eine Runde im Fitness-Studio absolvieren sollen. Bewegung kann nie schaden."
Anne schaute sie an: „Muckiebude habe ich in letzter Zeit öfter. Bald werde ich ein Kreuz wie ein Klitschko Bruder haben, fürchte ich."

„Wie meinst du das? Trainierst du neuerdings regelmäßig? Warum hast du nicht Bescheid gesagt, dann wäre ich mitgekommen."
„So habe ich das nicht gemeint."
Annerose erzählte ihrer Freundin eine weitere unglaubliche Geschichte: Da Paul seit einiger Zeit bei ihr wohnte und natürlich auch das Bett mit ihr teilte, hatte sie gedacht, dass sich seine Schüchternheit jetzt endlich legen würde. Doch sie konnte sich anstrengen, wie sie wollte, es passierte nichts. Offensichtlich war er nicht in der Lage, den Geschlechtsakt zu vollziehen. Schließlich stellte sie ihn vor die Wahl auszuziehen, oder ihr reinen Wein einzuschenken. Nach anfänglichem Zögern gestand er ihr, dass er erst bei Anwendung spezieller Praktiken in Fahrt kam. Er bevorzugte den Sadomasochismus, wobei er sowohl austeilte, als auch einsteckte und das noch viel lieber. Fesselspielchen mochte er insofern, als dass er gern mit den Handschellen gefesselt und anschließend geschlagen wurde. Annerose, wirklich nicht prüde, legte sich Dessous aus Latex zu, was Paul dazu veranlasste seine Peitschenkollektion ausgepackt. Sein Lieblingsteil war eine dünne, pinkfarbene Rute. Nach anfänglichem Zögern schlug Annerose beherzt zu und erlebte Erstaunliches.
„Je mehr ich ihn beschimpfe und je fester ich zuschlage, umso rattiger wird er! Besonders Schläge auf sein edelstes Teil machen ihn wild. Wir wollen bald auf die Sadomaso Messe nach Köln. Willst du mitkommen?"
Elisa schüttelte den Kopf. „Aua, nein, das ist nicht mein Ding. Ich kann mir nur schwer vorstellen was da zwischen euch abgeht. Ich hoffe er schlägt dich nicht wirklich!"

„Nur manchmal und nur ganz leicht, das habe ich mir ausgebeten. Das macht mich ganz schön an. Es ist eine neue Erfahrung, die ich gerne machen möchte."

„Auf die Erfahrung kann ich leicht verzichten", meinte Elisa nach kurzem Nachdenken, „ich glaube wenn ich vor die Wahl gestellt würde, dann möchte ich lieber selbst hauen. Verkloppt zu werden stelle ich mir nicht witzig vor."

„Na ja", antwortete Annerose lakonisch, „wenigstens spare ich mir auf diese Weise das Geld für ein teures Training im Fitnessstudio!"

„Ja, aber sei vorsichtig, nachher bekommst du noch einen Tennisarm!"

Elisa konnte sich dieses Szenario nicht vorstellen. Es entsprach so gar nicht ihren Erwartungen von einem erfüllten Sexleben. Aber wenn die beiden sich einig waren, stand es ihr nicht zu, über diese Praktiken zu urteilen. Wie sollte sie auch, bei ihr klappte so wirklich auch nichts. Sie stand auf. „Das war jetzt so spannend, dass wir viel zu lange hier sitzen geblieben sind. Der Sand in der Uhr ist schon lange durchgelaufen und langsam bin ich weichgekocht. Gehört das auch zu deinen neuen Praktiken?"

„Nein, aber ich werde dich in das Eiswasserbecken schubsen, wenn du nicht sofort leise bist!"

Als die beiden angenehm ermattet und wohlig warm eingepackt im Ruheraum lagen, kam Elisa ein Gedanke. „Wie verhält sich Henry eigentlich, wo Paul jetzt bei dir eingezogen ist? Sind die beiden immer noch die besten Freunde, oder was?"

„Ach Henry", antwortete Anne leise. „Er hat sich in der letzten Zeit kaum noch blicken lassen.

Wahrscheinlich hat er endlich kapiert, dass es mit ihm und mir nichts mehr geben kann. Schade auch, als Hausmann war er gut zu gebrauchen." Sie überlegte einen Augenblick, bevor sie fortfuhr: „Vielleicht hat er auch eine Andere gefunden. Er ist in der letzten Zeit bemerkenswert gut rasiert, nicht schlecht angezogen und riecht immer nach einem Duftwässerchen. Wenn das keine Anzeichen für eine neue Bekanntschaft sind ..."
Die Freundinnen wurde rüde von einem glatzköpfigen Mann unterbrochen, der vor Körperbehaarung nur so strotzte: „Können Sie ihre Beziehungsprobleme bitte anderswo erörtern. Hier ist der Ruheraum. Das bedeutet, dass man still sein soll, auch wenn man eine Frau ist."
Anne wandte sich ihm zu. „Ist ja schon gut, regen sie sich bloß nicht so auf." Sie drehte sich zu Elisa und flüsterte hörbar: „Der Typ hat bestimmt keine Beziehungsprobleme, weil er keine Beziehung hat, so wie der aussieht. Ich finde er hat alles, was in Mann nicht vorweisen sollte."
Der Glatzkopf maß sie mit einem düsteren Blick, erwiderte aber nichts.
„Bingo", grinste Anne, stand auf und zog Elisa auf die Beine. „Lass uns noch einen Saunagang machen, dann lade ich dich zum Essen ein. Irgendwie müssen die verbrauchten Kalorien ja wieder drauf kommen."

August

Von: Elisa
An: Tommy
Betreff: Frage

Hallo Thomas,
Deine letzte Mail hat mich richtig aus den Socken gehauen und ich habe eine Auszeit gebraucht, um die Nachricht zu verdauen. Ich hoffe es ist noch nicht zu spät für eine Antwort? Das würde ich sehr bedauern, denn Du klingst so unglaublich nett!
Du bist also verheiratet, das hätte ich nicht gedacht. Du hast irgendwie nicht so nach Ehemann geklungen. Na ja, bis vor einigen Jahren bin ich auch verheiratet gewesen, habe in der Trennungsfase tatsächlich jemanden kennengelernt. Nur hat sich das anders entwickelt als jetzt mit uns.
Du schreibst, dass du noch viel über mich wissen möchtest – nun, mir geht es genau so mit Dir. So einiges weiß ich jetzt und hoffe, dass die schlechten Nachrichten hiermit abgehakt sind und ich nur noch nette Sachen über Dich erfahren werde! Das wäre schön.
Ein vorsichtiger Kuss
von
Elisa
PS: Heute ist ein toller Tag, denn es ist Samstag UND mein Geburtstag. Deshalb wünsche ich mir...

Elisa hielt den Atem an, klickte auf ‚senden' und schickte so die E-Mail ab. Aus einem spontanen Entschluss heraus hatte sie sich dazu entschieden, dem plötzlich verheirateten Tommy zu antworten.

Vielleicht schrieb er die Wahrheit und wollte sich wirklich von seiner Frau trennen. Jedenfalls sprach es für ihn, dass er ihr schon vor dem ersten Treffen beichtete, verheiratet zu sein.

Heute würde sie sich die gute Laune nicht verderben lassen, denn es war wirklich ihr Geburtstag. Die Freundinnen hatten sich für den Abend verabredet um ein bisschen zu feiern. Sogar Elisas Arbeitskollegin hatte sich eingeklinkt. Das war ungewöhnlich, denn die eher steife, mit einem Major der Bundeswehr verheiratete Angelika hielt sonst nicht so viel von Elisas „impertinenten Lebenswandel", wie sie oft und gern betonte. Das Geburtstagskind hatte sich den Ort der Feier aussuchen dürfen und so ging es in das ‚Dorf Münsterland'.

Das Dorf bestand aus einer Anzahl verschiedener Kneipen, Discotheken und einem Hotel. Für jeden Geschmack war die richtige Lokalität vorhanden. Hinzu kam, dass es ein bevorzugtes Ausflugsziel für Kegelclubs und ähnliche Vereine war. Hier war immer etwas los. In dem Hotel hatte sich schon so manches Pärchen kurzfristig gefunden.

Gut gelaunt kamen die Freundinnen auf dem Parkplatz an. Verwirrt schaute Angelika auf die vielen Wohnwagen, die dezent im Hintergrund abgestellt waren. „Na sowas, wo kommen denn die vielen Wohnwagen her?"

Elisa grinste: „Du musst wissen, dass morgen früh hier eine große Caravan Ausstellung ist."

„Ach so", Angelika schien nicht zu bemerken, dass die Freundinnen in albernes Gekicher ausbrachen.

„Meinst du sie glaubt das wirklich?", wisperte Annerose.

„Klar, sie kommt nie darauf, dass die Damen des horizontalen Gewebes hier campieren." Elisa kannte ihre Kollegin gut genug.

Im ‚Dorf Münsterland' angekommen ließen die Freundinnen sich treiben. „Wie geht es jetzt weiter, Geburtstagskind?"

„Lasst uns in die Tenne gehen, dort ist immer am Meisten los", meinte Elisa unternehmungslustig und schlenderten in den großen Saal.

Die Vier gruppierten sich um einen Stehtisch, wobei Angelika von ihren ersten und einzigen Erlebnissen in dieser Lokalität erzählte. Sie hatte vor Jahren mit ihrem Strickclub einen Ausflug hier hin gemacht. „Wir hatten damals erwogen, vorher einen Kursus in Selbstverteidigung zu belegen. Das erwies sich als nicht erforderlich. Wir saßen und saßen, wir guckten und guckten. Wenigstens einer hätte uns ja mal ansprechen können, aber das war nicht der Fall. Wir hätten ruhig unser Strickzeug mitbringen können, dann wäre der Abend wenigstens irgendwie nett geworden!"

„Mach dir mal keine Gedanken, mit uns wird es lustiger", Elisa schaute zum Nebentisch, wo sich ein Männerklübchen breit gemacht hatte. „Das nötige Material haben wir schon mal gefunden."

Wirklich dauerte es nicht lange, bis die ersten Herren an ihrem Tisch standen und Witzchen rissen. Wie es sich herausstellt, gehörte die Truppe zu einem Fußballclub, der am nächsten Tag ein Freundschaftsspiel zu bestreiten hatte. Ein untersetzter Mann mittleren Alters rückte näher zu Elisa und raunte ihr ins Ohr: „Die Blonde dort drüben, gefällt mir unglaublich gut. Ist das deine Freundin?"

„Genau gesagt ist es eine Arbeitskollegin. Wenn sie dir so gut gefällt, dann sprich sie doch einfach an", flüsterte Elisa zurück und blinzelte.

„Würde ich gern machen, aber sie sieht so verspannt aus, nachher haut sie mir ihre Handtasche über den Schädel. Wer weiß, ob da keine harten Gegenstände drin sind."

Wirklich stand Angelika kerzengerade da, die Handtasche fest unter dem Arm. Ihre Frisur hatte sie wie immer derart heftig mit Haarspray fixiert, dass es aussah, als ob kein Härchen wagte würde sich zu kringeln.

„Ach was, ich mache euch miteinander bekannt. Dann kannst du versuchen sie aufzumuntern. Ich wette sie braucht bloß ein paar Kurze um geschmeidig zu werden", mit diesen Worten hakte sich Elisa bei ihm unter und steuerte Angelika an.

„Hier ist – wie heißt du noch mal - richtig, der Hermann! Er fragt sich die ganze Zeit, was du so Wichtiges in deiner Tasche hast und er möchte uns etwas zu trinken bestellen! Ich nehme ein Bier!"

Die Angesprochene guckte leicht irritiert. „In meiner Tasche? Das verstehe ich nicht." Hermann strahlte sie an. „Das hat deine Kollegin falsch verstanden. Was darf ich dir zu Trinken besorgen? Ein Schnäpschen?"

„Oh, da sage ich nicht nein."

Hermann stürzte sich in das Thekengewimmel und war bald darauf mit den Getränken zurück. „Hast du auch die vielen Wohnwagen draußen gesehen?" Anscheinend ließ die Wagenburg Angelika keine Ruhe. „Aber wenn ja morgen früh gleich die Caravan Ausstellung beginnt…"

Hermann verschluckte sich an seinem Bier. Elisa zog sich dezent zurück und überließ es ihm, die ahnungslose Kollegin aufzuklären.

„Es ist wirklich schön, dass du mitgekommen bist, in der letzten Zeit hast du dich ganz schön rar gemacht, meine Liebe." Sie gesellte sich zu Lara, die sich prächtig zu amüsieren schien.

„Ist ja schon gut. Ich habe in der letzten Zeit ziemlich viel um die Ohren gehabt. Ich habe dir doch schon erzählt, dass ich jemanden kennengelernt habe. Das ist alles etwas kompliziert."

Elisa lächelte die Freundin liebevoll an: „Mach bloß keine Dummheiten, Mädel."

„Weißt du, ich habe alle Dummheiten schon gemacht", und mit einem kessen Augenaufschlag in Richtung Fußballer meinte Lara: „Vielleicht lasse ich mir nachher die eine oder andere stramme Wade zeigen."

„Das ist ein Angebot, aber meine Wade zeige ich nicht jeder", das kam von einem sympathischen, leicht angegrauten Typen. „Dir würde ich das ganze Bein in seiner Pracht zeigen und noch viel mehr", wandte er sich an Elisa.

„Das könnte dir so passen", lachte sie ihn an. „Aber du kannst mir mal dein Tanzbein zur Verfügung stellen. Wie wäre das für den Anfang?"

Wie sich herausstellte war er der Hobbytrainer der Mannschaft und hatte das Freundschaftsspiel organisiert. Allerdings schien kein Mensch die Sache so richtig ernst zu nehmen. „Wir dopen uns mit natürlichen Stoffen", erklärte er. „Da wäre Hopfen, Malz, Korn gehört auch dazu. Da kommt mir eine Idee: Wie wäre es, wenn du morgen mit zu dem Spiel kommen und uns anfeuern würdest? Du musst auch gar nicht nach Hause fahren. Ich hätte

sogar eine Übernachtungsmöglichkeit hier im Hotel."
Wieder musste Elisa lachen. „Ja sicher, lass mich raten wo: Vielleicht in deinem Zimmer? Damit ich es morgen nicht so weit habe?"
Er schaute unschuldig. „Woher weißt du das jetzt bloß?"
„Hör mal, du Unschuldslamm, du bist doch bestimmt verheiratet." Elisa hatte in letzter Zeit ihre Erfahrungen gesammelt. Der Mann schaute noch unschuldiger drein. „Ja sicher, aber ich verstehe mich nicht so besonders mit meiner Frau. Ich hätte sie schon längst verlassen, aber das ist mir einfach zu teuer." Das waren wenigstens einmal klare Worte. Elisa beschloss ihm genau so klar zu antworten. „Du hast jetzt zwei Möglichkeiten, entweder wir beide haben ein bisschen Spaß und einen netten Abend miteinander oder du suchst weiter, bis du eine willige Bettgenossin gefunden hast. Ich werde heute Nacht bestimmt nicht mit in dein Zimmer kommen. Mit verheirateten Männern lasse ich mich grundsätzlich nicht ein."
„Donnerwetter", das schien ihm zu imponieren. „Weißt du was, eine Bettgenossin finde ich alle Nase lang, aber so eine wie du ist einmalig. Jedenfalls bist du die Erste, die mir so etwas sagt." Er zog Elisa auf die Tanzfläche. „Lass uns Spaß haben, meine Süße!"
Im Laufe des Abends verfluchte Elisa ihre Grundsätze. Ihr Begleiter war ausgesprochen nett, man konnte wirklich eine Menge Spaß mit ihm haben. Dazu hatte er eine Art gerade heraus zu sein, die Elisa einfach ansprach. „Es ist schade, dass ich dich nicht vor einiger Zeit kennen gelernt habe", stellte er fest. „Ich hatte meine Frau kurzfristig

verlassen. Dann habe ich gemerkt, was diese Ehefrau für ein eiskaltes Biest ist, sie hat versucht mir das letzte Hemd auszuziehen. Bevor ich gar nichts mehr hatte, bin ich wieder eingezogen, aus wirtschaftlichen Gründen, könnte man sagen. Wenn ich in der Zeit Unterstützung von einer tollen Frau gehabt hätte…"
„Jetzt mach aber mal halblang, einen so unglücklichen Eindruck machst du nicht."
Wieder ein treuherziger Blick. „Tief in mir bin ich sehr verletzlich, sensibel und schüchtern!" Er wandte sich um, und fixierte einen Fußballkollegen, der Elisa zum Tanzen aufgefordert hatte. „Pass mal auf, du, zieh Leine, sonst breche ich dir alle Knochen! Das hier ist meine, suche dir gefälligst eine eigene Begleiterin, ich teile nicht!"
„Ja, jetzt habe ich wirklich gemerkt, wie schüchtern und sensibel du bist, mein Lieber."
Lara kam Arm in Arm mit einem Mann auf sie zu. Jetzt erkannte Elisa ihn, es war kein anderer als Henry. „Stell dir mal vor, Henry ist ganz zufällig auch hier. Ist das nicht nett! Wir sind schon vor einer ganzen Weile auf einander gestoßen. Aber du bist ja mächtig beschäftigt und kriegst nichts mit."
„Hallo Henry", stammelte Elisa verblüfft. „Das ist ja ein Zufall. Hat Anne schon gesehen, dass du hier bist?"
Der Angesprochene zuckte betont gleichgültig die Schultern. „Kann schon sein. Ich habe mich nicht versteckt, wieso auch. Anne ist mächtig mit den Fußballern beschäftigt. Das wundert mich, wo sie doch jetzt mit Paul zusammen ist. Sie scheint es in der letzten Zeit nicht so genau zu nehmen. Ich jedenfalls kümmere mich ein bisschen um die hübsche Lara." Er strich Lara über den Rücken, wobei

sich seine Hand zu ihrem Po verirrte und dort liegen blieb, was Lara kichern ließ wie ein Teenie. Elisa schaute das Pärchen verblüfft an. Konnte es sein, dass Lara und Henry ein heimliches Verhältnis miteinander hatten? Sie entschloss sich, nicht weiter zu fragen, doch würde sie bei einer passenden Gelegenheit vorsichtig mit Anne darüber sprechen.

„Übrigens, ich fahre nachher nicht mit euch zurück. Henry hat mir versprochen mich nach Hause zu bringen", strahlte Lara, wobei sie Henry tief in die Augen schaute.

„Das mach ich doch gerne", erwiderte dieser. „Sag mal", wandte er sich an Elisa. „Hast du eigentlich mitbekommen, dass deine Arbeitskollegin schon vor einer ganzen Weile mit einem Kerl, Hermann glaube ich, verschwunden ist? Ich habe mitgekriegt, dass der Typ mit dem Zimmerschlüssel gerappelt hat. Es wäre nicht das erste Mal, dass ein Pärchen hier schnell mal auf dem Zimmer verschwindet." Diese Worte waren wieder an Lara gerichtet.

„Meine Arbeitskollegin?" fragte Elisa ungläubig. Sie konnte sich beim besten Willen nicht vorstellen, dass die Majorsgattin mit der Betonfrisur mit einer Zufallsbekanntschaft aufs Hotelzimmer gegangen war.

Lara grinste. „Du hast wohl gar keine Fantasie, was?"

„Ich kann es mir nicht vorstellen, aber wie war das mit den Pferden und der Apotheke." Elisa schüttelte ungläubig den Kopf. „Egal, ich hoffe die Dame taucht bald wieder auf. Ganz so lange wollte ich nicht mehr hier bleiben. Viel Spaß ihr zwei." Sie wandte sich an ihren Begleiter, der interessiert zugehört hatte. „Da kann man mal sehen", grinste er genüsslich. „Der Hermann hat heute wohl einen Glückstag. Wenigstens er."

Elisa zuckte bedauernd die Schultern. „ Lass uns noch einmal tanzen. Dann wird es Zeit für mich, ich werde müde. Ich muss ja auch noch meine Freundinnen einsammeln und das kann dauern, wie du gerade gehört hast."

Nach dem letzten Tanz nahm er sie bedauernd in den Arm. „Ich kann dich also nicht umstimmen? Das ist sehr schade. So werde ich heute Nacht einsam und alleine schlafen müssen."

„Tja, das wird wohl so sein."

„Dann bekomme ich aber deine Telefonnummer, nicht wahr! Vielleicht trenne ich mich doch noch von meiner Frau und dann werde ich sofort eine Suite im Hilton für uns buchen. Dann hast du keine Ausreden mehr!" Er winkte einem Rosenverkäufer und zu Elisas Entzücken kaufte er den ganzen Strauß, den er ihr mit einem formvollendeten Handkuss überreichte. Elisa hauchte ihm einen Kuss auf die Lippen. „Ich mag dich wirklich, das hat jetzt nichts mit den Rosen zu tun. Ich kann mich nicht daran erinnern, wann mich ein Mann so oft zum Lachen gebracht hat wie du. Klar gebe ich dir meine Telefonnummer. Wenn du solo bist, dann melde dich und wir verbringen die tollste Nacht unseres Lebens miteinander! Das verspreche ich dir", mit diesen Worten wühlte sie einen Kugelschreiber aus ihrer Tasche hervor und malte ihre Telefonnummer auf seinen Unterarm. „Falls du die Zahlen entziffern kannst!" Sie drückte ihm noch einen dicken Kuss auf. Anschließend schaute sie sich suchend nach ihren Freundinnen um. Annerose hatten keine Einwände und so fehlte nur noch

die Arbeitskollegin, um nach Hause zu fahren. Scheinbar hatte Lara Recht gehabt, denn die Freundinnen suchten erfolglos alle Lokalitäten nach ihr ab.
„Da ist sie ja! London, Paris, Hotelzimmer, die Frisur sitzt", wisperte Annerose.
Wirklich stand die verzweifelt Gesuchte ganz locker am Tresen in der Scheune. Hermann hatte den Arm um sie gelegt. „Sucht ihr mich", fragte sie mit einem unschuldigen Augenaufschlag. „Das ist komisch, wir waren die ganze Zeit hier."
„Ja sicher", Elisa wurde langsam ungeduldig. „Wir möchten ganz gerne nach Hause fahren. Meinst du, dass du dich losreißen kannst?"
Auf dem Heimweg schaute die Majorsgattin träumerisch aus dem Fenster. Eine blonde Locke hatte sich aus ihrer Betonfrisur gelöst und kringelte sich vorwitzig auf ihrer Stirn.

***

An diesem Sonntag besuchten ihre Eltern und ihr Bruder Elisa, um den Geburtstag zu feiern. Peter hatte gefragt, ob es in Problem wäre, wenn er jemanden mitbringen würde. Auf Elisas Fragen tat er zunächst geheimnisvoll. „Du wirst schon sehen. Es ist eine total nette Person."
„Aber doch wohl nicht jemand, mit dem du mich verkuppeln willst, was?", fragte Elisa misstrauisch. Peter lachte laut auf. „Nein, wie kommst du denn darauf. Du wirst schon den geeigneten Kerl finden, da habe ich keine Sorgen. Falls du auf Alan anspielst, ich habe ihm nur deine Telefonnummer gegeben, olle Ziege. Was du daraus machst ist allein deine Sache. Obwohl ich finde, dass ihr gut zusammen passt."

Seine Schwester verpasste ihm einen Rippenstoß.
„Genau das meine ich. Wer zu mir passt, das entscheide ich immer noch allein, mein Lieber."
„Ist ja gut", Peter rieb sich die Seite. „Ich hab's kapiert."
„Dann ist alles in Ordnung. Du kannst sie gern mitbringen", antwortete Elisa spontan.
Schweigen.
„Woher weißt du das jetzt?"
„Nun, Bruderherz, ich kann zwei und zwei zusammenzählen. Willst du mir nicht lieber etwas über sie erzählen? Vielleicht ist das auch für sie leichter. Ganz nebenbei: wissen unsere Eltern davon?"
„So richtig wissen sie das nicht. Ich war mir bis vor kurzem selbst nicht klar darüber. Silke ist vor einiger Zeit nebenan eingezogen. Sie war mir gleich sympathisch und so ist eins zum Anderen gekommen."
Elisa grinste. „Dann musst du sie unbedingt mitbringen. Ich bin gespannt, was unsere Mutter dazu sagt."
„Ich auch", seufzte Peter.
Zur Überraschung der Geschwister schien Ilse Peters neue Flamme direkt in ihr Herz geschlossen zu haben. Auch Kalle, weibliche Wesen gegenüber sowieso aufgeschlossen und daher unkompliziert, mochte sie auf Anhieb. Silke schien gut in die Familie Jollenbeck zu passen.
Spät am Abend standen die Geschwister wieder einmal zusammen in der Küche. „Du scheinst Glück zu haben", stellte Elisa fest. „Deine Freundin ist eine ganz Liebe."
Peter nickte. „Nicht wahr, das ist sie. Ich bin froh, dass wir uns gefunden haben. Ich habe lange ver-

sucht, deine Freundin Anne zu beeindrucken, bin ihr mehr oder weniger hinterhergelaufen, aber letztendlich hat es nie zwischen uns gepasst. Erst war ich verheiratet, dann hatte sie eine Beziehung nach der anderen. Es wird Zeit, dass ich zur Ruhe komme, eine normale Familie habe. Silke hat keine Kinder. Sie versteht sich super mit Marcel, obwohl das meiner Ex gar nicht recht ist. Wenn der Junge bei mir ist, dann unternehmen wir eine Menge zu dritt. Stell dir nur vor, sie könnte sich sogar vorstellen, noch ein Kind mit mir zu bekommen. Das passt schon. Vielleicht ziehen wir bald zusammen."
„Ich freue mich für dich, Bruderherz. Vor allem, dass sie sich mit Marcel versteht. Übrigens finde ich es gut, dass du dich um deinen Sohn kümmerst. Ganz anders als Alfred, der Gimpel. Aber eigentlich bin ich froh, dass ich meinen Exmann nicht mehr sehe und meinen Kindern fehlt er nicht wirklich. Schließlich hat er sich schon nicht um sie gekümmert, als wir noch verheiratet waren. Jetzt müsste ich auch noch Glück mit der Partnersuche haben, dann ist alles in Butter."
Peter schloss sie für einen Moment in die Arme. „Irgendwann müssen wir doch beide einmal Glück in der Liebe haben. Vielleicht ist dir Mister Right schon begegnet und du hast es noch nicht gemerkt."
„Ich glaube es nicht. Wenn ich mich noch einmal auf eine Beziehung einlasse, dann muss es sich von Anfang an richtig anfühlen. Das ist bisher nicht der Fall gewesen. Weißt du, ich habe mich einmal komplett auf einen Mann eingelassen, ihn geheiratet, obwohl ich mir eigentlich nicht sicher war, ob es überhaupt der Richtige ist. Die Ehe mit Alfred

hat sich ja dann auch als ein Fehler herausgestellt. Das passiert mir nie mehr. Der nächste feste Partner muss mich komplett flashen, sonst läuft gar nichts."

„Du hast Vorstellungen", grinste Peter. „Dann wünsche ich dir auf jeden Fall viel Glück bei deiner Suche nach Superman."

Elisa lächelte ihn an. Sie hatte ihm bewusst verschwiegen, dass sie sich ab und zu mit Alan traf, um ihm nicht noch mehr Grund zu geben, ihr gut zuzureden. Bei diesen Verabredungen ging die Initiative meist von Alan aus, denn sie war sich ihrer Gefühle immer noch nicht sicher. Alan faszinierte sie. Er gab ihr nach wie vor das Gefühl einmalig zu sein und schön. Er war aufmerksam, machte ihr Komplimente, ging auf alle ihre Launen ein. Zudem war er ein interessanter Begleiter und ein launiger Unterhalter. Dem zaghaften Kuss nach dem ersten, spontanen Treffen waren noch viele gefolgt. Alan ließ keine Gelegenheit aus, um Elisa zärtlich zu berühren, doch zögerte sie trotzdem, sich ganz auf ihn einzulassen. Im entscheidenden Moment machte sie immer einen Rückzieher, fand Gründe, die intimere Zärtlichkeit verhinderten. Wobei er ihr durchaus gefiel und trotzdem fühlte es sich für sie nicht richtig an. Alan hatte das bisher hingenommen, ihr erklärt, er würde ihr alle Zeit der Welt geben.

***

Am Montag erkundigte sich Elisa: „Sag mal, Frau Kollegin, was hat deine Mann dazu gesagt, dass du so spät nach Hause gekommen bist. Weil wir dich so lange gesucht haben, ist es ja wirklich spät oder besser früh geworden."

Die Angesprochene guckte völlig unschuldig: „Ich kann gar nicht verstehen, dass ihr mich nicht gefunden habt. Ich war wirklich die ganze Zeit da. Aber du hast Recht, es ist sehr spät geworden. Mein Mann schlief zum Glück noch. Ich habe überlegt, ob ich mich ausziehen und zu ihm legen soll, aber ich hatte Angst ihn zu wecken. Dann hätte er bestimmt Stress gemacht, weil er gedacht hätte, dass ich mich heimlich ins Bett schleiche und ein schlechtes Gewissen habe. Deshalb habe ich schon mal das Frühstück vorbereitet. Da mein Mann Frühaufsteher ist, hat es gar nicht lange gedauert, bis er aufwachte. Ich habe ihm einfach erzählt, dass wir so lange das Auto gesucht haben, weil du vergessen hattest, wo es geparkt war."
Hier taten sich Abgründe auf. Ausgerechnet der sonst so korrekten Kollegin hatte Elisa so viel Abgebrühtheit überhaupt nicht zugetraut. „Und er hat dir tatsächlich geglaubt?"
„Ja sicher, was denkst du denn. Mein Mann vertraut mir schließlich."

September

Als Elisa an diesem Nachmittag ihr Postfach öffnete, fand sie eine E-Mail von Tommy vor. Er schrieb, dass er schon gar nicht mehr mit einer Nachricht von ihr gerechnet hätte, sich aber umso mehr freute. Er entschuldigte sich für seine späte Antwort, er wäre in den letzten Wochen auf einem Segeltörn gewesen, um seinen Kopf frei zu bekommen. Er hätte erst jetzt Gelegenheit gehabt, in sein Postfach zu schauen. Der letzte Satz der Email lautete: „Steht Dein Angebot noch? Das würde mich sehr freuen. Ich würde dich gerne persönlich kennenlernen."
Unwillkürlich rückte Elisa vom Computer ab. Sollte sie sich wirklich mit ihm treffen? Irgendetwas war in diesem Fall anders als bei ihren sonstigen Bekanntschaften. Sie hatte das Gefühl, dass ihr dieser Mann unter die Haut gehen könnte. Zudem machte er gar kein Hehl daraus, dass er verheiratet war. Ein Treffen mit ihm war gegen alle ihre Grundsätze und trotzdem, es würde sie schon reizen ihn einmal kennenzulernen. Kurzentschlossen schrieb sie eine Antwort. „Auch ich würde mich freuen dich zu sehen. Schließlich bin ich eine total neugierige Person. Mal sehen ob wir uns überhaupt riechen können."

***

Bei ihrem nächsten Treffen mit Annerose erwähnte Elisa beiläufig ihre Geburtstagsfeier im ‚Dorf Münsterland'. Sie wollte hören, was die Freundin zu der neuen Nähe zwischen Henry und Lara zu sagen hatte. Annerose nahm es gelassen. „Als ich die beiden zusammen gesehen habe war mir gleich

klar, dass etwas im Busch ist. Lara hätte gar nicht so geheimnisvoll tun brauchen, was ihren neuen Lover angeht. Allerdings wird das nicht von Dauer sein, das kann ich mir nicht vorstellen. Henry hat von Hause aus kein Geld und keine Lust auf richtige Arbeit. Ich sage nicht, dass Studenten nichts leisten müssen, doch er tut nur das Notwendigste. Wahrscheinlich wird er noch als Opa die Uni besuchen. Geschichte wäre dann sein Fach, weil es dafür keine Beschränkungen gibt. Das geht auch im Alter. Ab und zu sucht er sich einen Minijob, das ist aber das Äußerste an Arbeit, was er sich zumutet. Bisher habe ich ihn mit durchgezogen, aber seit Paul bei mir wohnt, hat sich einiges geändert", sie seufzte tief. „Das ist auch so eine Geschichte."
Paul, der nur für den Übergang bei Annerose eingezogen war, dachte nämlich gar nicht daran sich eine Wohnung zu suchen. Er hatte sich bei ihr eigenistet und fühlte sich pudelwohl, was kein Wunder war. Anne sorgte weitgehend für sein leibliches Wohl, ging auf seine sexuellen Wünsche ein, stellte keine finanziellen Ansprüche an ihn. Auch war sein Job halb so aufregend, wie er es geschildert hatte. Statt Prominente zu beschützen und bei Galas und Preisverleihungen präsent zu sein, klapperte er den ganzen Tag Supermärkte ab, um die Tageseinnahmen einzusammeln. Nicht gerade ein Traumjob, der zudem schlecht bezahlt wurde. So war er am Abend oft mies drauf und frustriert.
„Wenn Paul nicht so langsam in die Pötte kommt, dann suche ich ihm eine Wohnung. Die ganze Situation geht mir fürchterlich auf die Nerven. Es ist nett sich mit ihm zu treffen, aber wenn man ihn immer auf dem Hals hat, dann ist er einfach nervig.

Er kommt mir mittlerweile vor wie ein etwas abartiger, aber langweiliger Ehemann. Wenigstens ist er im Moment nicht da. Er hat sich kurzfristig dazu entschlossen eine Woche Urlaub in der Dominikanische Republik zu machen."
„Ach, ich dachte er ist ständig in Geldnöten?", entfuhr es Elisa.
„Das dachte ich auch", antwortete Annerose trocken. „Scheinbar reicht das Geld dazu gerade aus. Er hat herum gejammert, dass sein Job so stressig wäre, da habe ich ihm vorgeschlagen für eine Woche wegzufahren. Eigentlich dachte ich an einen Urlaub zu zweit. Auf die Idee ist er aber nicht gekommen und hat nur für sich gebucht."
„Unglaublich, was denkt er sich dabei?"
„Das ist schon in Ordnung, vielleicht klappt es mit etwas Abstand zwischen uns wieder besser. Bestimmt bringt er mir etwas Schönes mit! Vielleicht Schmuck aus Bernstein oder wenigstens netten Muschelschmuck! Sicherlich vermisst er mich jetzt schon und merkt, dass es so zwischen uns nicht weitergeht."
„Meinst du?" Elisa schaute sie skeptisch an, mochte aber nicht widersprechen. Sie schätzte Peitschen - Päule ganz anders ein als ihre Freundin.

***

Auch Lara war mit der momentanen Situation nicht zufrieden, wie Elisa feststellen konnte. Wieder einmal hatte die Ex-Schwägerin sie kurzfristig besucht, vordergründig um die Jungen nach längerer Zeit zu sehen, aber in erster Linie um ihr Leid zu klagen.
„Es ist alles nur schlimm. Roland arbeitet wie verrückt und verdient richtig dickes Geld, aber er ist

unaufmerksam und ignorant. Henry ist ein süßer Typ, zärtlich, aufmerksam, lieb, gefühlvoll, gerade so, wie ich mir einen Mann erträumt habe. Dafür hat er aber keine Lust, mehr als nötig zu tun. Er wird immer ein armer Schlucker bleiben. Stell dir bloß vor: Er hat mich tatsächlich angepumpt und blöd wie ich bin, habe ich ihm 500 Mark geliehen. Dabei weiß ich genau, dass ich sie nie wieder sehe."
„Wie lange geht das eigentlich schon zwischen euch?", erkundigte sich Elisa interessiert. „Sag nicht, dass ihr euch erst an meinem Geburtstag näher gekommen seid."
„Sicher nicht, ich habe Henry vor einem guten halben Jahr bei Anne kennengelernt. Weißt du noch? Als wir zusammen in der Disco waren. Er hat mir gleich gut gefallen und ich ihm auch. Wir haben ein paar Mal telefoniert, waren aber beide noch anderweitig beschäftigt, wenn ich das mal so ausdrücken darf", Lara zögerte, was Elisa die Möglichkeit zu einer Frage gab, die sie schon seit einiger Zeit beschäftigte.
„Du warst ja bei ‚Top Secret' unterwegs, wenn ich mich recht erinnere. Machst du das eigentlich immer noch? Dich mit Männern treffen, die eine Partnerin zum Fremdgehen suchen, meine ich."
„Was denkst du denn von mir?", rief Lara entrüstet aus. „Ich bin schon seit einem Vierteljahr mit Henry zusammen. Ich habe auch noch etwas anderes zu tun als permanent Männer zu treffen. Deshalb habe ich vor ein paar Wochen mein Profil gelöscht. Übrigens ist Henry ganz schön eifersüchtig, sogar auf meinen Ehemann. Dabei hat er dazu wirklich keinen Grund. Letztens kam Roland in mein Zimmer. Wie du ja weißt schlafen wir schon seit Jah-

ren getrennt. Jedenfalls kommt er herein, setzt sich einfach zu mir, fängt an mich zu streicheln. Ich wusste wirklich nicht, wie ich reagieren sollte. Dann schaut er mir in die Augen und sagt: Ich hätte gern wieder einmal schönen Sex. Ehrlich, ich habe seine Berührungen nicht ertragen können. Schönen Sex hätte ich auch gern, habe ich gesagt und ihn anschließend einfach sitzen lassen."
„Das hört sich wirklich schlimm an." Elisa war entsetzt. „Lara, du musst reinen Tisch machen, Lebensstandard hin oder her. Wie soll das denn alles weiter gehen und vor allem, was passiert, wenn Roland hinter dein Verhältnis kommt? Noch etwas, ich kann Henry überhaupt nicht verstehen. Wenn er so eifersüchtig ist, wie kann er es dann mitansehen, dass du nach einem Treffen, oder nach einem Schäferstündchen, wieder heim zu Roland fährst? Das soll Liebe sein?"
„Es ist nicht einfach für mich, das kannst du mir glauben. Immer muss ich ihn beschwichtigen, damit er keine Dummheiten macht und mich noch in Teufels Küche bringt. Ich habe mir schon überlegt, ob ich nicht mit ihm in den Urlaub fahre. Roland kommt in diesem Jahr wieder einmal nicht aus dem Quark. Das ist in jedem Jahr ein Drama. Vielleicht fahre ich für ein paar Tage an den Bodensee, ich kenne dort eine verschwiegene kleine Pension. Henry kann nachkommen und wir verbringen eine nette Zeit miteinander. Das hat mein dummer Ehemann dann davon, dass er mir keinen vernünftigen Urlaub bietet."
Elisa schüttelte den Kopf. „Also wirklich, Ansichten hast du. Hast du mal überlegt, dass Roland so viel arbeitet, damit ihr ein komfortables Leben habt? Du wärst gut beraten, wenn du dir eine klei-

ne Wohnung suchst und erst einmal versuchst, mit dir ins Reine zu kommen. So, wie ich das gemacht habe. Alles andere fügt sich dann von ganz allein. Was nutzen dir dein tolles Auto, die Markenklamotten und die wöchentlichen Besuche bei der Kosmetikerin, wenn du unglücklich bist."
Lara ließ sich nicht überzeugen, egal welche Argumente Elisa auch anbrachte. „Vielleicht lerne ich einmal einen wohlhabenden, fürsorglichen und gutaussehenden Mann kennen, wer weiß", meinte sie. „Wir haben da einen Nachbarn, der könnte mir gefallen. Er ist sehr kultiviert und besetzt eine führende Position in einem mittelständischen Unternehmen. Was der für ein tolles Auto fährt, das kannst du dir nicht vorstellen. Er hat mir schon öfter signalisiert, dass ich ihm nicht unsympathisch bin. Allerdings ist er verheiratet, aber ich glaube er ist nicht glücklich in seiner Ehe."
„Jetzt hör aber auf. Du spinnst total. Willst du mit dem auch noch ein Verhältnis anfangen? Wie willst du das denn auf die Reihe kriegen?"
„Aber nein, ich weiß gar nicht, ob er sich von seiner Frau trennen würde. Es ist nur so ein Gedanke", sagte Lara mit einem unschuldigen Augenaufschlag.
„Ich kann mir gar nicht vorstellen, dass du eine Möglichkeit findest, mit dem flotten Nachbarn anzubändeln. Schließlich hast du schon zwei Männer, die auf dich aufpassen", stellte Elisa nüchtern fest.

***

Von: Alan
An: Elisa
Betreff: Wie geht es weiter
Hallo Elisa,
Ich muss Dir einfach einmal schreiben. Es fällt mir leichter meine Gedanken in dieser Form auszudrücken, als wenn ich Dir gegenüber sitze. Wie Du siehst, verwirrst Du mich immer noch. ;-)
Es gibt doch diese Weisheit, dass man die Dinge mehr bereut, die man nicht getan hat, als diejenigen, die man getan hat, ganz egal wie sie gelaufen sind.
Bevor mir das noch einmal passiert, möchte ich Dir schreiben, was ich für Dich empfinde. Ich mag Dich nämlich sehr und könnte mir vorstellen Dir wieder ganz nah zu kommen, wenn Du es zulässt. Und ich möchte ein bisschen in der Zeit unterwegs sein, in der wir uns kennengelernt und wieder verloren haben. Ohne Sentimentalität, aber mit schönen Erinnerungen. Es gibt vermutlich tausend Dinge, die ich schon wieder vergessen habe, aber glaube mir: Von unseren Tagen, Wochen und Monaten weiß ich noch alles. Na gut, nicht jede Kleinigkeit, aber ich kann Dich ja danach fragen, falls es nötig ist.
Es war schön zwischen uns, das wirst auch Du sagen. Es hat gefunkt und geprickelt, wir waren von einander fasziniert. Vielleicht ich ein wenig mehr, aber das spielt keine Rolle.
Das ich letztendlich den Kontakt habe ganz abbrechen lassen war dumm von mir. Ich verzeihe mir das fast selbst nicht. Ich war arrogant, habe immer darauf gewartet, dass Du auf mich zukommst. Selbst als ich wegen meiner Arbeit ins Ausland

gegangen bin habe ich nur zu oft an Dich gedacht. Letztendlich habe ich mich nie gemeldet, erst aus falschem Stolz und dann, weil ich vermutete, dass Du einen Anderen gefunden hattest. Ich hätte nicht erwartet, dass eine so tolle Frau wie Du so lange allein bleibt.

Nun sind wir uns wieder begegnet und ich werde den Fehler nicht noch einmal machen. Nach wie vor fühle ich mich zu Dir hingezogen, möchte viel öfter mit Dir zusammen sein. Habe ich eine Chance? Das frage ich ganz ernsthaft und erwarte eine ehrliche Antwort von Dir. Seit unserem letzten Treffen ist eine ganze Weile vergangen. Sicherlich möchte ich Dich nicht bedrängen, aber ich hätte schon erwartet, dass DU Dich meldest, dass Du meine Nähe genauso suchst, wie ich die deine. Leider bekomme ich immer mehr das Gefühl, dass Du in Grunde Deines Herzens etwas suchst, das ich Dir nicht bieten kann, so sehr ich mich auch um Dich bemühe.

Wenn Du Dich nicht weiter mit mir treffen willst, dann lass es mich bitte wissen. Das ist besser, als hingehalten zu werden. Sich Hoffnungen zu machen, die sich letztendlich nicht erfüllen werden, das ist einfach nur frustrierend.

Auf jeden Fall wünsche ich Dir, dass alles so kommt, wie Du es Dir wünscht. Denn das habe ich gelernt: Es ist immer das Wichtigste so zu leben, wie man es sich erträumt, und nicht, wie andere es sich vorstellen.

Alan

Ungläubig las Elisa die E-Mail. Ein bisschen hatte sie ein schlechtes Gewissen, denn sie hatte Alan wirklich hingehalten. Zwar genoss sie nach wie vor seine Aufmerksamkeit, ließ ihn aber nur bis zu einem gewissen Grad an sich heran. Immer bestand eine Distanz, jedenfalls von ihrer Seite. Sie wusste, dass er sich viel mehr erhoffte, doch das würde sie ihm nicht geben können. So beschloss sie, bei der nächsten Gelegenheit mit ihm zu reden und ihm klar zu machen, dass sie ihn nicht liebte, denn darauf lief es hinaus. Wahrscheinlich würde er sehr enttäuscht, vielleicht sogar ärgerlich reagieren. Ihr grauste vor dem Gespräch. So schob sie den Gedanken weit weg und beantwortete die E-Mail erst einmal nicht.

***

Auch Annerose war nicht gut drauf, wie Elisa kurz darauf feststellen konnte. Eigentlich war sie zu ihrer Freundin gefahren, um über die E-Mail von Alan zu reden und über das Gespräch, das sie mit ihm führen wollte. Sie kam jedoch gar nicht dazu den Mund aufzumachen. Anne schimpfte sofort los. Paul war aus dem Urlaub zurück und noch unleidlicher als vorher. Seine Mitbringsel spotteten jeder Beschreibung: Es handelte sich um eine Stange Zigaretten und eine Flasche Rum, die er so nach und nach alleine austrank.
„Jetzt reicht es mir", erklärte die Freundin. „Ich will nicht, dass er weiter bei mir wohnt, deshalb habe ich ihm eine kleine Wohnung gesucht. Er ist mit allem einverstanden, wahrscheinlich hat er gemerkt, dass ich sonst explodiere. Allerdings ist er beruflich zu eingespannt, um sich neue Möbel und den anderen Kram zu kaufen. Klar, er muss ja bis in den späten Abend hinein arbeiten. Urlaub hat er gerade erst genommen. So mache ich das alles für ihn, verhandle mit dem Vermieter, richte die

Wohnung ein, all das. Sonst werde ich ihn wahrscheinlich niemals los."
„Und wie schaut es mit dem Finanziellen aus? Sag nicht, dass du ihm auch noch die Einrichtung bezahlst!" Elisa ahnte was jetzt kommen würde.
„Natürlich mache ich das, auch die drei Monatsmieten, die als Kaution fällig sind. Der Urlaub muss teuer gewesen sein, denn Paul ist völlig pleite. Er hat mir hoch und heilig versichert, dass er alles zurückzahlt, sobald er wieder flüssig ist. Ich strecke ihm das Geld nur vor."
„Irgendwie kann ich dich verstehen, wenn du nicht die Initiative ergreifst, wirst du ihn niemals los. Obwohl ich glaube, dass du das Geld auf das Konto Lebenserfahrung buchen solltest. Er wird es dir niemals zurückzahlen. Aber du warst doch von seinen Praktiken so angetan? Macht dich das alles nicht mehr an oder hast du inzwischen eine Sehnenscheidenentzündung vom Schwingen der Peitsche?"
„Ach weißt du", druckste Annerose, „es war alles neu für mich und irgendwie auch aufregend. Die Sadomaso Messe, die wir besucht haben war inspirierend, das kann ich nicht anders sagen. Was ich dort alles gesehen und erlebt habe, das willst du gar nicht wissen, prüde wie du bist."
Elisa schüttelte heftigst mit dem Kopf. „Keine Einzelheiten, bitte. Mir reicht schon der Gedanke an Paul mit seinen Peitschen. Dein plötzlicher Sinneswandel erstaunt mich. Was ist passiert?"
„Eigentlich nichts gravierendes. Inzwischen finde ich es einfach ätzend, immer fies sein zu müssen, ihn zu beschimpfen oder zu schlagen, damit sich bei ihm überhaupt etwas regt. Die Latexkleidung ist eng und unbequem. Ich schwitze darin wie in

der Sauna. Das geht mir alles auf den Geist. Ich sehne mich geradezu nach der ganz normalen Missionarsstellung, nach einem Mann, der mir ab und zu ein paar Blümchen mitbringt statt neuer Handschellen."

„Dies ist also nun das Ende der Beziehung mit Paul, nicht nur eine räumliche Trennung. Sehe ich das richtig?"

„Das siehst du völlig richtig. Ich dachte wirklich meinen Traummann gefunden zu haben, aber den scheint es, jedenfalls für mich, nicht zu geben. Wobei mir ein Gedanke kommt. Was ist eigentlich mit Alan? Triffst du dich noch mit ihm?"

„Ach Alan", seufzte Elisa. „Das ist eine andere Geschichte. Ich muss unbedingt mit ihm reden, er hat mir eine Mail geschrieben..."

Nachdem Elisa ihrer Freundin erzählt hatte, was es mit Alans Nachricht auf sich hatte, legte Annerose den Kopf schief. „Ich sage es ungern, Mädel, aber wir haben beide im Moment eine schwarze Serie. Du solltest ihm reinen Wein einschenken, sonst macht der arme Kerl sich nur weiter Hoffnungen. Was meinst du, sollen wir am Samstag mal wieder in die ‚Alte Liebe' gehen? Nur zur Ablenkung und nur wir beide? Es muss ja nicht so lange sein. Wir tanzen einfach miteinander. Die Männer können uns alle gestohlen bleiben."

***

So kam es, dass an diesem Samstag nur Annerose und Elisa in der Disco saßen und genüsslich an ihrem zweiten Kir Royal nippten. Elisa hatte beschlossen die Nacht in Annes Gästezimmer zu verbringen, sodass sie sich in Ruhe einen Cocktail oder auch mehr genehmigen konnte.

„Sag doch mal", begann Annerose das Gespräch. „Wie schaut es eigentlich bei deinem Bruder und seiner neuen Freundin aus? Ist wenigstens dort alles im grünen Bereich?"
„Aber ja, sie ist kürzlich bei ihm eingezogen."
Anne runzelte verwundert die Augenbrauen. „Tatsächlich, aber die beiden kennen sich doch noch gar nicht lange. Die trauen sich was."
„Das ist noch gar nichts. Stell dir nur vor, meine Bruder und sie wollen ein Kind zusammen. Gut, Silke ist fünf Jahre jünger als mein Bruder, also in unserem Alter, trotzdem ist es ein ganz schönes Risiko, das sie eingehen. Ich würde mir das ein paar Mal überlegen. Überhaupt sollten sie sich erst einmal richtig kennenlernen ...", Elisa stockte. Ihr Blick war zum Eingang gewandert, durch den gerade ein gutaussehender, blonder Mann in die Disco geschlendert kam.
Annerose folgte ihrem Blick. „Wenn das kein Zufall ist. Du wolltest doch sowieso mit Alan reden. Das kannst du jetzt in aller Ruhe machen", sagte sie nicht ohne Schadenfreude. „Übrigens brauchst du dich weder hinter mir noch hinter dem Tresen verstecken. So klein, dass er dich nicht sieht bist du auch wieder nicht."
Wirklich war Elisa hinter dem Rücken ihrer Freundin in Deckung gegangen. „Vielleicht geht er gleich wieder", murmelte sie undeutlich.
„Sei nicht so feige. Jetzt ist die beste Gelegenheit, um ihm zu sagen, was immer du sagen willst. Siehst du, er kommt schon her."
Elisa blinzelte in Alans Richtung. Er hatte sie gesehen und steuerte auf sie zu. „Hallo ihr zwei Hübschen. Es freut mich sehr euch hier anzutreffen", strahlte er. „Das ist ja wie in alten Zeiten. Magst du

mit mir tanzen." Diese Frage war an Elisa gerichtet. „Du entschuldigst uns", wandte er sich an Anne.

Ehe Elisa es sich versah, hatte er ihre Hand genommen und zog sie in seinen Arm. Mit ein paar Schritten waren sie auf der Tanzfläche, wo gerade ein langsamer Titel gespielt wurde. „Strumming my pain with his fingers, singing my life with his words. Killing me softly with his song," klang die einschmeichelnde Stimme von Lauryn Hill, der Leadsängerin der Fugees. Alan nahm sie wieder in die Arme und tanzte eine Weile schweigend mit ihr. Seine Hand lag locker auf ihrem Rücken, streichelte sanft. Elisa schloss die Augen, ließ sich von der Musik tragen, fühlte sich eigenartig willenlos. Lag es nun am ungewohnten Alkohol oder an der besonderen Situation? Sie fühlte sich wohl in Alans Armen, schmiegte sich enger an ihn. So tanzten sie eine Weile traumverloren miteinander. Schließlich beugte er sich nahe an ihr Ohr. „Hast du meine Nachricht bekommen? Wir müssen unbedingt in Ruhe reden."

Elisa öffnete die Augen. „Ja, das müssen wir. Aber bitte nicht heute. Ich würde den Abend gern genießen. Mit dir genießen."

Der Song war zu Ende, doch Alan ließ sie nicht los, sondern führte sie in den nächsten, ebenso langsamen Tanz. Als diese Musik verklungen war, küsste er sie zärtlich. Elisa bekam eine Gänsehaut. „Dir ist doch nicht etwas kalt?", lächelte Alan.

„Nein, mir ist ziemlich heiß. Lass uns zurück zum Tresen gehen, bitte."

An ihrem Platz stellte Elisa zu ihrem Erstaunen fest, dass Henry in der ‚Alten Liebe' aufgetaucht war. Er unterhielt sich angeregt mit Annerose.

Elisa zwinkerte der Freundin zu. „Hallo Henry, das ist ja eine Überraschung. Hast du plötzlich einen Termin frei?"

Henry zuckte nicht mit der Wimper. „Das könnte man so sagen. Zur Zeit habe ich ziemlich viele Termine frei. Das ist aber in Ordnung, so habe ich wieder mehr Zeit für das Wesentliche." Er strich Anne leicht über den Handrücken, was diese sich mit einem maliziösen Lächeln gefallen ließ. „Henry braucht offensichtlich eine neue Einkommensquelle", stellte sie fest.

„Zeit für das Wesentliche, das hört sich interessant an. Du musst es mir gelegentlich erläutern, aber jetzt hätte ich gerne noch einen Kir Royal. Was ist mit dir, Anne?"

Die Freundin schüttelte den Kopf. „Ich habe genug getrunken und du solltest auch lieber vorsichtig sein, Elisa. Du bist so viel Champagner-Cocktails nicht gewohnt. Nachher machst du nur Dummheiten, die dir hinterher leidtun", fügte Anne mit einem Seitenblick auf Alan hinzu.

„Ach was, ich habe hier einen Aufpasser, falls mir nach Dummheiten ist", erklärte Elisa beschwipst, nachdem sie einen großen Schluck aus ihrem Glas genommen hatte. Alan legte ihr den Arm um die Hüfte. „Falls dir nach ganz großen Dummheiten ist: Ich wohne ganz in der Nähe. Wir können nachher noch einen Kaffee bei mir trinken oder einen Absacker, falls du das lieber möchtest", raunte er ihr zärtlich ins Ohr.

„Ja, warum nicht." Elisa war es ganz leicht zumute. Sie fühlte sich beschwingt, genoss die aufregende Situation, wollte jetzt nicht an das Morgen, an die Konsequenzen ihres Handelns denken, sondern einmal leichtsinnig sein. „Ich glaube, ich brauche den Kaffee jetzt schon. Wenn es dir Recht ist, dann gehen wir sofort zu dir", lispelte sie und schaute ihm tief in die Augen. Und unter den verstörten Blicken ihrer verblüfften besten Freundin verließ sie die ‚Alte Liebe' um mit Alan in seine Wohnung zu gehen.

Elisa öffnete die Augen, war mit einem Schlag hellwach. Sie lag in Alans Bett, er schnarchte leise neben ihr. Jetzt drehte er sich um, legte im Schlaf seinen Arm um sie, zog sie an sich. Ganz vorsichtig befreite Elisa sich, stand leise auf, sammelte ihr Zeug zusammen und schlich ins Badezimmer. Zögernd schaute sie in den Spiegel. Eine ziemlich verschlafene, etwas verkaterte und trotzdem entspannte Elisa lächelte zurück.
Die Nacht mit Alan war aufregend gewesen und geil, sie bereute sie nicht. Aber das war es nicht, was sie suchte. Eigentlich hatten beide gewusst, dass dies ein One – Night - Stand bleiben würde. Spätestens nach seiner E-Mail und der ausbleibenden Antwort war es Alan klar gewesen, dass Elisa nicht das gleiche für ihn empfand, wie er es für sie fühlte. Trotzdem, oder gerade deswegen, hatten sie und er die Liebesnacht aus vollen Zügen genossen. Jetzt meldete sich das, von Anne prophezeite, schlechte Gewissen. Elisa wollte die Wohnung so schnell wie möglich verlassen, bevor Alan aufwachte. Auf Zehenspitzen schlich sie zur Ausgangstür. Sie hatte bereits die Klinke in der Hand, als sie von hinten in den Arm genommen wurde.
„War es das? Willst du dich wirklich wegschleichen?", sagte er leise und vergrub das Gesicht in ihrem Haar.
„Bitte, Alan, ich möchte gehen", murmelte sie.

„Bye, die Nacht war wunderschön! Du bist etwas ganz Besonderes, Engel!", flüsterte er und ließ sie los.
„Bye", flüsterte sie zurück. Ohne sich umzudrehen verließ Elisa die Wohnung.

Oktober

Heute Nachmittag wollte Elisa sich vor dem Haupteingang des Cinemaxx Kinos mit Tommy treffen. Nach einigem hin und her hatten sich die beiden darauf geeinigt, ganz unverbindlich einen Kennenlernkaffee miteinander zu trinken. Auf der Fahrt zum Kino wurde Elisa ganz aufgeregt. Tommy gefiel ihr sehr. Sie hatten in der Zwischenzeit, Fotos gewechselt, miteinander telefoniert und auch hier klang er einfach nur nett, ja, fast vertraut. Sie beschloss noch diesen einen Versuch zu starten und, falls er sich wieder als ein Flop herausstellen sollte, die Männersuche per Internet einzustellen. Aufgeregt stellte sie ihren Wagen etwas weiter weg auf einen Parkplatz, ging das letzte Stück zu Fuß, um sich zu beruhigen. Was war heute nur mit ihr los? Schließlich hatte sie schon einige solcher Treffen hinter sich. Wenn es nicht passen sollte, so würde sie nach dem Kaffee einfach einen vergessenen Termin vorschieben und das Weite suchen. Scheinbar begann oder endete gerade eine Vorstellung, denn auf dem Kinovorplatz wimmelte es von Menschen. Trotzdem erkannte sie ihn sofort. Er hatte eine Hand leger in der Hosentasche, sah genau so aus, wie sie ihn sich vorgestellt hatte.
„Hallo, du bist Tommy, nicht wahr?", mit diesen Worten fiel ihm Elisa um den Hals. Ein wenig verlegen nahm er sie in dem Arm und drückte sie kurz an sich. „Ja, und du bist Elisa! Ich habe dich schon auf der anderen Straßenseite gesehen, du bist mir sofort aufgefallen."
„Oh, ich hoffe doch positiv?"
Auf diese ziemlich direkte Frage hin musste Tommy schmunzeln. „Jetzt sollten wir einen Kaffee

trinken und uns ein wenig näher kennen lernen, was meinst du?"

***

Elisa lächelte vor sich hin. Sie konnte ihre Aufregung und Befürchtungen vor dem Date mit Tommy gar nicht mehr verstehen. Schon als sie ihm um den Hals gefallen war, hatte sie das Gefühl gehabt, als ob sie ihn schon ewig kennen würde. Dieses Gefühl verstärkte sich mit jeder Minute, die sie mit ihm zusammen war. Zuerst hatten sie sich beim Kaffee über Gott und die Welt unterhalten. Später waren sie mit Tommys Auto planlos umher gefahren. Einfach froh, zusammen zu sein, und die Gegenwart des Anderen genießend. Als er das Auto an einer roten Ampel anhielt, geschah etwas Merkwürdiges. Elisa dachte: ‚Jetzt müsste er mich küssen, der Augenblick wäre perfekt.' Im gleichen Augenblick beugte sich Tommy zu ihr hinüber und küsste sie auf den Mund. „Kriege ich jetzt eine Ohrfeige?" fragte er lächelnd. Elisa lächelte zurück. „Nein, ganz bestimmt nicht!"
Später, als es dunkel wurde fuhr er unter eine Kanalbrücke und die beiden knutschten wie die Teenager. Alles passte und war wie es sein sollte.
„Ich möchte ein paar Tage mit dir wegfahren. Was würdest du davon halten, wenn wir ein Wochenende auf Rügen verbringen?" fragte Tommy, als sie auf dem Weg zu ihrem Auto waren. Elisa strahlte. „Ja, sehr gerne!"

Wieder zu Hause angekommen ließ sie die Geschehnisse Revue passieren. Sie hatte sich bisher mit einigen Männern getroffen, aber solche Gefühle hatte keiner von ihnen bei ihr hervorgerufen.

„Tommy", probehalber sprach sie seinen Namen aus. Entschlossen fuhr sie ihren Computer hoch. Während der Wartezeit überlegte sie, was sie Tommy schreiben wollte.

von: Elisa
an: Tommy
Betreff: Gedanken

Hallo Du,
hast Du Dir unser erstes Date so vorgestellt?
Ich habe mir vorher ganz schön viele Gedanken gemacht, war auf dem Weg zu unserem Treffpunkt nervös und aufgeregt. Dabei war das gar nicht nötig. Die Chemie hat von Anfang an gestimmt. Schon in dem kleinen Café hätte ich dir über den Tisch weg einen dicken Kuss aufdrücken können. Dazu ist es halt später gekommen (ein Glück, sonst hätte ich heute sehnsuchtsvoll und ungeküsst schlafen gehen müssen. Obwohl – sehnsuchtsvoll bin ich schon).
Jetzt sitze ich mitten in der Nacht zu Hause vor der verflixten Maschine, warte auf eine Nachricht von dir und bin ziemlich unsicher...
Elisa

von: Tommy
an: Elisa
Betreff:

Hallo Elisa,
es tut mir leid, dass ich Dir nicht sofort geschrieben habe. Bin ziemlich durcheinander. Auch ich habe in Vorfeld unserer Verabredungen die verschiedensten Szenerien durchgespielt, habe mit allem gerechnet! Nur nicht mit dem, was geschehen ist! Ja, das war schon etwas ganz Besonderes, was da zwischen uns passiert ist und ich bin noch ganz überwältigt. Noch schöner ist, dass Du es ganz genau so empfunden hast. Ich freue mich auf ein Wiedersehen, denn wir sehen uns doch wieder, nicht wahr?
CU
Tommy
PS: Ich bin doch genauso unsicher wie Du.

von: Elisa
an: Tommy
Betreff:

Wie schön, dass Du mir doch noch geantwortet hast. Jetzt geht es mir besser und ich werde langsam müde. Morgen ist ein langer Tag für mich. Ich nehme Dich ganz lieb in den Arm und gebe Dir ein sehr braves Küsschen. Die unbraven werde ich mir für unser Wiedersehen aufheben.
Elisa

von: Tommy
an: Elisa
Betreff: gute Nacht

Schlaf gut, meine Kleine, ich rufe Dich morgen gleich an! Freue mich auf ein Wiedersehen und Deine unbraven Küsse! Tommy

***

„…und stell dir bloß vor, er hat mich auf ein Wochenende nach Rügen eingeladen", beendete Elisa ihre Erzählung. Wie häufig saßen die Freundinnen in ihrer Ecke im Lieblingsbistrot.
Nachdenklich fuhr Annerose mit dem Finger an ihrem Glas auf und ab. „Das hört sich toll an, aber hast du ein gutes Gefühl dabei? Er lädt dich zwar über das Wochenende ein, trotzdem hat er eine Frau und einen Sohn. Hast du ihn darauf angesprochen?"
„Um ehrlich zu sein, nein. Es ist alles so schön gewesen, dass ich einfach nicht daran denken wollte."
„Was ist überhaupt mit Alan? Hast du endlich mit ihm geredet? Oder willst du jetzt ein Verhältnis mit ihm und diesem Thomas anfangen? Ich bin immer noch baff erstaunt, dass du neulich mit ihm gegangen bist, obwohl du mir vorher groß und breit erzählt hast, dass er nicht der Richtige ist."
Elisa spürte, dass sie rot wurde. „Ich hatte zu viel getrunken, das weißt du genau. In dem Zustand macht man schon mal unüberlegte Sachen. Trotzdem war es schön mit ihm. Aber eine Beziehung will ich nicht mit ihm anfangen."
„Das bringt mich wieder zu der Frage, ob du ihm das gesagt hast."
„Noch nicht, vielleicht rufe ich ihn einfach an."
„Hallo ihr Zwei. Wen musst du anrufen?", Lara war gerade eingetroffen und setzte sich zu den Freundinnen.

„Na ja, Alan." Elisa erzählte noch einmal die Geschehnisse der letzten Zeit in Kurzform. „Aber jetzt musst du erst einmal sagen, wie es bei dir läuft", beendete sie den Bericht. „Ich habe letztens etwas gehört, das ich nicht einsortieren kann."
„Henry ist in der ‚Alten Liebe' aufgetaucht. Er scheint plötzlich wieder Zeit zu haben", erläuterte Anne Elisas Worte.
Lara rutschte unruhig auf ihrem Stuhl hin und her. „Du bist doch nicht sauer, dass ich etwas mit Henry angefangen habe, oder? Schließlich wolltest du ihn nicht mehr. Übrigens war er es, der mir hinterhergelaufen ist."
„Schon gut, Mädel, das ist für mich kein Problem. Du musst wissen, mit wem du dich einlässt. Henry kann verdammt charmant sein, aber er ist jemand, der sein Leben niemals auf die Reihe kriegen wird. Du kannst dich gut mit ihm amüsieren, aber das war es dann auch schon." Anne zwinkerte den Freundinnen zu. „Es hat mich nur gewundert, dass er so plötzlich aufgetaucht ist und bei mir herumgebaggert hat. Hattet ihr Streit?"
„Wenn es nur das wäre", seufzte Lara. „Es ist eher mein Ehemann, der Probleme macht, nicht mein Liebhaber ..."
Lara war tatsächlich allein in den Urlaub gefahren. Sie hatte ihren Lover nachkommen lassen, was Henry freudig tat. Fatal, dass ihr Ehemann wohl doch nicht so ahnungslos war, wie es schien. Während Lara und Henry am Morgen nach Henrys Ankunft gemütlich beim verspäteten Frühstück saßen, klingelte Laras Handy. Nichtsahnend nahm sie den Anruf entgegen. Zu ihrem Entsetzen war ihr Ehemann am anderen Ende der Strippe. Er teilte ihr mit, dass er es geschafft hatte, sich für ein

paar Tage frei zu nehmen und auf dem Weg zur ihr wäre. Eigentlich habe er sie überraschen wollen, sagte er, wollte sie aber nicht überfordern, sondern ihr Zeit geben sich auf sein Eintreffen vorzubereiten. Allerdings wäre er fast am Bodensee angekommen und würde sie Kürze in die Arme schließen. Panisch packte Henry seine Tasche. Da er mit dem Zug gekommen, nahm er sich einen Leihwagen und verließ so schnell wie möglich das Gefahrengebiet. Wenig später traf tatsächlich der Ehemann ein.

„Es war alles extrem peinlich für mich. Schließlich musste ich die Wirtsleute der Pension einweihen, sonst hätten sie sich wohlmöglich verplappert. Sie haben mich anschließend ziemlich kühl behandelt. Das ist sogar Roland aufgefallen", beendete Lara ihr Geschichte.

„Da hast du aber noch mal Glück gehabt. Nicht auszudenken, wenn Roland unangekündigt angekommen wäre." Elisa schauderte es bei dem Gedanken.

Anne grinste in sich hinein. „Wenigstens hätte er dann gewusst, was abgeht. Also deshalb hatte Henry plötzlich Zeit, alles klar. Ich habe schon gedacht, er würde sich wieder anschmusen wollen."

„Von wegen, ich bin noch nicht fertig mit ihm. Schließlich habe ich mich seinetwegen bei ‚Top Secret' abgemeldet. Obwohl ich ehrlich sagen muss, dass man dort auch jede Menge Ausschussware kennenlernt. Aber manchmal ist der eine oder andere interessante Kerl dabei, mit dem man eine Menge anfangen kann." Anne und Elisa wechselten einen Blick, was Lara zu bemerken schien. „Schluss jetzt mit dem Thema. Meinst du, dass

dieser Tommy es ehrlich mit dir meint, wo er doch verheiratet ist?"
„Ich weiß es nicht, aber ich möchte es riskieren, vielleicht ist er es wert?!"
***
Elisa hatte sich dazu durchgerungen mit Alan zu sprechen und sich nach Feierabend mit ihm verabredet.
„Ich bin ein bisschen zu früh und habe ich gedacht, dass ich dich von der Arbeit abhole." Alan stand in der Eingangstür zur Boutique. Elisa zögerte, doch dann zuckte sie die Schultern. Es waren keine Kunden mehr im Laden, in fünf Minuten würde sie sowieso Feierabend haben. „Ist gut, ich schließe den Laden gleich. Es ist ganz schön, dass du hier bist. Du kannst mich zur Bank begleiten. Dort muss ich die Geldbombe einwerfen. In der letzten Zeit treibt sich einiges Gesindel herum. Ich fühle mich, gerade wenn es früher dunkel wird, nicht sicher. Aber das gehört zum Job", fügte sie hinzu.
„Das mache ich gern. Ich kann mich ja schon mal nützlich machen", meinte Alan und begann die Kleiderständer von draußen in den Laden zu ziehen.
Elisa musste lachen. „Du bist ein richtiges Naturtalent, weißt du das?"
„Oh, ich kann noch eine Menge mehr als dies, aber ich glaube das weißt du inzwischen", war die augenzwinkernde Antwort. „Du musst nicht rot werden."
Elisa merkte, wie ihr heiß wurde, wandte sich hastig ab und begann schnell die Einnahmen zu zählen.
„So, jetzt eben noch zur Bank. Zum Glück befindet sie sich gleich gegenüber. Zur Pizzeria, in der wir

uns eigentlich verabredet hatten, ist es auch nicht weit.", Elisa hakte sich bei Alan unter. Im Vorbeigehen sah sie ein bekanntes Auto. Jemand saß im Innenraum und schaute sie entgeistert an. Sie glaubte ihren Augen nicht zu trauen, denn es war Tommy. Starr vor sich hin schauend ging sie weiter bis zur Bank, wobei sich ihre Gedanken überschlugen. Bravo, das hatte sie wieder einmal prima hingekriegt. Der erste Mann seit langem, an dem ihr wirklich etwas lag wollte sie von der Arbeit abholen und sie spazierte Arm in Arm mit einem Anderen herum. Mechanisch warf sie die Geldbombe ein.

„Ist irgendwas?", fragte Alan, der ihre plötzliche Schockstarre bemerkt hatte.

„Ähm, nein, alles gut. Mir ist nur gerade etwas eingefallen. Sei doch so nett und geh schon mal vor. Ich komme gleich nach. Ich muss schnell noch etwas erledigen", erklärte sie hastig, ließ Alan einfach stehen und lief zum Auto.

Tommy öffnete die Wagentür, schaute sie zweifelnd und unsicher an. „Hallo du, eigentlich wollte ich dich zum Essen einladen, aber ich komme wohl ungelegen."

Einen Moment lang war sie versucht einfach in den Wagen zu steigen und Tommy zu veranlassen wegzufahren. Doch so schnell wie er gekommen war, verwarf sie den Gedanken. Sie schüttelte den Kopf. „Sorry, aber ich habe schon eine Verabredung ... zum Essen ... wenn man es genau nimmt ... und zum Reden." Kaum waren die Worte heraus, so bedauerte sie sie. ‚Was rede ich da für einen Schwachsinn? Verabredung zum Essen und Reden!', dachte Elisa. „Also was ich sagen wollte ... ein alter Bekannter ... ich habe ihm versprochen ...

ein andermal vielleicht ...", begann sie erneut, bekam aber außer einem unverständlichen Stammeln nichts heraus, ihre Gedanken purzelten nur so durcheinander.

„Ist schon in Ordnung. Du musst dich nicht bei mir entschuldigen. Ich will dich auch nicht länger stören." Tommy schloss mit einem Ruck die Autotür, gab Vollgas und brauste los. Elisa schaute ihm fassungslos hinterher. Eine Hand legte sich auf ihren Arm. „Besuch", fragte Alan, der die Szene beobachtet hatte.

„Ja", antwortete sie knapp.

„Du, hör mal", sagte er.

„Hör mal", sagte Elisa gleichzeitig. „Du zuerst", entschied sie nach einer verlegenen Pause.

„Okay, wir müssen jetzt nicht Essen gehen, wenn du das nicht möchtest. Ich kann dich auch einfach nach Hause bringen und dann heimfahren."

„Weißt du was, Alan, Essen gehen möchte ich wirklich nicht. Was hältst du davon, wenn wir zu mir gehen. Ich mache uns eine Flasche Rotwein auf, wir unterhalten uns in Ruhe. Ich denke, dass es nötig ist. Mein Besuch hin oder her."

Zu Hause angekommen stellte Elisa erleichtert fest, dass die Jungen unterwegs waren. Sie hatte noch nie einem Mann mit nach Hause gebracht und wollte sich keine Kommentare ihrer Söhne anhören. Als sie und Alan vor ihren Gläsern saßen, schaute er sie prüfend an. „Wir hatten eine tolle Nacht miteinander, Liebes. Von mir aus könnten noch viele solche Nächte folgen. Aber ich glaube, das willst du nicht."

„Ach, Alan, du bist ein toller Mann. Du bist sensibel, aufmerksam, zärtlich und dazu noch super

nett. Ich glaube, dass du auch ein richtig guter Kumpel wärst", begann Elisa zögernd. „Aber ..."
„Du musst nicht weiterreden. Nett, das ist die kleine Schwester von ... oder wie war das. Nett und ein richtig guter Kumpel, das ist es nicht, was ich für eine Frau sein möchte. Bedeutet dir denn unsere Nacht gar nichts?"
„Doch, sie war wunderschön und einmalig. Ich werde sie niemals vergessen. Es tut mir so leid. Ich liebe dich einfach nicht. Vielleicht wäre alles anders gekommen, wenn wir vor sieben Jahren zusammen geblieben wären. Ich glaube, dass ich mich mit der Zeit verändert habe. Es passt nicht und ich kann nicht einmal sagen, woran das liegt."
Jetzt, wo Elisa ihm die ungeschminkte Wahrheit gesagt hatte, fühlte sie sich viel besser. Alan hob sein Glas, machte einen tiefen Zug. „Eigentlich habe ich das gewusst. Ich bin dir jetzt seit einem halben Jahr hinterhergelaufen. Immer war ich es, der sich zuerst gemeldet hat, du hast ausschließlich reagiert, nie ist eine Verabredung von dir aus gegangen." Er schaute sie einen Moment versonnen an. „Es wäre schön gewesen, aber du gibst uns keine Chance. Das muss ich wohl akzeptieren. Als du vorhin zum Auto gespurtet bist, hast du mich einfach stehen lassen, bist ganz aufgelöst gewesen. Das war jemand, an dem dir wirklich etwas liegt?"
„Ja! Ehrlich gesagt habe ich das vorhin zum ersten Mal in aller Deutlichkeit gemerkt."
Alan musterte sie mit einem schiefen Blick. „Dann kannst du mir ja dankbar sein und er auch. Es ist dir sehr ernst mit ihm, nicht wahr?"
„Sehr ernst, aber ich will nicht drüber reden." Sollte er ruhig glauben, dass sie fest mit diesem Mann zusammen war. Eigentlich schwindelte Elisa nur

ein kleines bisschen. Tommy ging ihr unter die Haut, mehr, als es ihr lieb war.

„Na dann. Ich sollte jetzt nach Hause fahren, habe noch eine Flasche Vodka auf Eis. Ich glaube, heute werde ich mich betrinken." Beim Abschied nahm er sie noch einmal in die Arme. „Falls du es dir anders überlegen solltest, lass es mich wissen, Liebes. Ich bin immer für dich da. Aber ich will dich ganz oder überhaupt nicht."

Wenig später bekam Elisa weiche Knie, denn Tommy rief an. Seine Wut war verraucht, stattdessen gab er sich niedergeschlagen, bitter und enttäuscht. „Kennst du den Song ‚Fallen' von der Gruppe ‚Pur'?", fragte er. „Darin heißt es: ‚Mein Kartenhaus ist wieder eingestürzt'. Genauso fühle ich mich. Ich weiß, dass ich nicht unangemeldet bei dir erscheinen sollte, aber dass du gerade heute mit einem Andere ausgehst ist schon ziemlich heftig. Das kann doch kein Zufall sein. Du hast mir gesagt, dass es zurzeit keinen Mann für dich gibt. War das gelogen?"

Elisa wusste nicht, wie sie ihm die Situation erklären sollte. ‚Ich habe mich mit einem Mann getroffen, um ihm zu erklären, dass ich ihn nicht will', das klang einfach nur bescheuert, wenn es auch der Wahrheit entsprach. So blieb sie ruhig, ließ Tommy erst einmal reden. Immerhin war er unangemeldet bei ihr aufgetaucht, nachdem sie sich einmal getroffen hatten. Er konnte doch nicht von ihr erwarten, dass sie auf Abruf bereit stand. Im Übrigen war sie eine erwachsene Frau und kein Teeny. „Weißt du", sagte sie schließlich zu ihm, „du bist derjenige von uns, der verheiratet ist. Nach unserem ersten Date bin ich nach Hause in meine eigene Wohnung gefahren. Du hingegen bist heimge-

fahren zu deiner Frau. Das habe ich so hingenommen, weil ich dir glaube. Meinst du, dass du mir Vorwürfe machen solltest."
Das hatte gesessen. Er schwieg einen Moment, dann antwortete er: „Du hast ja Recht. Ich sitze selbst im Glashaus und werfe mit Steinen. Das ist nicht richtig. Aber bitte versteh mich. Ich habe mich so auf dich gefreut, auf einen schönen Abend mit dir. Dann habe ich dich mit dem Typen gesehen und dachte: das war's, sie will dich gar nicht. Jetzt bin ich einfach frustriert und geschockt."
Das wiederum konnte Elisa gut verstehen, ihr wäre es in seiner Situation ähnlich ergangen. Tommy missverstand ihr Schweigen. „Ich verstehe, du willst mich jetzt nicht mehr treffen."
„Oh doch", antwortete sie schnell. „Ich würde mich freuen, dich wieder zu sehen. Ich habe mich zusammen mit dir sehr wohl gefühlt."
„Dann würde also nichts dagegen sprechen, wenn wir eines der nächsten Wochenenden auf Rügen verbringen?"
Elisa strahlte den Telefonhörer an. „Überhaupt-gar-nichts! Ich freue mich auf dich!"
„Ich freue mich auf dich, Mädchen", sagte Tommy erleichtert. „Nachdem ich verstanden habe, dass du immer noch mit mir zusammen sein willst, werde ich mir einen netten Tullamore Dew genehmigen. Vielleicht auch zwei oder mehr. Besondere Tage erlauben besondere Getränke."
Da war er wieder, der Tommy, den sie kennengelernt hatte. Die beiden verabschiedeten sich von einander. Elisa goss Wein in ihr Glas, prostete sich im Spiegel zu. Wenn sich heute zwei Männer ihretwegen betrinken würden, so konnte sie auch den Rest des Weins trinken. Was hatte Tommy gesagt:

Besondere Tage erlauben besondere Getränke. „Schlaf gut, du Dummer", flüsterte sie und nippte an ihrem Glas.

***

„Bestimmt kommt er gar nicht", dachte sie. Es war ein ganz unbestimmtes Gefühl, doch rechnete sie nicht damit, dass er sein Versprechen halten würde.
Elisa stand ein wenig verloren an der Straßenecke. Sie hatte extra darauf bestanden, dass Alan sie nicht von zu Hause abholte, denn sie wollte sich eventuelle Kommentare ihrer Söhne ersparen. Fröstelnd verschränkte sie die Arme vor der Brust, schaute zum wievielten Mal auf ihre Armbanduhr. Wie hatte Annerose am letzten Sonntag so treffend angemerkt: „Wenn du dich mit einem verheirateten Mann einlässt, dann bleibst du in der Regel zweiter Sieger. Die Wochenenden verbringt er mit Mutti und den Kinderchen, dich besucht er heimlich nach Feierabend. An allen Feiertagen sitzt du allein zu Hause. Wenn er irgendwann vor die Wahl gestellt wird, dann entscheidet er sich für seine kleine, heile Familienwelt. Vergiss das bloß nicht, Mädel."
Solche und ähnliche Gedanken gingen Elisa durch den Kopf. Sie nahm frustriert ihre Reisetasche auf, um wieder nach Hause zu gehen, als das Auto neben ihr hielt. Tommy stieg aus, nahm ihr wortlos die Tasche ab. Auch er wirkte bedrückt.
„Um ein Haar wäre ich gar nicht gekommen", meinte er, als sie im Auto saßen. Elisa sah ihn von der Seite an. „Das dachte ich mir schon und ich habe gar nicht mehr mit dir gerechnet. Es ist wegen deiner Frau, nicht wahr?"

„Ja, aber anders als du meinst. Ich komme mir vor wie ein richtiger Mistkerl. Ich betrüge sie, aber vor allem betrüge ich dich. Nicht, dass du jetzt denkst, ich würde mit ihr schlafen", sagte er schnell. „Das Thema Sex gibt es seit Jahren nicht mehr zwischen uns. Wir schlafen getrennt, das habe ich dir aber auch schon in einer der ersten Mails geschrieben. Es ist einfach nicht fair dir gegenüber. Ich will dich nicht ausnutzen. Nicht, dass du so etwas von mir denkst."

Elisa war wie vor den Kopf geschlagen. Dieser Mann machte sich Vorwürfe, weil er sie mit seiner Frau betrog? Eine merkwürdige Logik war das. Er schien völlig anders zu ticken, als die Meisten seiner Geschlechtsgenossen. „Das kannst du beruhigt mir überlassen, ich bin schon groß, weißt du. Ich habe mich freiwillig für ein gemeinsames Wochenende mit dir entschieden. Und ich fühle mich überhaupt nicht ausgenutzt, sondern einfach nur froh und glücklich." Sie streichelte seinen Nacken. „Ich mag deine Stachelhaare hier."

Das Eis war gebrochen, Tommys Laune hob sich sichtlich. „Dann mal los, auf nach Rügen."

Es wurde eine kurzweilige Fahrt. Elisa konnte feststellen, dass Tommy an alles gedacht hatte. Bei der ersten Rast förderte er aus einer Box eine gefüllte Thermoskanne und alle nötigen Utensilien zum Kaffeetrinken zutage. „Falls du müde wirst, habe ich hier ein Kissen und einen Schlafsack. Wenn du möchtest, so kannst du deinen Kopf auf meinen Schoß legen. Du kannst mir vertrauen. Ich bringe uns sicher an die Ostsee."

Bei so viel Fürsorglichkeit hätte Elisa am liebsten geschnurrt wie eine Katze. Wirklich hatte sie nicht gut geschlafen und kuschelte sich bald in das Kis-

sen. „Nur eine Minute, ich will ganz bestimmt nicht einschlafen."
Als sie wieder aufwachte war es dunkel. „Ich glaube, ich bin eine Minute eingenickt."
Tommy lachte leise, „ja, das bist du wohl. Schau mal, wir fahren schon über die Brücke nach Rügen. Jetzt sind wir fast da."
„Und wir fahren nach Binz, nicht wahr."
„Ja, wie ich dir schon sagte, hat einer meiner Arbeitskollegen dort eine kleine Ferienwohnung, die er vermietet. Ich bin auch zum ersten Mal dort, genau wie du."
Elisa überlegte: Ob der Arbeitskollege Bescheid wusste oder davon ausging, dass Tommy das Wochenende mit seiner Frau verbrachte? Das hätte sie zu gerne gewusst, traute sich aber nicht zu fragen. Ob er überhaupt mit seiner Frau in Urlaub fuhr? Schluss mit den trüben Gedanken. Schließlich war sie jetzt mit ihm hier und wollte ein tolles Wochenende verbringen.
Die kleine Wohnung zeigte sich ganz neu und schnuckelig. Kaum angekommen nahm Tommy sie in die Arme. „Herzlich willkommen, meine Kleine." Er küsste sie zärtlich. Elisa erwiderte seinen Kuss mit wachsender Leidenschaft.

***

„Das geht gar nicht!"
Elisa räkelte sich wohlig, dann kuschelte sie sich noch näher an. „Was geht nicht? Bis jetzt ging alles perfekt."
„Wir können nicht die ganze Zeit im Bett liegen bleiben, obwohl…wenn du darauf bestehst… Mal sehen, ob es immer noch perfekt geht …"

Viel später raffte sich Tommy dann doch auf. „Jetzt aber raus aus den Federn", er zog ihr die Decke weg. „Los, Faulpelz, wir schauen uns jetzt ein bisschen auf der Insel um."
Elisa brummelte glücklich vor sich hin, stand aber auf. „Sehr wohl, mein Herr. Was steht auf dem Programm?"
„Ganz klar das Kap Arcona, die Seebrücke hier müssen wir uns auch unbedingt angucken und ein kleines Jagdschloss in der Nähe, das hat einen Turm, von dem aus man fast die ganze Insel überblicken kann! Jetzt sorge ich erst einmal für ein spätes Frühstück und dann geht es los."
Elisa strahlte ihn an. „Das wäre schön, ich habe nämlich einen Bärenhunger."

***

Nun fuhren sie schon wieder Richtung Heimat. Das Wochenende war wie im Flug vergangen. Alles stimmte zwischen ihnen, war perfekt. Elisa hätte sich das Zusammensein nicht schöner vorstellen können. Tommy hatte, was seine Ehe anbetraf, kein Blatt vor den Mund genommen und ihr erklärt, dass er sowieso dabei war, sich von seiner Frau zu trennen. „Sei mir nicht böse wegen dieser ungeschminkten Worte, aber ich würde sie mit dir oder ohne dich verlassen. Es hat schon lange keinen Sinn mehr, diese Ehe fortzusetzen."
Damit konnte Elisa leben, wenn sich auch ganz hinten, im letzten Regal in ihrem Kopf leichte Zweifel eingeschlichen hatten. Sie hatte schon so viele Sprüche von verheirateten Männern gehört. Doch Tommy war in so vielen Dingen aufrichtiger und ehrenhafter als alle Männer, die sie bisher kennengelernt hatte.

Je mehr sie sich der Heimat näherten, umso trauriger wurde Elisa. Bald würde er sie zu Hause absetzen, heimfahren. Das war nicht richtig, eigentlich hätten sie zusammen in ihr gemeinsames Zuhause kommen müssen. Tommy schien ähnlich zu fühlen, denn er hielt alle Nase lang an, nahm Elisa ganz fest in die Arme, küsste sie zärtlich. Das verzögerte die Fahrt zwar um einiges, trotzdem kamen sie irgendwann vor Elisas Haustür an. „Das war ein wunderschönes Wochenende, danke", sagte sie leise.
„Das wollte ich gerade sagen. Danke für das Wochenende. Sehen wir uns bald wieder?"
Elisa fiel ein Felsbrocken vom Herzen. „Das würde mich sehr freuen!"
„Wie wäre es mit einem Kinobesuch? Wir könnten zur Abwechslung reingehen, statt uns nur davor zu treffen. Außerdem", fuhr er grinsend fort, „ist es im Kino dunkel und ich kann dich ungestört befummeln."
„Mensch, das tut mir so leid, mein Junge!" Elisa schaute hilflos zu ihrem Ältesten auf, der in einem ziemlich desolaten Zustand vor ihr stand. Sie war in einem leicht schwebenden Zustand zu Hause angekommen, doch der Alltag holte sie gleich wieder ein. Wie es aussah, hatten Felix und Julia sich am Wochenende ganz furchtbar gestritten und sich als Folge davon getrennt. Julia hatte nicht lange gefackelt, gleich ihr Zeug zusammen gepackt und war wieder bei ihren Eltern eingezogen. Felix schien am Boden zerstört und litt sichtlich.
„Wenn dir so viel an ihr liegt, dann ruf sie an. Bitte sie, zurück zu kommen", riet ihm seine mitleidende Mutter. Störrisch schüttelte Felix den Kopf. „Auf keinen Fall, sie ist ausgezogen, sie muss wis-

sen was sie tut. Außerdem habe ich schon länger den Verdacht, dass sie einen Anderen hat."
„Ach du grüne Neune, ja dann…", in diesem Fall wusste Elisa auch nicht mehr weiter. Die Probleme in und mit der Liebe blieben immer die Gleichen, egal, wie alt man war. Matts hieb seinem Bruder auf die Schulter. „Alter, sei froh, dass du sie los bist. Mach es in Zukunft wie ich, such dir ab und zu eine Tagesfreundin und nichts Festes. Eine feste Freundin macht nur Probleme!"
Felix seufzte schwer und ging stumm leidend in sein Zimmer. Schockiert musterte Elisa ihren Sohn. „Was hast du damit gemeint, eine Tagesfreundin, du Küken?" Sie war näher an Matts herangetreten und sog vernehmlich die Luft ein. „Sag mal, hast du geraucht?" Der Angeschnüffelte trat vorsichtshalber einen Schritt zurück. „Nein, habe ich nicht", erklärte er mit Nachdruck. Seine Mutter stemmte die Hände in die Hüften. „Ach, tatsächlich nicht? Warum riechst du dann nach Qualm, mein Lieber?"
„Na ja, das ist … Mama, das ist peinlich, wirklich. Ich habe nicht geraucht, ehrlich nicht."
„Was sollte so peinlich sein, dass du es mir nicht erzählen kannst, Matts. Warst du bei jemandem, der geraucht hat, oder was?" Elisa musterte ihren Sohn aufmerksam. Er war rot geworden und trat von einem Bein auf das andere. „Na sag schon, ich kriege das sowieso irgendwann heraus." Matts war inzwischen tomatenrot angelaufen. „Das ist wirklich voll peinlich." Er holte tief Luft. „Ich war bei Ann - Kristin und sie raucht, jedenfalls heimlich. Ehe du weiter bohrst, es ist die Ann - Kristin, die früher mal neben uns gewohnt hat. Wir haben aber nur geknutscht, in ihrem Zimmer. Ihre Eltern wa-

ren nicht zu Hause." Elisa ließ sich auf einen Stuhl sinken. „Junge, Ann - Kristin ist fast 17. Darf ich dich daran erinnern, dass du 15 Jahre alt bist. Mal abgesehen davon, dass du lieber an deine schulischen Leistungen, als an Mädchen denken solltest, ist sie viel zu alt für dich."

„Von wegen, sie steht auf jüngere Männer, sagt sie. Übrigens ist Julia auch ein Jahr älter als Felix und dazu hast du nichts gesagt, obwohl sie immer hier geschlafen hat. Das ist nicht fair. Sex ist nicht eine Frage des Alters, sondern der Reife. Das kannst du mal googlen. Du brauchst dir keine Gedanken machen. Wenn ich wirklich Sex mit Ann - Kristin haben sollte, dann werde ich verhüten. Aber ich glaube eh, dass es dazu nicht kommt. Ich will mich für die Frau aufheben, die ich wirklich liebe. Schließlich bin ich kein Mann für eine Nacht", nach diesem Aufklärungsvortrag nickte Matts entschlossen mit dem Kopf. Seine Mutter hatte ihm mit offenem Mund zugehört. Ihr fehlten die Worte, was nicht oft vorkam.

„Und wie war dein Wochenende so", fragte Matts, nicht aus wirklichem Interesse, sondern um abzulenken. „Hast du etwas Interessantes erlebt?"

Elisa merke zu ihrem eigenen Erstaunen, dass nun sie die Tomatenfarbe annahm. „Och nö, alles easy, nix besonderes", erwiderte sie matt.

„Und deshalb wirst du rot. Ich glaube, ich will lieber gar nichts wissen. Sag rechtzeitig Bescheid, wenn es mal ernst wird. Ich will dann mal ...", mit diesen Worten schlenderte er betont locker auf seine Zimmertür zu. „How deep is your love", hörte seine Mutter ihn leise singen, bevor sich die Tür sacht hinter ihm schloss.

November

„Es war traumhaft, Mädels!" Elisa biss in eine Erdbeere und nahm anschließend einen Schluck Sekt. „Er ist lieb, rücksichtsvoll und zuvorkommend."
„Jetzt sag bloß noch, er sieht aus wie Mel Gibson", fragte Annerose belustigt.
„Nicht so richtig, aber er sieht gut aus!"
„Ich glaube unsere Elisa hat´s erwi-hischt. Du hast ganz glänzende Augen. Der Knabe muss ja gut sein", Lara nippte an ihrem Sektglas. Heute fand der Weiberabend anlässlich ihres Geburtstages in ihrer Wohnung statt.
„Kein Kommentar."
„Hey, das ist unfair, echte Freundinnen haben keine Geheimnisse vor einander." Anne puffte ihrer Freundin in die Seite, was Elisa demonstrativ ein Stück von ihr abrücken ließ. „Von wegen. Alles werde ich auch der allerbesten Freundin nicht erzählen. Was ich sagen kann ist, dass er nicht nur gut aussieht, sondern auch gut ist. Das muss reichen. Sag du mal lieber, ob du noch etwas von Paul gehört hast."
Anne verzog das Gesicht. „Nein, seit ich ihm die Wohnung besorgt und eingerichtet habe herrscht Funkstille. Nicht, dass ich auf Kontakt mit ihm Wert legen würde, aber mein Geld hätte ich schon gern zurück."
Lara horchte auf. „Du hast ihm Geld geliehen? Das wusste ich gar nicht. Hast du dir das wenigstens schriftlich geben lassen?"
„Eben nicht. Um ehrlich zu sein war ich so froh, ihn endlich los zu werden, dass ich daran gar nicht gedacht habe."

„Schön dumm. Das Geld wirst du nicht wiedersehen. So etwas könnte mir nicht passieren. Ich hätte mich gegen alle Eventualitäten abgesichert", sagte Lara im Brustton der Überzeugung.
Anne musterte sie kalt. „Das kannst du gleich praktizieren, du selbstgerechtes Stück. Wenn ich das richtig sehe, machst du ja weiter mit Henry rum. Glaub mir, es dauert nicht mehr lange, dann wird er versuchen dich anzupumpen, falls er das noch nicht gemacht hat. Wenn du ihm etwas leihst, dann gehst du am Besten direkt zu einem Notar und lässt das beurkunden. Andernfalls wirst du keinen Pfennig davon zurückbekommen. Glaub mir, ich spreche aus Erfahrung."
Lara öffnete den Mund um etwas zu erwidern, doch Elisa kam ihr zuvor. „Mensch, Mädels, wollen wir uns jetzt streiten? Wegen eines Mannes? Das kommt doch wohl gar nicht in Frage. Auf dich, Lara. Ich wünsche dir, dass du glücklich wirst und findest, was immer du suchst." Sie hob ihr Glas. Anne tat es ihr gleich. „Es tut mir leid. Ich wollte gar nicht so pampig werden. Auf dich. Vielleicht finden Roland und du wieder zu einander. Er liebt dich nämlich wirklich."
Zur Verwunderung der Freundinnen brach Lara in Tränen aus. Während Elisa ihr ein Taschentuch reichte, tätschelte Anne ihr hilflos den Rücken. „Es tut mir wirklich leid, das wollte ich nicht."
„Jaha", schluchzte Lara in ihr Taschentuch. „Deswegen ... heule ich ... gar ... nicht."
Elisa nahm sie in den Arm. „Ist ja schon gut. Das ist wegen Roland oder Henry oder wegen allen beiden, nicht wahr? Deswegen lässt du dich in der letzten Zeit so selten blicken. Willst du erzählen was passiert ist?"

Lara putzte sich entschlossen die Nase. Sie holte tief und schluchzend Luft. „Es ist alles so kompliziert. Das ewige Versteckspiel hängt mir zum Hals heraus. Am Liebsten würde ich Henry gar nicht mehr treffen. Aber das traue ich mich nicht. Übrigens habe ich ihm Geld geliehen, 500 Mark." Sie schluchzte auf.

„Wieso traust du dich nicht, Henry den Laufpass zu geben? Das verstehe ich nicht. Er ist leichtsinnig und ein Hallodri, aber ich denke schon, dass er das akzeptieren würde", sagte Anne ungläubig. „Oder meinst du, dass er sich an dich hängen würde. Hast du mit ihm darüber gesprochen? Hat er etwas Derartiges gesagt?"

„Nein, ich habe natürlich nicht mit ihm gesprochen. Ich weiß wirklich nicht, wie er reagiert, wenn ich ihn in die Wüste schicke. Wie du sicher aus Erfahrung weißt, neigt er manchmal zu Kurzschlussreaktionen. Er hat eine Menge verfänglicher Fotos von mir geschossen. Ich habe Angst, dass er sie Roland schickt. Das würde ihn sehr verletzen und das möchte ich nicht."

„Das fällt dir verdammt früh ein", merkte Annerose trocken an. „Du bist doch sonst immer so vernünftig, wie konntest du zulassen, dass Henry die Fotos überhaupt macht?"

„Das weiß ich auch nicht mehr so genau, wahrscheinlich bin ich verwirrt gewesen und ziemlich verliebt. Jedenfalls wimmle ich ihn zurzeit möglichst ab. Immer geht das allerdings nicht, sonst merkt er was."

„Und wenn du ihn bittest, dir die Fotos auszuhändigen? Oder ihm einfach die Wahrheit sagst, nämlich dass du ihn nicht mehr sehen möchtest? Du kannst die bittere Pille doch nett verpacken und

ihm sagen, dass du mit deinem Roland einen Neuanfang wagen willst", überlegte Elisa laut.
„Richtig", nickte Anne. „Ich kenne Henry gut genug. Ich traue ihm nicht zu, dich so in die Pfanne zu hauen. Du musst nur vernünftig mit ihm reden."
Lara rang verzweifelt die Hände. „Das ist alles nicht so einfach. Ich will keinen Neuanfang mit Roland, da fängt es schon mal an. Im Gegenteil! Ich habe jemanden kennen gelernt, mit dem ich zusammen sein möchte."
Elisa schwante, um wen es sich handelte: „Der Nachbar!"
„Ich glaube das nicht. Du hast einen Ehemann, einen Geliebten und dazu noch einen Mann kennen gelernt?" Annerose glaubte nicht richtig zu hören. „Du bist wirklich fleißig, dass muss der Neid dir lassen. Machst du sonst noch was, außer Männer aufreißen?"
Lara funkelte die Freundin böse an. „Was soll das denn wieder heißen? Ich habe es nicht nötig, mich vor dir zu rechtfertigen. Fass dir mal an die eigene Nase."
„Aber, aber, so kommen wir nicht weiter. Jede von uns hat in letzter Zeit genug Mist gebaut und keine muss sich rechtfertigen", fuhr Elisa einmal mehr dazwischen. „Hier wird kein Zickenkrieg angefangen! Also hört schon auf. Magst du erzählen, wen du kennen gelernt hast? Ich verspreche dir, dass wir uns alle Kommentare bis zum Schluss aufzuheben und Anne ihre Zunge im Zaum hält."
„Du liegst richtig, es ist der Nachbar von dem ich dir erzählt habe. Er hat schon lange signalisiert, dass er mich gerne näher kennen lernen möchte. Letztens hatten wir ein Straßenfest, an dem Harald mit seiner Frau und auch wir beide, Roland und

ich, teilnahmen. Ich habe mich den ganzen Abend mit Harald unterhalten, wir stellen eine Menge Gemeinsamkeiten fest. Irgendwann war seine Frau dann verschwunden. Auch Roland verabschiedete sich frühzeitig, nicht ohne Harald zu bitten, mich nach Hause zu bringen. Das hat er dann auch getan. Auf dem Weg zu unserem Haus gestand er mir seine Liebe. Ich muss sagen, dass ich mich sehr zu ihm hingezogen fühle", hier seufzte Lara theatralisch. „Er ist ein sehr kultivierter Mann mit fabelhaften Umgangsformen. Zudem hat er einen tollen Job, besitzt einige Immobilien und auch seine Eltern sind nicht unvermögend."

Elisa warf Annerose einen warnenden Blick zu, was diese dazu veranlasste, die ironische Bemerkung herunterzuschlucken, welche ihr auf der Zunge lag. „Wie soll es jetzt weiter gehen", fragte sie stattdessen.

„Jetzt muss ich zuerst Henry loswerden und das ohne Komplikationen. Zurzeit treffe ich mich heimlich mit Harald. Er hat natürlich keine Ahnung, dass Henry auch noch da ist. Er glaubt, dass ich mit Roland unglücklich bin und tröstet mich sehr lieb."

So viel Abgebrühtheit verschlug den Freundinnen für einen Moment die Sprache. Lara fuhr fort. „Harald hat mit seiner Frau gesprochen und ihr erklärt, dass er auszieht. Er sucht eine kleine Wohnung. Ein Nest, wo wir uns ungestört treffen können. Dieses ewige herumgemache im Auto, das ist nicht unser Stil."

‚Warum kann dein reicher Harald dann kein Hotelzimmer mieten', fragte sich Elisa, hütete sich aber, die Frage laut auszusprechen.

„Stellt euch vor, letztens haben wir uns auf einem Parkplatz getroffen. Ich bin zu Harald in sein Auto gestiegen und wir sind an eine einsame Stelle gefahren. Als er mich später wieder an meinem BMW absetzte, steckte tatsächlich ein Zettel an meiner Windschutzscheibe. ‚Suche Partnerin für gelegentliche sexuelle Abenteuer' stand darauf und eine Handynummer. So eine Unverschämtheit. Als ob ich eine billige Schlampe wäre."
„Nö, billig bist du nicht", entfuhr es Annerose. Zum Glück hatte Lara den Ausspruch nicht mitbekommen. „Würdest du denn deinen Mann verlassen, um mit diesem Harald zusammenzuziehen?" fragte Elisa schnell.
„Ich weiß gar nicht, ob er das möchte. Jetzt sucht er erst einmal eine Wohnung und plante nicht für zwei. Wenn ich ausziehe, dann muss ich alles allein bezahlen und das kann ich mir nicht leisten, es sei denn, Roland zahlt mir einen ausreichenden Unterhalt."
„Das macht er glatt, da bin ich mir ganz sicher", meinte Anne lakonisch. „Also lässt du alles erst einmal laufen wie es ist. Vertröstest Henry, wenn es geht, triffst dich mit deinem Harald und bleibst bei Roland. Sehe ich das richtig?"
Lara rutschte unruhig auf ihrem Stuhl hin und her, schaute dann demonstrativ auf die Uhr. „Ja, so ist es. Aber können wir jetzt vielleicht das Thema wechseln? Roland wollte heute einen Kumpel besuchen, damit er uns nicht stört. Er kommt bestimmt bald nach Hause. Nicht, dass er unbeabsichtigt etwas mitbekommt."
„Das ist ein Argument. Ich wollte sowieso gleich gehen. Ich habe morgen Frühschicht. Sag mal Anne, hast du eigentlich in unser Postfach geschaut?

Gibt es Neuigkeiten?", wandte sich Elisa an ihre Freundin.

„Yep, ich habe mich mit dem Herrn von Adel verabredet. Du hast ja wohl im Moment kein Interesse an weiteren Internetbekanntschaften?"

„Ich weiß nicht, ob ich überhaupt noch Interesse daran haben werde. Das war der Bankier, nicht wahr. Eigentlich wollte ich ihn ausprobieren, das war der Plan, aber Tommy ist perfekt. Wenn es mit ihm nicht passt, dann mit keinem", lächelte Elisa versonnen. „Ich glaube, ich habe mich ziemlich verknallt."

Lara verdrehte die Augen. „Ihr seid mir schon ein paar Hühner. Schachert euch die Typen gegenseitig zu und auf mir hackt ihr herum!"

***

„Was ich dich schon die ganze Zeit fragen wollte, Hexchen, vermisst du die kleine Diddlmaus gar nicht?", fragte Tommy betont harmlos. Elisa zuckte gekonnt und genauso harmlos mit den Schultern. „Ich weiß überhaupt nicht, was du meinst."

„Das weißt du ganz genau. Als ich nach unserem Wochenende auf Rügen zu Hause meine Reisetasche öffnete, um sie auszupacken, guckte mich eine Stoffmaus an. Sie lag erstaunlicher Weise obenauf. Du hast natürlich nichts damit zu tun? Hm, dann muss die Maus von ganz alleine in die Tasche gekrabbelt sein."

„Ach DIE Maus meinst du? Das ist mein Maskottchen, ich habe ich mich schon gewundert, wo es abgeblieben ist! Es ist also in deine Tasche geraten? Hoffentlich hast du keinen Ärger mit deiner Frau bekommen." Elisa schaute ihm gespannt in die Augen. Sie hatte die Diddlmaus spontan in

Alans Reisetasche geschmuggelt. Wenn er sich sowieso von seiner Frau trennen wollte, so würde ihn die Maus im besten Fall amüsieren oder er würde sie mit einem Schulterzucken beiseite legen. Hatte er sie angeschwindelt, dann bekam er mächtigen Ärger mit seiner Frau und das geschah ihm Recht.

„Ich packe meine Reisetasche grundsätzlich allein ein und aus. Jetzt habe ich mich so an die Maus gewöhnt, ich denke, ich werde sie behalten. Sie ist fast so süß wie du." Tommy schien einfach nur belustigt zu sein und ging nicht weiter darauf ein. Etwas Anderes schien ihn zu beschäftigen. „Ich frage mich schon die ganze Zeit, wie es möglich ist, dass wir so viele gemeinsame Kindheitserinnerungen haben, wo du doch zehn Jahre jünger bist als ich. Das ist wirklich erstaunlich."

Elisa schluckte. Sie hatte es bis jetzt immer noch nicht über sich gebracht, Tommy zu beichten, dass sie in der Internetannonce geschwindelt und sich jünger gemacht hatte. „Das kommt sicher daher, dass mein Bruder auch zehn Jahre älter ist als ich. Von ihm habe ich eine Menge aufgeschnappt." Auch das war glatt gelogen, denn der Altersunterschied zwischen den Geschwistern betrug gerade einmal fünf Jahre. Zum X-ten mal nahm sie sich vor Tommy ihr wahres Alter zu sagen, denn je besser sie sich kennen lernten, desto mühsamer wurde das Jonglieren mit dem Alter. Es fing mit den Kindern an. „Du hast deine Kinder aber früh bekommen!", bemerkte er. Sie musste erst einmal nachrechnen, wie alt sie dann bei der Geburt der Kinder gewesen war, um die Geschichte nicht auffliegen zu lassen. Andererseits fürchtete sich vor seiner Reaktion. Immerhin war seine Ehefrau ein

Gutteil jünger als sie. Also improvisierte sie weiter und verschob das klärende Gespräch auf das nächste Treffen.

Tommy schien sich mit ihrer Antwort zufrieden zu geben, jedenfalls hakte er nicht weiter nach. Verstohlen schaute Elisa ihn von der Seite an. Sie hatten sich inzwischen einige Male getroffen und kannten sich schon ganz gut. Je öfter sie sich trafen, umso klarer wurde es Elisa, dass sie diesen Mann haben wollte, umso größer wurde das Zusammengehörigkeitsgefühl für sie. Sie hoffte, dass es ihm genau so ging. Bis jetzt hatte er noch keine konkreten Pläne für einen Auszug aus der ehelichen Wohnung geäußert. Elisa wollte ihn nicht drängen, aber gar zu lange würde sie nicht die heimliche Geliebte spielen, selbst bei aller Verliebtheit nicht. Energisch schob sie die trüben Gedanken von sich, denn die beiden waren auf dem Weg zu einem Konzert von Bryan Adams. Wie in so vielen Dingen hatten sie auch hier den gleichen Geschmack.

„Ich war seit ewigen Zeiten nicht mehr auf einem Konzert", stellte Tommy fest, als sie sich durch das überfüllte Foyer kämpften.

„Dann wird es Zeit", Elisa strahlte ihn an. „Ich freue mich unheimlich auf Bryan Adams zusammen mit dir."

Die Zeit verging wie im Flug. Bei allen langsamen Titeln nahm Tommy sie in den Arm. Elisa wäre am liebsten in seinen Armen festgewachsen. Als die letzte Zugabe verklungen war und sie sich wieder durch das Foyer gekämpft hatten, sagte er: „Ich kann so nicht mit dir auseinander gehen. Eine Trennung fällt mir nach jedem Treffen schwerer."

Genau so ging es Elisa auch. Nach jedem Treffen hatte sie das Gefühl, dass etwas nicht stimmte. Eigentlich hätten sie sich nicht trennen dürfen, sondern zusammen nach Hause gehen müssen.
„Lass uns noch etwas trinken. Da vorn ist ein ganz nettes Lokal", schlug sie vor.
Als sie die Gaststube durchquerten, blieb Tommy plötzlich abrupt stehen. An einem Tisch vor ihnen saßen zwei Pärchen. Er nahm Elisa bei der Hand und steuerte auf den Tisch zu. „Guten Abend", grüßte er leicht verlegen. „Seid ihr auch auf dem Konzert gewesen?"
Die Leute musterten Elisa interessiert. „Ja, das war eine klasse Vorstellung", antwortete einer der Männer.
„Eben, aber wir wollen gar nicht weiter stören. Einen schönen Abend noch."
Der Mann grinste breit. „Ebenso, einen schönen Abend auch für euch."
„Was war das denn?", fragte Elisa, als sie an ihrem Tisch saßen.
„Das waren zwei Arbeitskollegen mit ihren Frauen", antwortete er kurz.
„Ah-ha, und die Herrschaften kennen deine Frau?"
„Jedenfalls wissen sie, dass du nicht meine Frau bist", mit diesen Worten küsste Tommy sie auf den Mund.
„Na dann!", murmelte Elisa und erwiderte seinen Kuss.

***

„Hallo mein Kind, schön das ich dich auch wieder einmal zu Gesicht bekomme." Elisas Mutter begrüßte ihre Tochter leicht verschnupft, denn die hatte sich in der letzten Zeit ziemlich rar gemacht.

„Wenigstens hast du die Kinder heute mitgebracht." Ilse umarmte Felix, was putzig aussah, denn der Enkel überragte sie inzwischen um einiges. „Mein armer Junge, ich habe schon gehört, dass dich deine Freundin verlassen hat. Dabei war sie so ein nettes Ding. Aber die Männer in unserer Familie haben eben Pech mit ihren Frauen."

Ehe Elisa einhaken konnte, meldete sich ihr Vater zu Wort. „Nicht alle, Ilsekind. Ich habe ein verdammtes Glück gehabt, dass du es so lange mir mit ausgehalten hast und immer noch aushältst."

Ilse warf ihm einen strengen Blick über den Brillenrand zu. „Das hast du, mein Lieber."

„Ich weiß", Kalle schlug seinem Enkel kameradschaftlich auf die Schulter. „Mach dir nichts draus. Du bist noch jung. Mach es wie ich, bevor ich deine Großmutter kennengelernt habe: Such dir ab und zu eine Tagesfreundin, wenn sie dich erst einmal am Haken haben, dann machen sie nur Ärger. Anwesende natürlich ausgenommen", fügte er sicherheitshalber hinzu. Elisa grinste. Fast dieselben Worte hatte sie letztens von ihrem Jüngsten gehört.

Felix wandte sich verlegen. „Alles gut. So schlimm ist das gar nicht. Sag mal lieber, was es zum Essen gibt, Oma." Er hatte sich erstaunlich schnell von seinem Liebeskummer erholt. Nach ein paar Leidenstagen, an denen er wie das personifizierte Elend herumgelaufen war, ging Felix zur Tagesordnung über. Allerdings vermied er es, über Julia zu sprechen.

„Genau, ich habe einen Mordhunger. Lasst uns lieber essen, statt zu reden!" Matts saß bereits am Mittagstisch und schaute seine Großmutter erwartungsvoll an.

„Kommt Onkel Peter heute gar nicht", fragte er nach dem Essen neugierig.

„Wahrscheinlich wird er zu Hause essen, mit seiner Silke", vermutete Elisa. „Ihr wisst doch, dass er eine Freundin hat, die bei ihm eingezogen ist und mit der er eine Familie gründen möchte."

Ihre Eltern wechselten einen Blick, was die Tochter hellhörig werden ließ. „Stimmt etwas nicht? Sag schon, Papa, du hast vorhin sowieso eine komische Bemerkung gemacht. Vor wegen, die Männer in unserer Familie haben Pech mit ihren Frauen."

Kalle schaute seine Frau fragend an, die zustimmend nickte. „Du wirst es sowieso erfahren, also kann ich es dir auch erzählen. Es ist ein wenig kompliziert. Silke ist schon wieder ausgezogen, vor jetzt genau einer Woche."

„Nein!" Elisa glaubte ihren Ohren nicht zu trauen. „Aber die beiden wollten doch ein Kind. Überhaupt sah es zwischen ihnen aus wie die große Liebe."

„Das hatten wir auch gedacht", nahm Ilse den Faden auf. „Sie hat uns allen etwas vorgemacht, diese impertinente Schlange. Stellt euch nur vor. Peter war für ein paar Tage zu einer Routineuntersuchung im Krankenhaus. Du weißt ja, dass er öfter Probleme mit der Luft hat. Sein Arzt hat ihm schon lang geraten, das einmal im Krankenhaus untersuchen zu lassen."

Wirklich hatte sich Elisas Bruder auf Drängen seiner neuen Freundin ins Krankenhaus einweisen lassen. Sie schien sehr besorgt um seine Gesundheit zu sein, bestand sogar darauf, dass dies noch vor dem anstehenden Wochenende geschah. Da Peter wirklich nicht gut Luft bekam, ließ er sich

darauf ein, obwohl die Untersuchungen erst am Montag starten sollten. Silke besuchte ihn am Samstag, blieb längere Zeit bei ihm, gab sich zärtlich und besorgt. Mit den Worten: „Ich habe deinen Eltern Bescheid gesagt, sie besuchen dich morgen, das haben sie mir versprochen. Ich komme dann erst zum späten Nachmittag", verabschiedete sie sich mit einem innigen Kuss.
Am nächsten Tag wartete Peter vergeblich auf den Besuch seiner Eltern. Auch Silke ließ sich nicht blicken. Stattdessen schickte sie ihm eine Kurznachricht mit der Information, dass sie ihn verlassen würde und dabei wäre, ihre Sachen aus der gemeinsamen Wohnung zu räumen. Anschließend tätigte sie noch einen Anruf. Danach stellte sie ihr Handy aus. Peter war zunächst wie vom Donner gerührt. Er fasste den Entschluss, das Krankenhaus auf eigene Verantwortung zu verlassen und sofort nach Hause zu fahren. Als er sich anschickte seinen Kram zusammenzupacken, wurde er rüde unterbrochen. Ein Arzt in Begleitung einiger kräftiger Pfleger hinderte ihn tatkräftig an seinem Tun und daran, sich selbst zu entlassen. Wie es sich herausstellt, hatte Silke im Krankenhaus angerufen. Sie erzählte schluchzend, dass sie die Beziehung mit Peter beendet hätte und er ihr angedroht habe, sich umzubringen. Sie versicherte, dass Peter geistig sehr labil wäre, seine Drohung ganz bestimmt in die Tat umsetzen würde.
Unter diesen Umständen war an eine Entlassung aus dem Krankenhaus nicht zu denken. Im Gegenteil drohte der Arzt damit, den inzwischen wirklich total aufgelösten Patienten in die geschlossene Abteilung verlegen zu lassen, falls er sich nicht beruhigen würde. Diese Aussage des Arztes und

der Blick in die entschlossenen Gesichter der Pfleger brachten Peter einigermaßen zur Vernunft. Er erklärte sich bereit, bis zum nächsten Tag im Krankenhaus zu bleiben. Dann würde der Hausarzt attestieren können, dass er weder seelisch labil, noch übergeschnappt wäre, erklärte er. So rief er lediglich seine Eltern an und bat sie, in der Wohnung nach dem Rechten zu schauen.

„Was soll ich dir sagen Kind, sie hat alles mitgenommen, sogar die fest eingebauten Badezimmermöbel", erklärte Ilse mit einem resignierten Seufzer. „Peter ist am Montag nach Hause gekommen, aber das hat auch nichts mehr genutzt."

„Ja, und die Einbauküche, die sie sich neu gekauft haben hat sie auch herausgerissen. Die Nachbarn haben erzählt, dass sie mit ihrem ganzen Clan angerückt ist, und das sind nicht wenige Personen. Die haben alles eingepackt was nicht niet- und nagelfest war", fügte Kalle hinzu. „Wir haben am Abend noch die Polizei gerufen, aber der zuständige Polizist hat abgewunken. Die beiden haben nun mal in einer eheähnlichen Gemeinschaft gelebt, wenn auch erst kurz. Da gibt es keinen Diebstahl, wenn es auch genaugenommen einer war. Peter und die Schlange haben so viele Möbel neu gekauft, davon hat sie alle Rechnungen mitgenommen. Er müsste also sowieso erst einmal beweisen, dass es überhaupt seine Möbel waren. Das ist alles ziemlich verwirrend und zeigt einmal mehr, dass Frechheit immer siegt. Dein Bruder hat sich inzwischen von einem Rechtsanwalt beraten lassen, der sagt das auch. Es ist kein Diebstahl, weil die beiden zusammengelebt haben."

Elisa und ihre Söhne hatten mit offenen Mündern zugehört. Jetzt meldete sich Matts zu Wort. „Ich ziehe niemals mit einer Perle zusammen. Das gibt es doch gar nicht." Sein Bruder nickte bekräftigend zu dieser Aussage.

„Das hätte ich niemals gedacht. Silke hat einen so netten Eindruck gemacht. Haben die beiden sich denn gezankt oder auf einmal nicht mehr verstanden?", fragte Elisa verblüfft.

„Gar nicht. Ich glaube das hat sie schon länger geplant. Bestimmt hat sie einen Anderen. Mein armer Junge. Jetzt muss er sich alles neu kaufen. Ich habe ihm schon einen Satz Töpfe und Geschirr mitgegeben. Sogar das hat sie mitgenommen", jammerte Ilse. Kalle legte ihr begütigend den Arm um die Schulter. „Der Junge hat noch Glück im Unglück gehabt. Stell dir nur vor, er hätte die Schlange geheiratet und ein Kind mit ihr gehabt. Das wäre viel schlimmer gewesen."

„Da hast du Recht, Papa", stellte Elisa fest. „Was ist denn jetzt mit Peter? Soll ich ihn anrufen oder will er erst einmal für eine Weile allein sein und seine Wunden lecken? Ist er deshalb heute nicht zum Essen erschienen?"

„Das musst du selbst wissen, Kind. Aber vielleicht tust du so, als ob wir dir nichts erzählt hätten. Falls ihm die ganze Geschichte peinlich ist. Jetzt koche ich erst einmal einen schönen Kaffee und dazu gibt es ein Stück Kuchen."

„Das ist eine gute Idee, Oma!" In diesem Fall waren sich Felix und Matts einig.

***

Wie so oft klingelte Elisa mit einem Kuchenpaket beladen an Anneroses Wohnungstür. Henry öffnete. Elisa drückte ihm das Paket in die Hand. „Hier mein Lieber, mit einem schönen Gruß von meiner Mutter."

„Oh! Danke, das ist nett. Ich werde gleich mal hoch in meine Wohnung gehen und nachschauen, was deine Mutter leckeres gebacken hat. Geh durch, Anne ist im Wohnzimmer. Wir sehen uns vielleicht nachher noch."

Wirklich saß Annerose in ihrem Wohnzimmer vor dem Computer. „Schau dir das an", sie winkte Elisa zu sich und wies auf den Bildschirm. Hier prangte das Foto eines muskelbepackten Mannes, der, nur mit einem Tanga Slip bekleidet, auf den Knien lag. „Henry und ich haben uns köstlich amüsiert. Der Typ hier hat uns eine verspätete Mail auf unsere Annonce geschickt. Ich habe ihm aus Jux geantwortet. Jetzt hat er dieses Foto an seine Antwort gehängt. Er fragt an, ob wir uns treffen könnten. Er würde sehr gerne meine Stiefel lecken, meint er. Auch gegen eine Tracht Prügel hat er nichts einzuwenden."

„Ich habe lange nicht mehr in unser Ann - Elisa Postfach geguckt. Eigentlich seit ich mit Tommy zusammen bin. Da schreiben immer noch Männer hin?" Interessiert schaute Elisa sich das Foto an. „Hallo Paul, dieser Typ sieht deinem Exbodyguard ein wenig ähnlich. Wie sieht es aus? Müssen deine Stiefel geputzt werden? Brauchst du wieder mal ein bisschen Training für die Armmuskulatur?"

„Lass mal, ich bin für mein Leben geheilt von solchen Praktiken. Dieser Blödmann wohnt, so ganz nebenbei bemerkt, in Hamburg. Ich habe ihm gemailt, dass es zu mir eine nicht unbeträchtliche Entfernung ist, wir uns also gar nicht oft treffen könnten. Rate was er geantwortet hat."

„Keine Ahnung. Vielleicht, dass er dich immer besuchen kommt?"
„Nein, er hat geantwortet, dass man sich nicht so oft treffen müsse. Es würde ihm schon reichen, alle Vierteljahre richtig rangenommen zu werden. Ist es zu fassen, die Welt ist voller Irrer."
„Bezieht sich das jetzt auch auf den Herrn von Adel, den du treffen wolltest?" fragte Elisa neugierig.
„Der scheint einigermaßen normal zu sein. Ich habe ihn auf einen Kaffee getroffen. Der erste Eindruck ist ganz in Ordnung. Er ist natürlich entzückt davon, dass ich auch einen Stammbaum habe. Er heißt übrigens Gottlieb Ehrenfried Ludwig Freiherr von Arnswiede. Lach nicht, er kann wirklich nichts dazu. Wir haben uns auf Ludo geeinigt, klingt zwar auch abartig, ist aber nicht so lang."
Elisa schaute die Freundin prüfend an. „Du klingst nicht gerade begeistert. Sieht er wenigstens so gut aus wie auf dem Foto, das ich von ihm gesehen habe?"
„Er sieht schon gut aus, aber er ist ein wenig langweilig und konservativ. Es kann natürlich sein, dass er noch auftaut und nur beim ersten Treffen gehemmt war. Wir haben uns jedenfalls gleich noch einmal verabredet. Er hat mich zum Essen eingeladen. Vielleicht wird es ein richtig schöner Abend."
„Eben, wirf die Flinte nicht gleich ins Korn. Vielleicht entpuppt er sich als Charmebolzen, wenn er aufgetaut ist. Wenn ich dir noch einen Tipp geben darf: Lass dir den Abend bloß nicht wieder von Henry vermiesen. Am Besten du nimmst ihm die Wohnungsschlüssel ab, bevor du deinen Freiherrn mit nach Hause nimmst."

„Du spielst auf das Date mit Oliver an, nicht wahr. Ich glaube das war eine andere Situation. Jetzt würde Henry so etwas nicht mehr machen. Er ist nicht mehr auf Männer eifersüchtig, die ich treffe und mir ist es egal, dass er ein Verhältnis mit Lara hat oder mit sonst wem. Von mir aus auch mit einer Ziege", fügte Anne grinsend hinzu. „Wir sind inzwischen nur noch gute Freunde und werden es auch bleiben."
Elisa nickte. „Das freut mich für euch. Schön, dass ihr die Kurve gekriegt habt. Oft können ehemalige Partner nicht vernünftig miteinander umgehen. Das bringt mich auf meinen Bruder. Stell dir nur vor, seine Bekannte ist wieder ausgezogen."
Nachdem Elisa die leidige Geschichte erzählt hatte, war auch Anne für einen Augenblick sprachlos. „Das ist so was von abgebrüht", brach es schließlich aus ihr heraus. „Dein Bruder tut mir leid. Er hat ein Händchen für Kamikazeaktionen. Eigentlich sollte ich mich mit ihm zusammentun. Minus mal Minus ergibt bekanntlich ein Plus."
„Das solltest du, Anne. An ihm liegt es nicht. Du weißt, dass er dich gut findet. Er hat mir erzählt, dass er lange hinter dir her gelaufen wäre und das nicht mehr tun würde. Vielleicht solltest du die Initiative ergreifen. Bei meinem Bruder weißt du wenigstens, wo du dran bist. Ihr würdet richtig gut zu einander passen."
Anne hob die Hände. „Stopp, verkuppeln gilt nicht. Wahrscheinlich hat Peter sowieso erst einmal die Nase voll von Frauen, Beziehungen und allem was damit zusammenhängt." Sie schaute Elisa nachdenklich an. „Aber andererseits..."

Dezember

Die Wochen vergingen wie im Flug, das Weihnachtsfest rückte immer näher. Elisa fragte sich, ob Tommy es mit seiner Familie verbringen würde. Sie hatte ihn bisher noch nicht danach gefragt, denn sie hatte Angst vor seiner Antwort. Er hatte immer noch nicht mit seiner Frau gesprochen, erzählte Elisa häufig, dass der Zeitpunkt nicht günstig wäre, versprach ihr bald ein klärendes Gespräch zu führen. Gab es überhaupt einen günstigen Zeitpunkt dafür? Elisa wusste es nicht. Sie und Tommy trafen sich immer nur für ein paar Stunden. Oft rief er sie unvermittelt an, wenn er Zeit hatte. Sie ließ dann alles stehen und liegen, um ihn zu treffen. Nach solchen Aktionen war Elisa oft traurig und niedergeschlagen. Was wäre, wenn er sich mit seiner Frau aussprechen würde? Es würde ihr das Herz brechen, ihn zu verlieren und sie kam sich furchtbar hilflos vor. Genau das war die Situation, in die sie niemals kommen wollte: verliebt in einen verheirateten Mann, der nie wirklich Zeit für sie hatte. Annerose war ihr keine große Hilfe. Sie unkte herum, wenn Elisa ihr das Herz ausschüttete. „Ich habe es dir prophezeit. Hände weg von einem verheirateten Knilch. Dein Tommy hat einen Sohn, nicht wahr. Das allein ist ein Grund für ihn, bei seiner Frau zu bleiben."
Annerose hatte sich ein paar Mal mit dem Freiherrn von Arnswiede getroffen, doch blieb sie nach wie vor distanziert. Ludo war nett, höflich und zuvorkommend, aber ein wenig langweilig. „Der geht zum Lachen in den Keller", stellte sie fest.

Die Freundinnen hatten sich in letzter Zeit nicht so häufig getroffen. Jede kochte ihr eigenes Süppchen. Heute, am Samstagvormittag hatte sogar Lara Zeit. So traf man sich zum Brunchen im Bistro.

„Was meinst du, ob Lara noch einen Lover gefunden hat", mutmaßte Elisa, als sie mit Anne zusammen auf Lara wartete, die sich wie immer verspätete.

„Aber höchstens einen mit Geld an den Hacken. Der Freiherr scheint auch ganz gut bei Kasse zu sein. Die Familie hat einen ausgedehnten Grundbesitz."

„Na dann, nix wie ran. Den musst du dir an Land ziehen. Verheiratet ist er auch nicht, was hält dich also ab? Wenn er auch ein bisschen langweilig ist, du hast Temperament für zwei, das sollte reichen!"

Annerose druckste herum. Elisa merkte ihr an, dass sie etwas erzählen wollte. „Sag schon, was ist nicht richtig? Ist irgendetwas passiert?"

„Ich erzähle es dir nur, weil du meine allerbeste Freundin bist. Aber wehe du lachst, dann kannst du was erleben: Also, wir sind nach einem wirklich schönen Abend zusammen im Schlafzimmer gelandet. Ludo hatte sich richtig Mühe gegeben, witzig und spontan zu sein. Ich wollte sowieso testen, ob er wenigstens im Bett nicht so langweilig ist. Also habe ich ihn mit nach Hause genommen. Henry drohte ich im Vorfeld schon mit einem eingeschlagenen Schädel wenn er sich blicken ließe, obwohl das eigentlich nicht nötig war."

„Das klingt vielversprechend. So seid ihr ungestört geblieben", Elisa schaute Annerose gespannt an, „oder nicht???"

„Nein, nein, Henry hat es nicht gewagt zu stören. Der Champagner hatte die richtige Temperatur. Ich habe meine Lieblings Kuschelrock CD aufgelegt, mich langsam zur Musik ausgezogen und Ludo richtig heiß gemacht. Dann öffnete ich ihm die Hose und - was soll ich sagen…es war nicht der Rede wert. Nun, dachte ich, man soll niemanden wegen eines körperlichen Gebrechens diskriminieren. Mach mal weiter, vielleicht wird es noch mehr. Das wurde es aber leider nicht. Mein kleiner Finger ist groß dagegen."

Elisa schaute sie verblüfft an. „Das kann ich mir gar nicht vorstellen. Der Mann ist über eins achtzig groß. Das geht doch gar nicht."

„Hast du eine Ahnung. Wieso soll es so etwas nicht geben. Es gibt ja auch kleine Ohren und kurze Beine. Aber das war noch nicht das Schlimmste. Also gut, denke ich, machst du halt das Beste draus und setzte mich auf ihn, um überhaupt etwas zu merken. Nun legt der Freiherr los, nimmt meine Hüften rechts und links und schreit ‚hüpf-Häschen, hüpf-Häschen'. Ich rechne es Henry groß an, dass er nicht doch runter gekommen ist. Er hat am nächsten Tag so dreckig gegrinst, ich hätte ihm wirklich den Schädel einschlagen können. Hey, ich habe gesagt du sollst bloß nicht lachen. Eine schöne Freundin bist du."

Elisa konnte nicht mehr an sich halten und brach in schallendes Gelächter aus. „Tut mir leid. Wie lange ist das Puschelhäschen gehüpft", prustete sie und wischte sich die Lachtränen aus den Augenwinkeln.

Annerose grinste schief. „Es dauerte vielleicht zwei Minuten, bis der Freiherr ausgehüpft hatte. Ich kann wirklich nicht sagen, dass es ein befriedigendes Erlebnis war. Ludo hat das völlig anders gesehen. Er ist hin und weg, möchte mich heiraten, weil ich, wie er meint eine standesgemäße Partie bin."

„Was wirst du machen? In den deutschen Hochadel einheiraten und dir einen Lover zulegen, oder den hüpfenden Freiherrn in die Wüste schicken?"

„Ich tendiere zu letzterem. Wenn ich mir vorstelle, dass ich den Rest meines Lebens mit einem unterentwickelten Rammler verbringen soll…"

„Aber dann kommst du in eine Hüpfburg…aua…" Annerose hatte ihrer Freundin einen Rippenstoß verpasst. „Mach dich nicht auf meine Kosten lustig. Ich werde dem Freiherrn den Laufpass geben. Auf eine Wiederholung habe ich keine Lust."

Die Freundinnen wurden unterbrochen, denn Lara war endlich eingetroffen, sie wirkt fahrig und unausgeschlafen. Annerose und Elisa wechselten einen Blick, Anne fragte: „Ist alles in Ordnung mit dir, Mädel. Du hast schon mal besser ausgesehen!"

Die Angesprochene ließ sich auf einen Stuhl plumpsen. „Jetzt brauche ich einen Kaffee. Ich habe die ganze Nacht nicht geschlafen. Eigentlich kann ich mich überhaupt nicht daran erinnern, wann ich das letzte Mal vernünftig durchgeschlafen habe."

Elisa schüttete ihr Kaffee ein. „Wir haben uns direkt eine große Kanne Kaffee kommen lassen." Sie musterte die Freundin kritisch. „Kann es sein, dass deine Schlaflosigkeit und das du so durcheinander bist mit deinen Männergeschichten zu tun hat?"

Lara nahm einen großen Schluck aus ihrer Tasse. Ihre Augen füllten sich mit Tränen, die Mundwinkel zogen sich herab. Sie kramte in ihrer Handtasche herum, zog schließlich einen Zettel hervor,

den sie zögernd und mit spitzen Fingern auf den Tisch legte. „Was haltet ihr davon? Den Zettel habe ich vor ein paar Tagen hinter meinem Scheibenwischer geklemmt vorgefunden."
Elisa nahm das Blatt Papier und las laut vor: „Du Schlampe, weiß dein Roland eigentlich, dass du es mit deinem Nachbarn Harald treibst? Man sollte es ihm einmal erzählen."
„Au Backe, das sitzt was? Du treibst es immer noch mit deinem Nachbarn, richtig?", fragte Anne, während auch sie den Zettel hin und her drehte.
„So würde ich das jetzt nicht direkt nennen." Lara wurde tatsächlich rot. „Wir treffen uns regelmäßig, das stimmt allerdings. Harald hat sich eine kleine Wohnung gesucht. Ich habe ihm sogar geholfen sie einzurichten und sauber zu machen."
Annerose schaute Elisa vielsagend an. Wenn die sonst so pingelige, um ihre perfekt manikürten Fingernägel besorgte Lara freiwillig eine Wohnung putzte, so musste das Liebe sein. Ihre eheliche Wohnung wurde schon lange von einer Putzfrau gereinigt.
„Was ist denn mit Henry, triffst du den auch noch?", die Frage konnte sich Annerose nicht verkneifen.
„Ich halte ihn so weit es geht auf Abstand. Meist gelingt mir das ganz gut. Ab und zu allerdings treffe ich mich mit ihm. Aber nur, wenn das nicht zu vermeiden ist."
Elisa gingen ganz andere Gedanken durch den Kopf. „Von wem könnte der Zettel sein? Hast du nicht gesagt, dass dein Harald eine Ehefrau hat? Meinst du, sie ist euch auf die Schliche gekommen und dir den Zettel ans Auto geklemmt hat?"

„Ja", sagte Lara nachdenklich. „Auf die Idee bin ich auch schon gekommen. Was mache ich jetzt? Ich habe nicht mehr geschlafen, seit ich den Zettel gefunden habe."
Das konnten die Freundinnen gut verstehen. „Hättest du bloß auf mich gehört. Du wirst jetzt Schadensbegrenzung betreiben müssen", sagte Elisa trocken. „Wenn du es Roland nicht sagst, dann wird es die Exfrau tun oder wer auch immer für den Zettel verantwortlich ist. Du wirst auch mit Henry reden müssen und das möglichst schnell. Dein Harald weiß doch sicher nichts von ihm, oder?"
Lara schüttelte den Kopf.
„Dann sieh zu, dass du endlich einmal zu dem stehst, was du da verzapfst. Kannst du bei diesem Harald wohnen?"
Wieder schüttelte Lara den Kopf. „Ich möchte ihn nicht fragen. Wenn er gewollt hätte, dass ich früher oder später bei ihm einziehe, dann hätte er eine größere Wohnung genommen und mit mir darüber gesprochen. Aber du hast Recht, ich muss die Sache regeln, je schneller desto besser. Das habe ich mir in den letzten Nächten auch schon überlegt. Ich werde heute mit Roland reden, sobald er nach Hause kommt. Dann muss ich mir eine Wohnung suchen und mit Henry reden. Wenn der durchdreht, dann kann ich es nicht ändern."
„Das wird er sicher nicht", meldete sich Anne zu Wort. „Ich kenne ihn gut genug. Übrigens habe ich letztens vorsichtig mit ihm über eure Affäre gesprochen. Er sieht die Sache ziemlich realistisch."
Lara schaute ungläubig. „Was, du hast mit Henry über mich gesprochen? Der Scheißkerl hat mit dir über mich geredet?"

„Was regst du dich auf? Henry und ich sind richtig gute Freunde geworden. Warum sollte ich nicht mit ihm reden, auch über Beziehungsschwierigkeiten. Ich will dir doch nur helfen", erklärte Anne selenruhig.

„Aber er hat sich doch in der letzten Woche noch mit mir getroffen. Wir haben ...", die sonst so taffe Lara wirkte erschüttert.

„Vielleicht hat er das als Abschiedsgeschenk betrachtet. Wer weiß schon genau, was sich in einem Männerhirn abspielt. Wenn du ihm jedenfalls den Laufpass geben willst, dann kannst du das unbesorgt machen. Sei einfach froh, dass ich dir geholfen habe. Jetzt bist du ihn los und brauchst keine Angst zu haben, dass er irgendetwas ausplaudert. Die Fotos hat er, nebenbei bemerkt, alle vernichtet."

„Also das ist doch ..." Lara winkte der Bedienung und orderte einen Cognac.

***

Tommy und Elisa standen zusammen in der Musikabteilung des Media Marktes. Elisa nahm eine CD in die Hand. „Schau mal", sagte sie, „die besten 20 Hits von 1970." Sie studierte begeistert die Titelangabe. „Mensch das war'n Beat, was! ‚Venus' von den ‚Shocking Blue', das war eine meiner ersten Singles. Der Titel auf der Rückseite hieß ‚Ink-pot', den fand ich fast noch besser. Oder hier, ‚Creedence Clearwater Revival' sind gleich ein paar Mal vertreten." Sie summte ein paar Takte, „erkennst du das? ‚Lookin` Out My Back Door'!"

Tommy schaute sie nachdenklich an. „Ich mochte besonders ‚Lola' von den ‚Kings'. Ich habe das Album, auf dem der Titel ist, das muss ich dir bei

Gelegenheit vorspielen. Ich verstehe nicht, dass du dich so gut an die Titel erinnerst. Eigentlich warst du 1970 noch ziemlich jung."

Elisa schaute ihn betroffen an. Verflixt, jetzt hatte sie schon wieder vergessen, dass sie für ihn ja erst 35 Jahre alt war. Sie musste ihn endlich über ihr wahres Alter aufklären. Aber was, wenn er dann nichts mehr mit ihr zu tun haben wollte. Wenn er ihr gar nichts mehr glaubte, weil sie ihn so lange angelogen hatte. Sie holte tief Luft: Jetzt oder nie!

„Du, Thomas, ich muss dir was sagen..."

Tommy unterbrach sie ganz aufgeregt. „Hier habe ich eine CD gefunden, die ich schon lange gesucht habe. Das ist ja klasse! Möchtest du die 70-er CD auch mitnehmen, Hexchen?"

Elisa klappte den Mund zu.

„Was ist los, du guckst so komisch? Wenn du die CD doch nicht willst..." Er steuerte schon auf die Kasse zu, die Gelegenheit war vertan. So war es Elisa in der letzten Zeit häufig ergangen. Sie fing an, ihm ihre Lüge zu beichten und er vereitelte das unbeabsichtigt immer wieder. Im Auto gab sie sich einen Ruck. „Bitte, Thomas, fahr noch nicht los. Ich muss dir etwas sagen. Wenn du mich dann nicht mehr haben willst, dann steige ich sofort aus, kein Problem."

„Nanu, warum so förmlich? Was ist los?" Tommy drehte sich verblüfft zu ihr und schaute sie abwartend an. Elisa schluckte. „Ichbinkeinefünfundreißig", nuschelte sie.

„Was, bitte, ich habe dich nicht verstanden", Tommy guckte ziemlich ratlos drein. Also noch einmal, wieder schluckte Elisa trocken. „Ich-bin-überhaupt-nicht-so-jung-wie-du-denkst. Es tut mir schrecklich leid, aber meine Freundin und ich ha-

ben in der Internetannonce mit dem Alter geschummelt. So um ein Jährchen oder zwei."
„Ah-ha", Tommy schaute sie weiter erwartungsvoll an. Elisa hätte sich am liebsten in das nächstbeste Mäuseloch verkrochen. „Also, ich bin ein wenig älter als du denkst."
„Ah-ha", konnte dieser Mann auch noch etwas anderes sagen? Elisa holte tief Luft. „Ich bin 41 Jahre alt!" sagte sie laut und deutlich. Dann kniff sie die Augen zu.
Schweigen…immer noch Schweigen…Elisa blinzelte. Tommy saß immer noch da wie vorher, nur dass er sie belustigt musterte. „Och, tatsächlich. Das hätte ich mir denken können, da bist du eine ganz schön alte Hexe, was. Wenn das alles war, dann kann ich jetzt wohl losfahren."

***

„…und dann hat er gesagt, wenn es weiter nichts wäre, dann könne er jetzt ja wohl losfahren."
Annerose war ganz Ohr. Sie grinste ihre Freundin an. „Wenigstens hat das Internet einer von uns Glück gebracht. Wenn er sich jetzt auch noch von seiner Frau trennt, dann bist du an der Sonne."
Gerade hatte Elisa noch gestrahlt, jetzt wurde sie ernst. „Das ist eine ganz andere Geschichte. Wir werden uns zu Weihnachten nicht sehen. Er möchte die Feiertage mit seiner Familie verbringen."
Tommy hatte lange mir ihr darüber gesprochen, trotzdem war sie traurig und unsicher. Seine Frau hatte ihn gebeten, dem gemeinsamen Sohn das Fest nicht zu verderben und die Fassade zu wahren, erzählte er ihr. Deshalb würde er mit der Familie Verwandte besuchen, Elisa also nicht sehen können. Er sah unglücklich aus, als er ihr das erzählte

und sie hatte ihn zärtlich in die Arme genommen. Aber im Grunde ihres Herzens war sie misstrauisch geworden. Was, wenn er ihr alles nur vorspielte und zu Hause den treuen Familienvater mimte. Annerose hob die Augenbrauen. „So, er will die Weihnachtstage im trauten Heim verbringen? Er hat nicht mal eine Minute zwischendurch, um dich in den Arm zu nehmen? Das klingt nicht gut, das klingt gar nicht gut, Mädel."
„Meinst du", Elisa zuckte erschrocken zusammen.
„Sei vorsichtig, er bricht dir sonst das Herz."
Elisa wollte jetzt nicht darüber nachdenken und wechselte das Thema. „Sag einmal, hast du noch etwas von dem kleinen Hoppel-Freiherrn gehört?"
„Aber ja. Er gibt keine Ruhe. Letztens hat er mich angerufen und mir seine Vorzüge angepriesen. Er meinte, dass er ein richtiger Goldfisch wäre und ich ihn doch nicht von der Angel lassen solle. Er fragte, ob ich mir schon überlegt hätte, dass wir unser blaues Blut vereinigen könnten. Stell dir vor, das hat er wirklich so gesagt. Er will Kinder mit mir. Aber ich will keine Bälger von ihm. Wenn schon Zeugung, dann will ich dabei die Engel singen hören. Das wird mit Ludo nicht möglich sein. Ich lasse den adeligen Goldfisch noch ein bisschen zappeln, aber das wird nichts."
„Wie sieht es aus, suchst du weiter über das Internet? Ich für meinen Teil bin geheilt davon. Wenn es mit Tommy nichts wird, dann brauche ich sowieso eine Auszeit und werde mich vorerst nicht wieder auf jemanden einlassen."
„So richtig Bock habe ich auch nicht mehr darauf. Es ist zeitaufwendig, anstrengend und bringt wenig. Es gibt einfach zu viele Gestörte dort. Ich glaube, dass viele Leute, die sich im Internet her-

umtreiben gar nicht wirklich eine Beziehung suchen, sondern einfach ein bisschen ferkeln wollen. Und wir haben uns in einem seriösen Forum angemeldet. Ich mag mir nicht ausmalen, wie es bei ‚Top Secret' abgeht. Lara ist wirklich abgebrüht. Das hätte ich nicht gedacht. So etwas ist gar nicht mein Ding."

„Dann sind wir uns wieder einmal total einig. Eigentlich war es ja auch nur ein Versuch und Versuch macht bekanntlich klug."

„Hast du in letzter Zeit eigentlich etwas von Lara gehört?", erkundigte sich Annerose.

„Schon, aber sie hält sich im Moment auch mir gegenüber ziemlich zurück. Jedenfalls hat sie mit ihrem Mann geredet. Sie hat ihm gestanden, dass sie sich in einen anderen verliebt hat. Allerdings ahnt Roland nichts von ihrer Affäre mit Henry und auch nicht, dass sie schon länger ein Verhältnis mit Harald hat. Von ihren Bekanntschaften über ‚Top Secret' mal ganz abgesehen. Er ist aus allen Wolken gefallen. Männer! Er scheint wirklich nichts bemerkt zu haben oder er wollte einfach nichts wissen. Sie sucht fieberhaft eine Wohnung und trifft sich jetzt offiziell mit Harald. Wenn wir das nächste Mal ausgehen, dann will sie ihn vielleicht mitbringen."

„Den müssen wir uns genauer anschauen", meinte Annerose und grinste diabolisch.

***

Die Gelegenheit ergab sich schon bald, denn die Freundinnen trafen sich am nächsten Wochenende in der ‚Alten Liebe'. Tommy hatte an diesem Wochenende keine Zeit für ein Treffen. So freute Elisa sich auf den Abend in der Disco. An ihrem gewohnten Platz angekommen, schaute Lara sich nervös um, was sie im Laufe des Abends noch einige Male tat.

„Nun sei mal nicht so aufgeregt", versuchte Annerose sie zu beruhigen. „Er wird schon noch kommen und wenn er es nicht mehr schafft, dann machen wir drei uns einen netten Abend." Wieder schaute Lara zur Eingangstür. „Er hat mir versprochen noch vorbei zu kommen. Oh, der Typ da vorne ist auch nicht schlecht."

Die Freundinnen schauten zur Tür und Elisa überlief es heiß, denn Alan bewegte sich schnurstracks auf sie zu. „Hallo", grüßte er in die Runde und wandte anschließend sich an Elisa. „Du hast dich ganz schön rar gemacht. Jedes Mal, wenn ich hier war, habe ich insgeheim gehofft, dich wieder zu treffen. Wie geht es dir? Bis du immer noch in den mysteriösen Besucher verliebt?"

Elisa lächelte ihn an. „Danke, gut geht es. Ja, es ist immer noch der gleiche Typ. Wir sind jetzt fest zusammen und ich bin sehr glücklich mit ihm." Sie wollte gleich klare Verhältnisse schaffen.

„Das habe ich mir schon gedacht", seufzte er. „Da habe ich einen Fehler gemacht. Ich hätte dich nicht gehen lassen sollen. Jetzt ist es wohl zu spät." Ein Blick in ihre Augen, dann: „Ist es zu spät?"

Elisa nahm seine Hand. „Jedenfalls ist es zum Tanzen niemals zu spät. Komm schon mit, du."

Auf der Tanzfläche zog Alan sie in seine Arme. Elisa protestierte. „Falls du es noch nicht bemerkt hast, 'Cant´ t Get You Out Of My Head' ist ein schneller Titel!"

„Das macht gar nichts", Alan dachte nicht daran, sie los zu lassen. „Wir passen doch wunderbar zusammen, auch beim Tanzen."

„Meinst du?" Elisa ließ sich einfach fallen. Sie tanzten eine ganze Weile schweigend miteinander.
„Du fühlst dich gut an. Was meinst du, bekomme ich noch eine Chance?", fragte Alan nach einer Weile.
„Du gibst wohl niemals auf. Es tut mir wirklich leid, aber ich meine es ganz ernst mit meinem neuen Partner. Überhaupt: Wer weiß, ob es wirklich mit uns gepasst hätte." Elisa zögerte kurz. „Das Zusammensein mit dir war schön, die Nacht traumhaft, aber ich möchte keine Wiederholung."
„Ich verstehe. Schade! Jedenfalls bleibt unsere Nacht so einmalig." Alan ließ sie los. „Ich werde jetzt nicht sagen lass uns Freunde bleiben, von solch einem Schwachsinn halte ich nichts." Er nahm sie mitten auf der Tanzfläche fest in den Arm und küsste sie zärtlich auf den Mund. „Ich würde gerne mehr als dein Freund sein, aber ich akzeptiere deine Entscheidung ein für allemal."
Elisa lächelte ihn wehmütig an. „Du bist total süß."
„Das hat wir gerade noch gefehlt! Jetzt musst du nur noch sagen, dass ich nett bin und lieb. Wie war das mit der kleinen Schwester von .... Los, einmal abzappeln und dann möchtest du sicher wieder an deinen Platz zurück."
Als sie nach einiger Zeit zurück an den Stehtisch kam, fand Elisa ihren Bruder in ein Gespräch mit Annerose vertieft. „Hey, großer Bruder. Das ist eine Überraschung. Find' ich gut, dass du wieder unter Menschen gehst."
Elisa hatte mehrfach mit Peter telefoniert und sich angeboten ihn zu besuchen, doch er hatte sie immer abgewimmelt und sich auch nicht sonntags bei den Eltern blicken lassen.

Peter war ein bisschen verlegen. „Irgendwann muss ich ja mal wieder raus. Anne hatte mir gesagt, dass ihr heute hier seid, da bot es sich an, dass ich mich einklinke." Er nahm Anneroses Hand und streichelte sie vorsichtig, was ihr offensichtlich nicht unangenehm war. Verblüfft schaute Elisa von einem zum anderen. „Meine Freundin verabredet sich mit meinem Bruder und das offiziell? Das glaube ich jetzt nicht. Jetzt fehlt nur noch, dass ihr miteinander tanzt."

„Gute Idee", mit diesen Worten zog Peter die verblüffte Annerose auf die Tanzfläche. Elisa schaute den beiden nach. „Ich fasse es nicht. Ich habe meinen Bruder noch niemals tanzen sehen. Schau bloß mal, Lara, er macht das wirklich gut." Sie drehte sich zu ihrer Freundin um und bemerkte erst jetzt, dass diese ihr überhaupt nicht zuhörte. Lara strahlte einen Mann an, der auf sie zu schlenderte.

„Harald, nehme ich an?", fragte Elisa. Lara nickte mit dem Kopf, während sie den Typen weiter anhimmelte. Elisa musterte ihn. Das war also der große Zampano, der ihrer Freundin so sehr den Kopf verdreht hatte. Sie zuckte die Schultern. Abgesehen davon, dass er wesentlich älter als die Freundinnen war und auch so aussah, hatte er nichts Besonderes an sich. Bis auf sein Bankkonto vermutlich. Doch wenn Lara darauf abfuhr, dann sollte das für sie in Ordnung sein. „Hallo", grüßte er knapp, wandte sich dabei gleich seiner Freundin zu. Unhöflich war er also auch noch.

‚Dieser Harald wird mir mehr und mehr unsympathisch', dachte Elisa, nippte an ihrer Cola und schaute weiter Annerose und Peter beim Tanzen zu.

„Schöne Frau", raunte es hinter ihr. „Dich kenne ich doch. Los, tanz mit mir."
‚Was für eine originelle Anmache', dachte sie und drehte sich zu dem Flüsterer um. „Nein, nicht dass ich wüsste."
„Doch, ganz bestimmt, wir haben uns schon einmal hier unterhalten, damals hast du aber blonde Haare gehabt." Er ließ sich nicht davon abbringen. Elisa musterte den farbenblinden Romeo belustigt. „Ich habe wirklich schon einige Haarfarben ausprobiert, aber blond war ich noch nie. Du musst dich irren. Tanzen möchte ich im Moment auch nicht."
Romeo ließ sich nicht beirren, sondern erzählte Elisa seine Lebensgeschichte. Er wäre geschieden und allein, er suche eine nette Frau, er hätte sich gleich von ihr angezogen gefühlt. Genervt verdrehte Elisa die Augen. Plötzlich legte sich ein Arm um ihre Schulter. Alan war wie aus dem Nichts aufgetaucht. „Hallo, meine Süße! Amüsierst du dich gut oder wird hier gerade jemand aufdringlich?"
Romeo kam ins Stottern. „Ach so, sie gehört zu dir? Das wusste ich nicht. Entschuldige! Ich bin dann mal weg…", und schon suchte er das Weite.
„Danke, manche Typen merken wirklich gar nichts", Elisa strahlte Alan dankbar an.
„Guck mich nicht so an, ist schon gut. Wenn du mich auch hast abblitzen lassen, so kann ich doch ein Auge auf dich haben. Viel Spaß noch, ich bin dann auch mal weg. Das ist heute nicht mein Abend."
Inzwischen waren und Anne und Peter wieder aufgetaucht. Elisa stellte fest, dass ihre Freundin hübsche rote Apfelbäckchen bekommen hatte. Peter wirkte mit sich und der Welt zufrieden.

„Überleg es dir, dieser Alan ist ein wirkliches Sahnetörtchen. Nebenbei ist er nicht verheiratet", flüsterte Annerose ihrer Freundin zu.
„Ein Sahnetörtchen, wie es mein Bruder auf einmal für dich ist?" flüsterte die zurück. Annerose plinkerte verschwörerisch mit einem Auge. „Ich bin mir noch nicht im Klaren darüber. Wir reden in den nächsten Tag darüber. Sag mal, wer ist DAS denn???"
Sie hatte Laras ältlichen Verehrer entdeckt. „Och nö, das ist der sagenhafte Harald? Der muss aber eine Menge Geld haben."
Elisa gab ihr Recht. „Stimmt, mein Typ wäre er ganz und gar nicht. Dazu ist er auch noch unhöflich. Vielleicht grüßt er das Fußvolk nicht."
„Das wollen wir doch mal sehen", wieder plinkerte Anne und tippte Lara auf die Schulter. „Möchtest du uns deinen Bekannten nicht einmal vorstellen?", und an Harald gewandt: „Hallo, ich bin Annerose von der Heidt, schön Sie kennen zu lernen. Mit wem habe ich das Vergnügen oder auch nicht." Sie schaute Harald, dessen Gesicht einen noch missmutigeren Ausdruck annahm, erwartungsvoll an.
„Ja, ähm, ich bin Harald."
Annerose musterte ihn von oben herab. „Ah-ja, Harald sowieso. Von Ihnen haben wir schon eine Menge gehört."
Lara griff ein. „Sie hat nur Gutes von dir gehört, mein Lieber. Lass uns eine Runde tanzen." Die beiden verschwanden auf der Tanzfläche, während Annerose über das ganze Gesicht grinste. „Siehst du, so arrogant wie der Schnösel bin ich schon lange."

„Allerdings", merkte Peter an. „Aber du hast Klasse. Ehrlich gesagt hätte ich Lara einen besseren Geschmack zugetraut. Sie sieht doch gut aus, warum hängt sie sich an diesen alten Sack? "
Annerose rieb Daumen und Zeigefinger aneinander. „Money, Money, Money", sang sie. "Den Titel kennst du doch, oder. Jetzt habe ich Durst. Möchtest du auch einen Kir Royal, Mädel?"
Elisa schüttelte den Kopf. „Nein danke, ich muss noch fahren und du weißt, was mir beim letzten Mal danach passiert ist."
„War doch wohl nicht schlecht, oder? Jedenfalls hast du ganz schön glänzende Augen gehabt!"
„Ach, tatsächlich? Ist mir etwas entgangen? Erzähl doch mal, Schwesterchen. Es hängt wohl nicht mit Alan zusammen? Ich habe euch gerade tanzen gesehen", fragte Peter interessiert.
„Das geht dich gar nichts an, großer Bruder. Kümmere dich um deinen eigenen Kram. Wenn du es genau wissen willst: Ich habe jemanden kennengelernt, mit dem es mir ernst ist. Ziemlich ernst."
„Ach wirklich, ist dir Superman doch noch begegnet? Und stellst du mir den Wunderknaben auch einmal vor?"
Anne mischte sich ein. „Wenn du zu Silvester nichts vor hast, so komm doch auf meine Fete. Du bist herzlich eingeladen. Dort kannst du den Bekannten deiner Schwester kennenlernen. Ich bin selbst ganz gespannt auf ihn. Bisher hat sie ihn unter Verschluss gehalten."
„Olle Ziege", giftete Elisa, lächelte aber dabei. „Es hat sich einfach noch keine Gelegenheit ergeben, das ist alles."

Inzwischen hatten sich Lara und Harald wieder zu ihnen gesellt. Harald schaute sich um. „Mal ganz unter uns, das ist hier wirklich nicht so toll. Ich bin ein anderes Ambiente gewöhnt."
Annerose verschluckte sich. „Ach tatsächlich, mein Bester? Uns gefällt es hier ganz gut. Welche Lokalitäten frequentieren Sie denn sonst?"
Harald gab sich gönnerhaft. „Aber, aber, meine Lieben. Ihr könnt mich gerne duzen. Also ich bin eher im Prater."
Der Prater war einfach eine Ansammlung mehrerer Diskotheken unter einem Dach. Vornehmer als hier ging es dort allerdings auch nicht zu.
„Dann solltest du dir keinen Zwang antun", entfuhr es Elisa. Dieser Harald rutschte auf der Skale der unsympathischen Typen auf einen der ganz vorderen Plätze. Abrupt wandte der sich ab und nahm Lara in Beschlag, was diese nicht unangenehm zu finden schien. Annerose drehte dem Pärchen den Rücken zu. „Bitte, ich kann mir nettere Gesprächspartner vorstellen."
„Lass sie einfach", meinte Elisa. „Die kriegt sich schon wieder ein. Ich kann mir nicht vorstellen, dass sie mit dem Flachbrettbohrer glücklich wird."
Annerose unterdrückte ein Gähnen und schaute auf ihre Uhr. „Schon halb drei."
Elisa ging auf den Wink mit dem Zaunpfahl ein. „Ja, ich bin auch langsam ziemlich müde. Wie schaut´s aus? Wollen wir so langsam?"
Peter legte seinen Arm um Anneroses Schultern. „Dann mal los. Zuerst bringen wir meine Schwester zu ihrem Auto. Anschließend kann ich dich ins Bettchen bringen, wenn du das möchtest. Ich decke dich auch schön warm zu."

Annerose kuschelte sich in seinen Arm. „Ich glaube ins Bett bringe ich mich alleine. Aber wir können noch einen Absacker bei mir trinken. Nur du und ich. Wie klingt das."
Elisa trottete mit offenem Mund hinter den beiden her. Hier bahnte sich etwas an, das sie ganz und gar nicht erwartet hatte.

Zu Hause fand Elisa ihre Söhne wie so oft bei einem kleinen Mitternachtsimbiss vor.
„Hallo Raupen, ist für mich was übrig?"
„Klar Mama, hock dich zu uns." Matts schaute sie prüfend an. „Sag mal, ist da was im Busch? Du triffst dich doch noch immer mit diesem Tommy, nicht wahr?"
Elisa zögerte. Sie wollte den Kindern noch nichts erzählen. Jedenfalls nicht, bis sie selber sicher war, dass Tommy zu ihr gehörte. „Ich treffe mich öfter mit ihm. Wieso?"
„Na, ja", mischte sich jetzt auch Felix ein. „Wir haben uns nur überlegt, ob der nicht irgendwann hier einziehen will. Es funktioniert ja so ganz gut mit uns…"
„…und ihr macht euch Gedanken, dass er sich hier einnistet und neue Regeln aufstellt, stimmt's? Das kann ich gut verstehen. Keine Sorge, so weit ist es noch lange nicht. Ich sage euch schon rechtzeitig Bescheid."

***

Heute war der 20. Dezember. Elisa hatte schon lange Feierabend und packte die letzten Geschenke ein, als es plötzlich an der Eingangstür klingelte. Zu ihrem Erstaunen stand ein ziemlich verlegener

Tommy auf der Matte, der ein kleines Päckchen in der Hand hielt.
„Hallo, das ist aber eine Überraschung. Komm doch rein. Waren wir nicht für den Abend verabredet?"
„Ich weiß, aber ich muss die Verabredung für den Abend leider absagen. Bitte sei nicht sauer. Ich kann beim besten Willen nicht anders."
Elisa war zutiefst enttäuscht, ließ sich aber nichts anmerken. Sie zuckte betont lässig mit den Schultern. „Wenn es nicht anders geht. Dann gebe ich dir aber deine Weihnachtsgeschenke statt heute Abend jetzt schon. Leider sehen wir uns über die Feiertage ja nicht."
„Bitte, ich habe sowieso schon ein schlechtes Gewissen. Ich verspreche dir, dass im nächsten Jahr alles anders wird. Großes Indianerehrenwort", mit diesen Worten gab er ihr das kleine Päckchen. „Möchtest du es erst zu Weihnachten auspacken oder sofort?"
„Was glaubst du? Natürlich öffne ich das Päckchen jetzt, wo du dabei bist." Vorsichtig packte Elisa eine kleine goldene Schachtel aus, die sie noch vorsichtiger öffnete. Drinnen befand sich ein Paar wunderschöner Ohrringe. Elisa war sprachlos und fiel Tommy um den Hals.
„Ich hoffe, sie gefallen dir?", lächelte er sie an.
„Sie sind wunderschön, danke. Jetzt musst du deine Geschenke aber auch auspacken."
Tommy blieb den ganzen Nachmittag bei ihr. Elisa war glücklich, sie genoss das Zusammensein mit ihm. An später wollte sie jetzt nicht denken. Aber auch die schönsten Momente gehen vorbei, irgendwann schaute er auf seine Uhr. „Es tut mir unendlich leid! Ich muss jetzt wirklich los. Bitte

glaub mir, ich würde viel lieber hier bei dir bleiben."

‚Warum tust du es dann nicht', hätte Elisa am liebsten zu ihm gesagt, verkniff sich die Bemerkung aber im letzten Moment. Als sie Tommy zur Tür brachte begegnete ihnen Felix. „Hi, ich bin der ungeratene Sohn, Felix mein Name", stellte er sich vor.

„Hi, ich bin Thomas, für meine Freunde und für dich Tommy. Ich glaube wir werden uns in Zukunft öfter sehen."

Felix grinste. „Soll das eine Drohung sein?"

Tommy wandte sich Elisa zu. „Nein, das ist ein Versprechen", sagte er leise.

***

Von: Elisa
An: Tommy
Betreff: fast glücklich

Hallo mein Tommy,
es ist schon spät, aber ich kann wieder einmal nicht schlafen. Also setze ich mich an meinen zweitbesten Freund, den Computer und schreibe Dir. Vielleicht bekomme ich sogar noch eine Antwort, das wäre toll.

Wir haben uns jetzt seit vier Tagen nicht gesehen und ich sehne mich so sehr nach Dir, gerade an einem Tag wie heute. Trotzdem hatte ich einen schönen Heiligen Abend. Die Jungen und ich haben den Nachmittag und Abend bei meinen Eltern verbracht. Erstaunlicherweise hat mein Bruder sich entschuldigt: Er wolle am heutigen Abend mit jemand ganz besonderem zusammen sein, hat er gesagt. Mit wem genau, das hat er der Familie

verschwiegen, was uns natürlich alle neugierig macht. Jedenfalls den weiblichen Teil des Clans. Ich habe den Verdacht, dass sich zwischen meiner besten Freundin und ihm etwas anbahnt. Morgen besuche ich Anne und werde ihr mal vorsichtig auf den Zahn fühlen. Es würde mich freuen, wenn es so wäre. Die beiden passen richtig gut zu einander. Aber wie das manchmal so ist im Leben, haben sie immer den richtigen Zeitpunkt verpasst. Einmal war er gebunden, dann wieder sie und so fort. Uns wird das nicht passieren, nicht wahr!
An Silvester wirst Du beide kennenlernen. Du brauchst keine Bedenken haben, mein Bruder und auch meine Freundinnen sind völlig unkomplizierte Personen. Du wirst sie mögen.
Jedenfalls war der Feiertag sehr harmonisch, nur hat etwas Entscheidendes gefehlt, Deine Anwesenheit. Mit Dir wäre der Tag perfekt gewesen. Aber ich weiß ja, dass wir irgendwann das Weihnachtsfest miteinander verbringen werden! Vielleicht schon das nächste!?
Bis bald
Elisa

von: Tommy
an: Elisa
Betreff: leider

Hi Elisa,
ich freue mich, dass du einen schönen Heiligen Abend verbracht hast. Meiner war nicht so besonders. Mit bissigen Bemerkungen meiner Frau und auch von mir. Jedenfalls nicht so, wie ich mir den Abend gewünscht hätte. Viel lieber hätte ich dich

im Arm gehabt und mit einem guten Glas Wein mit deinen Lieben angestoßen. So wäre es ein schöner Abend geworden. Doch ich muss noch einiges regeln. Ich weiß, dass ich deine Geduld strapaziere, aber es geht nicht anders. Es tut mir leid, dass ich so negativ klinge, aber es ist schwer für mich, alles hinter mir zu lassen. Ich werde versuchen am 2. Weihnachtstag zu dir zu kommen. Doch bitte sei nicht sauer, wenn das nicht klappt. Ich küsse dich!
Tommy
PS: Ich kann Deinen Bruder gut verstehen, dass er erst einmal den Ball flach hält. Nach den Erfahrungen, die er gemacht hat. Sei nicht so neugierig, er wird Dir schon erzählen, mit wem er zusammen war... ;-)

Auch am ersten Weihnachtstag besuchten Elisa und ihre Söhne die Großeltern. Dieses Mal trafen sie einen gutgelaunten Peter an, der entspannt auf dem elterlichen Sofa herumlümmelte. „Da schau an", entfuhr es Elisa. „Du siehst ja tiefenentspannt aus, mein Lieber. Hattest du gestern einen schönen Abend? Ist es immer noch ein Geheimnis, wo du gewesen bist?"
Ihr Bruder grinste sie gutmütig an. „Das möchtest Du gern wissen, was? Sei nicht so neugierig, Schwesterchen."
„Wirklich, wenn du eine Frau kennengelernt hast, dann hättest du sie heute mitbringen sollen", mischte sich Ilse ein. „Kuchen ist genug da. Schließlich möchte man wissen, mit wem sich die Kinder abgeben." Kalle, dem sie gerade Kaffee einschenkte, legte ihr den Arm um die Hüfte. „Das Kind ist 46 Jahre alt, Liebes. Es wird schon wissen

was es macht". Er blinzelte seinem Sohn zu. „Seid ihr mal nicht so neugierig, ihr Weiber. Das ist wieder einmal typisch für euch." Ilse stemmte die Hände in die Hüften. „Was heißt hier ihr Weiber und typisch für uns? Kalle Jollenbeck, ich bitte mir etwas mehr Respekt aus." Doch sie sah nicht so aus, als würde sie ihrem Mann seine Worte übel nehmen. Elisa winkte ab. „Ich werde es sowieso herauskriegen, wer deine neue Flamme ist, Peter. Ich habe auch schon eine Vermutung und wenn sie richtig ist, dann würde ich mich sehr freuen."
„Dann freu dich ruhig", lächelte ihr Bruder.
Nach dem Kaffeetrinken verabschiedeten sich Felix und Matts. Sie besuchten eine dubiose Weihnachtsparty. Man zahlte 10 Euro Eintritt und konnte trinken was man wollte und so viel man vertrug. Elisa ermahnte die Partylöwen, wandte sich dabei vor allem an den jüngeren Sohn: „Bitte, meine Herren, nicht, dass ihr mir auf allen Vieren nach Hause kommt. Dann wäre es die erste und letzte Party dieser Art, die ihr besucht. Haben wir uns verstanden."
„Ist ja schon gut, Mama, wir wissen was wir tuen. Schließlich sind wir keine Kinder mehr." Diese Bemerkung kam natürlich von Matts.
„Ist klar, ihr knutscht auch nicht mit älteren Mädels herum. Trotzdem nehmt euch ein bisschen zusammen, ja."
„Versprochen, mach dir keine Gedanken", sagte Felix und wandte sich zur Tür, während Matts verlegen die Schultern zuckte und hinter seinem älteren Bruder her trabte.
„Was heißt das jetzt wieder? Die Kinder knutschen mit älteren Mädchen?", erkundigte sich Ilse.

Ihre Tochter grinste in die Runde. „Na ja, der Bengel hat neulich so nach Zigarettenrauch gerochen ..."

Auch Elisa verabschiedete sich bald. Sie hatte Annerose eine Kleinigkeit gekauft und wollte sie damit überraschen. Natürlich wollte sie sich bei der Gelegenheit vorsichtig erkundigen, ob Peter den Heiligen Abend bei Anne verbracht hatte und war nicht wenig erstaunt, als Henry die Wohnungstür öffnete. „Frohe Weihnachten, meine Liebe. Anne ist im Wohnzimmer."

Dort fand Elisa eine total entspannte und barfüßige Annerose vor. „Wenn Henry etwas wirklich kann, dann sind es Fußmassagen!"

Elisa wandte sich dem Hobbymasseur zu. „Mensch Henry, das sind ja ungeahnte Qualitäten! Kannst du sonst noch etwas so gut?"

Er grinste sie an. „Alles, was gewünscht wird. Jedenfalls von einer schönen Frau. Aber jetzt lasse ich euch Mädel alleine." Er schaute Elisa hoffnungsvoll an. „Hast du heute gar kein Kuchenpaket von deiner Mutter mitgebracht?"

„Gut, dass du mich daran erinnerst, den Kuchen habe ich glatt im Auto vergessen, einen Moment mal." Elisa spurtete zu ihrem Wagen und war wenig später mit einem Riesenpaket wieder da. „Ich hoffe das ist genug." Henry begutachtete den Kuchen. „Deine Mutter würde ich glatt heiraten!" Elisa lachte laut auf. „Ja, das gebe ich ihr gerne weiter und wenn du auch noch tapezieren kannst, dann wird sie dein Angebot in Erwägung ziehen. Aber verheiratet ist sie schon, doch das hält dich sicher nicht ab."

Henry räumte das Feld, allerdings nicht ohne den Kuchen mitzunehmen. Elisa sah ihm nach. „Empfindlich ist er nicht gerade, was. Hat er dir wirklich nur die Füße massiert?"

„Er ist ein Nachbar und ein guter Freund, mehr nicht. Wie oft soll ich dir das noch sagen."

„Dann bin ich beruhigt." Elisa überreichte ihrer besten Freundin ein Päckchen. „Ich hab' da was für dich."

„So ein Zufall, ich habe auch etwas für dich", mit diesen Worten deutete Annerose auf ein fast identisches Päckchen, das auf dem Tisch lag. „Ich dachte mir schon, dass du vorbei kommst."

Elisa nahm das Geschenk in die Hand. „Wir öffnen auf drei, ja! Eins-zwei-und-drei."

Die Freundinnen öffneten ihre Päckchen gleichzeitig, schauten sich verblüfft an und brachen in Gelächter aus, denn beiden hielten den gleichen Seidenschal in der Hand.

„Lass mich raten: Hermes", sagte Elisa. „Der Schal hat dir sofort gefallen und du wolltest ihn eigentlich für dich kaufen. Dann hast du gedacht: Das wäre doch etwas für meine Freundin. Komm her, lass dich drücken." Sie nahm die Freundin in den Arm. „Willst du mich heiraten? Wir pfeifen einfach auf alle Männer."

Annerose kicherte. „Das wäre die Ideallösung, allerdings fehlt dir ein entscheidendes Attribut, meine Liebe. Darauf möchte ich nicht verzichten, nicht einmal wegen dir."

Das war ihr Stichwort, Elisa machte es sich in ihrem Sessel bequem. „Wo wir gerade davon sprechen. Stell dir nur vor: Mein Bruder war zum ersten Mal seit er geschieden ist am Heiligen Abend nicht bei meinen Eltern. Er hat vorhin ganz schön herumgedruckst, weil ich ihn gefragt habe, wo er gewesen ist. Aber ich kann es mir denken. Was

meinst du? Liege ich richtig mit meiner Vermutung?
Annerose machte runde Augen und spielte die Unschuldige. „Was vermutest du denn? Mit wem könnte er sich getroffen haben? Das muss eine ganz besondere Verabredung gewesen sein, wenn er nichts verraten hat."
„Hör schon auf, Perle. Die Unschuld vom Lande nimmt dir sowieso niemand ab. Läuft da was zwischen meinem Bruder und dir oder nicht? Und keine Ausreden bitte."
„Ja und nein", Annerose machte ein nachdenkliches Gesicht. „Du kennst doch den Song ‚Tausendmal berührt', nicht wahr. Ob das jetzt platt klingt oder nicht, genau so geht es mir mit deinem Bruder. Wir kennen uns schon so lange und haben uns immer ganz prima verstanden. Das daraus einmal mehr werden würde, das habe ich mir nicht träumen lassen." Hier zögerte Anne.
„Was heißt das, ja und nein? Du weißt schon, dass mein Bruder immer ein bisschen in dich verknall war. Ich habe mir oft gedacht, dass ihr ein super Pärchen wärt. Also sag, seid ihr nun zusammen oder nicht." Elisa war fest entschlossen, sich nicht abwimmeln zu lassen und bohrte weiter nach.
„Wenn du es genau wissen willst: Dein Bruder war gestern tatsächlich bei mir. Er ist in der letzten Zeit, genauer gesagt, seit wir das letzte Mal in der ‚Alten Liebe' waren, häufiger hier. Es ist toll mit ihm zu quatschen, aber wir verstehen uns oft auch ohne Worte. Und bevor du weiter dumme Fragen stellst: Er hat auch schon hier übernachtet. Es liegt an mir, dass er ein Geheimnis daraus macht. Ich möchte unsere Beziehung, denn darauf läuft es hinaus, nicht an die große Glocke hängen. Jeden-

falls nicht, bevor ich mir wirklich sicher bin. Das bin ich inzwischen, glaube ich wenigstens", wieder stockte Anne, fuhr aber fort, ehe Elisa etwas sagen konnte. „Es ist alles ziemlich verwirrend für mich. Erst das Theater mit Henry, dann die Internetsuche, in die du mich mehr oder weniger hineingequatscht hast. Dann Paul und plötzlich ist da jemand, den ich schon unendlich lange kenne. Ausgerechnet in diesen Typen verliebe ich mich!" Elisa fiel der Freundin um den Hals. „Das freut mich so. Endlich verliebst du dich in den Richtigen." Anne erwiderte lachend die Umarmung. „Hey, jetzt ist es aber mal gut. Erst willst du mich heiraten, dann knutscht du mit mir herum. Aber wenigstens bleibt es in der Familie. Bestimmt kommt er nachher noch vorbei, dann sage ich ihm, dass du mich gefoltert hast, damit ich die Wahrheit sage. Aber erzähl doch mal, wie läuft es mit deinem Tommy? Hat er sich überhaupt nicht blicken lassen?"

„Schon, er hat ein paar Tage vor Weihnachten einfach vor meiner Tür gestanden. Mit einem Weihnachtsgeschenk. Das war toll, weil ich gar nicht damit gerechnet hatte, aber viel lieber hätte ich ihn zu Weihnachten gesehen. Vielleicht hat er morgen Zeit für mich, das wusste er nicht so genau. Es ist alles schwierig. Zu unserer Silvesterfeier kommt er zwar, schwindelt seiner Frau aber irgendetwas vor und kann auch nicht die ganze Nacht bleiben. Ich komme mir so etwas von abgeschoben vor, das glaubst du nicht." Unwillkürlich traten Elisa die Tränen in die Augen.

„Vielleicht ist er genau so unsicher wie du, was eure Beziehung angeht. Du musst unbedingt mit ihm darüber reden. Sieh es als gutes Zeichen an, dass er Silvester mit uns feiert", tröstete Anne sie.

Den zweiten Weihnachtstag wollte Elisa ganz relaxed verbringen. Sie hatte immer noch gehofft, dass Tommy sich melden würde, aber seit dem Mailwechsel vom Heiligen Abend herrschte Funkstille. Sie wollte ihn nicht drängen und hielt sich deswegen zurück. So rechnete sie nicht damit, dass er heute Zeit für sie finden würde. Sie beschloss nach dem Mittag ein ausgedehntes Bad zu nehmen. Anschließend wollte sie es sich mit einem Buch bequem machen. Felix und Matts hatten sich in ihren Zimmern eingeigelt, die Party vom Vortag schien anstrengend gewesen zu sein, obwohl beide in einem akzeptablen Zustand nach Hause gekommen waren.
Elisa hatte sich gerade in das Buch vertieft, als das Telefon klingelte. Tommy war am Apparat und fragte, ob er sie kurzfristig sehen könne, er habe gerade Zeit. Elisa überlegte einen Moment. Eigentlich hatte sie nichts vor und wäre glücklich ihn zu treffen. Andererseits ärgerte es sie maßlos, dass er sich offensichtlich für eine Stunde von seiner Familie wegstehlen wollte und der Meinung war, dass sie jederzeit für ihn verfügbar wäre. So fertigte sie ihn nicht gerade freundlich ab und versuchte weiter zu lesen. Nach einer Weile gab sie seufzend auf und schaltete den Fernseher ein. Sie zappte von einem Programm zum anderen, konnte sich aber nicht konzentrieren. Schließlich beschloss sie, einen langen Spaziergang zu machen. Jetzt bereute sie es, sich nicht mit Tommy getroffen zu haben. Sie nahm sich vor, ihn gleich nach dem Spaziergang anzurufen. Vielleicht würde er jetzt auch

noch für sie Zeit haben. Wieder zu Hause angekommen hängte sie sich gleich ans Telefon, aber zu ihrer Enttäuschung hatte er das Handy abgestellt. Heute schien nicht ihr Glückstag zu sein und so griff Elisa wieder zu ihrem Buch. „Bestimmt ruft er mich morgen an und wir können uns treffen", mit diesen Gedanken tröstete sie sich.

***

Elisa mochte den letzten Tag des Jahres. Sie freute sich immer aufs Neue auf den Jahreswechsel und hoffte jedes Mal, dass das neue Jahr ihr nur schöne Momente bescheren würde.
Heute gab Annerose eine Silvesterparty. Darauf freute sich Elisa sehr, weil Tommy ihr versprochen hatte mitzukommen, um endlich ihre Freundinnen kennen zu lernen. Allerdings hatte er von vornherein klar gestellt, dass er nicht bei Elisa übernachten wollte. Insgeheim hoffte sie allerdings, er würde sich das noch einmal überlegen, wenn sie ihn darum bat.
Tommy holte sie von zu Hause ab. Die Jungen waren bereits auf dem Weg zu ihrer eigenen Silvesterparty. „Hallo", grüßte Matts ihn. „Gut, dass wir uns noch sehen. Hier ist die versprochene CD. ‚Striking Matches' ist der Titel."
Die Brüder hatten vor einiger Zeit eine Band gegründet, die sie ‚Daily Reason' nannten und tatsächlich ein Album aufgenommen, das sie jetzt in Eigenregie verkauften. Tommy zeigte sich sehr interessiert an ihrer Musik, was ihm einige Pluspunkte einbrachte. Er verstand sich gut mit den beiden, wohingegen er es peinlichst vermied, Elisa mit seinem Sohn zusammentreffen zu lassen.

Auf dem Weg zu Anneroses Party warnte er Elisa vor. „Ich bin etwas schüchtern, wenn ich in eine Gesellschaft gerate, in der ich niemanden kenne. Sei also nicht sauer, wenn ich nicht so viel sage. Das ist keine böse Absicht."
„Du kennst doch mich und überhaupt sind dort nur nette Leute", beruhigte ihn Elisa. „Ich freue mich total darüber, dass du endlich einmal meinen Bruder kennenlernst. Du wirst dich gut mit ihm verstehen."

„Kommt doch herein und hängt euch auf", begrüßte Annerose die Neuankömmlinge. „Du bist also Thomas, herzlich willkommen, fühl dich wie zu Hause."
„Das fehlte gerade noch", murmelte der Angesprochene. „Ich will mich doch wohlfühlen." Er legte einen Arm um Elisa, die amüsiert grinste. Anne hakte sich bei ihm unter. „Den Witz kannst du ruhig laut erzählen. Los, ich stelle dir die anderen Gäste vor, damit du weißt, worauf du dich eingelassen hast."
Wie Elisa vermutet hatte, verstanden sich Peter und Tommy auf Anhieb. Bald war von Tommys Schüchternheit nichts mehr zu merken. Er schien sich richtig wohl zu fühlen, witzelte mit ihrem Bruder herum.

„Ich habe dir doch gesagt, dass es eine tolle Fete wird und dass die Leute hier total in Ordnung sind", flüsterte sie ihm ins Ohr. Er nickte. „Du hast völlig Recht. Ihr seid eine nette Truppe."
Die Gastgeberin gesellte sich einen Moment zu ihnen. „Ich habe Lara auch eingeladen, aber sie ist heute verhindert. Sie besucht mit Harald eine Sil-

vestergala. Wie es scheint, ist die Gute im Moment etwas abgehoben."
„Dann wollen wir hoffen, dass der Absturz und die anschließende Bruchlandung nicht zu hart für sie werden."
Peter zog Anne an sich. „Hört schon auf zu lästern. Vielleicht ist dieser Harald genau der Richtige für sie. Ich jedenfalls habe die Frau fürs Leben gefunden und es hat mich verdammt viel Überzeugungskraft und Zeit gekostet bis sie endlich bemerkt hat, wer gut für sie ist."
„Tja, mein Lieber, die Anstrengung hat sich doch wohl gelohnt", entgegnete Annerose.
Elisa schaute sich suchend um. „Sag mal, Anne, ist Henry eigentlich heute nicht hier", fragte sie die Freundin leise.
„Nein, er hatte schon etwas anderes vor, allerdings habe ich mir auch keine Mühe gegeben, um ihn zu überreden, dass er an dieser Fete teilnimmt. Ich glaube, er hat schon wieder eine neue Flamme. Ich habe letztens zufällig durch den Spion geguckt und gesehen, dass er mit einer deutlich älteren Frau durch das Treppenhaus geschlichen ist. Er ändert sich niemals. Ich kann gar nicht verstehen, dass ich einmal auf ihn abgefahren bin."
Elisa schaute sie prüfend an. „Keine Fußmassagen mehr?"
„Doch, aber ausschließlich von mir", sagte Peter in entschiedenem Tonfall.
Bald schlug die Uhr Mitternacht. Tommy nahm Elisa zärtlich in die Arme. „Auf uns. Das nächste Jahr wird anders, das verspreche ich dir. Gib mir nur noch etwas Zeit."
Elisa wollte ihm nur zu gerne glauben und stieß mit ihm an. „Auf uns."

Kurz nach Mitternacht drängte Tommy zum Aufbruch. Zu Elisas Enttäuschung ließ er sich nicht umstimmen, er wollte zurück in die eheliche Wohnung fahren. Sie konnte ihn nicht verstehen. Erst versprach er ihr, dass sich alles ändern würde und wenig später fuhr er wieder zurück zu seiner Ehefrau. Ihr war zum Heulen zumute.
Später, als sie sich schlaflos im Bett hin- und her wälzte, beschloss sie, sich nie wieder so abspeisen zu lassen. „Entweder er steht zu mir, oder nicht", dachte sie, als sie gegen Morgen einschlief.

Januar

Die Konfrontation kam früher, als Elisa es erwarte hatte. Sie und Tommy waren im Kino gewesen. Eigentlich hatten sie verabredet den Abend bei Elisa ausklingen zu lassen, doch nun entschloss sich Tommy einmal mehr nach Hause zu fahren. „Ich habe ein ungutes Gefühl, was meine Mutter anbetrifft", versuchte er zu erklären. „Sie ist in der letzten Zeit ziemlich verwirrt. Ihr Arzt hat eine beginnende Demenz festgestellt und ist wie ich der Meinung, dass sie bald nicht mehr allein leben kann. Es wird mir nichts anderes übrig bleiben, als nach einem Platz in einem Seniorenheim zu schauen, wobei meine Mutter durchaus damit einverstanden ist. Jetzt kann sie sich noch aussuchen, wohin sie gehen möchte. Allerdings war sie heute sehr verwirrt, da ist es besser, wenn ich auf dem Heimweg noch einmal bei ihr vorbeischaue. Bitte, mach nicht so ein Gesicht, es tut mir wirklich leid. Ich habe mir den Abend auch anders vorgestellt", fügte er nach einem Seitenblick hinzu.
In Elisa rumorte es. Einerseits konnte sie ihn verstehen und mochte es, dass er so verantwortungsvoll war. Andererseits war sie enttäuscht und frustriert, weil sie gehofft hatte, dass er die Nacht bei ihr verbringen würde. „Weißt du, Tommy", brach es aus mir heraus, „auf jeden gottverdammten Menschen auf dieser Erde nimmst du Rücksicht, bloß nicht auf mich. Ich habe die Nase voll davon."

Er lenkt das Auto an den Straßenrand, schaute sie einen Augenblick lang schweigend an. „Wie kannst du das sagen. Ich komme mir im Moment vor wie auf einem Drahtseil. Ja, sicher, ich versuche es jedem Recht zu machen und dir ganz besonders, denn ich habe Angst, dass du mich verlässt, weil dir alles zu kompliziert wird. Weil ich es immer noch nicht fertig gebracht habe auszuziehen. Nachts liege ich in dem verflixten breiten Ehebett und wälze mich hin und her weil ich nicht schlafen kann. Ich suche verzweifelt nach einer Lösung mit der alle leben können."

Elisa sah nicht, wie niedergeschlagen er war, hörte nicht, wie verzweifelt er klang. Einzig, dass er im Ehebett übernachtete nahm sie zur Kenntnis. Ihre Gedanken überschlugen sich. Tommy hatte ihr mehrfach versichert, dass er nicht mehr mit seiner Frau zusammen schlief. So war sie davon ausgegangen, dass er im Gästezimmer übernachten würde. „Und deine Frau schläft also im Gästezimmer?", fragte sie mühsam beherrscht.

Tommy stutze einen Moment. „Was soll das denn", rief er aufgebracht. „Ich versuche dir meine Lage zu erklären und du machst dir Sorgen darüber, wo die Dame schläft. Wir haben kein Gästezimmer. Sie schläft auf der Wohnzimmercouch und das schon seit Jahren."

„Und in der Nacht, wenn es ihr unbequem wird, dann krabbelt sie zu dir in das breite Ehebett, was?" Im Innersten wusste Elisa genau, wie unfair diese Bemerkung war, doch das war ihr in diesem Augenblick egal. Sie ließ dem Frust der letzten Wochen freien Lauf. „Ständig speist du mich ab, erzählst mir was von kranken Müttern und sensiblen Kindern. Von Problemen wo gar keine sind. Was ist das alles für ein Scheiß! Ich kann es nicht mehr hören. Wahrscheinlich schreibst du mir auch noch SMS, während du und deine Tussi nebeneinander im Bett liegen. Dann habt ihr wenigstens was zu lachen."

„Ich kann mir vorstellen, dass das alles ein bisschen komisch für dich klingt", bemühte sich Tommy um Sachlichkeit. „Aber du musst mir glauben, da ist schon lange nichts mehr zwischen ihr und mir. Was denkst du denn von mir. Wir schlafen seit Jahren nicht einmal neben-, geschweige denn miteinander."

Elisa wollte ihm nicht mehr zuhören. Die Tränen rollten ihr über das Gesicht.

„Hey", sanft berührte Tommy ihren Arm, doch sie schüttelte seine Hand ab. „Ich will sofort nach Hause", schluchzte ich. „Und ich will nichts mehr über Bettgeschichten hören und deine blöde Frau. Und auch nichts über deine Mutter und überhaupt." Tommy versuchte sie zu umarmen, was ihm nicht

gelang, denn sie schob ihn unsanft weg. „Lass das, sonst verschmiere ich dir die Klamotten noch mit Schminke. Wie willst du das erklären?", schluchzte sie. Hilflos zuckte Tommy mit den Schultern und fuhr los.
Zu Hause angekommen hatte sich Elisa einigermaßen beruhigt. Trotzdem stieg sie schweigend aus, schlug die Autotür zu und stolzierte ins Haus, ohne sich noch einmal umgesehen zu haben. Schon in der Haustür hörte sie, wie Tommy Gas gab und mit quietschenden Reifen abfuhr.

Niedergeschlagen machte sie sich bettfertig, wobei sie darauf achtete, den Jungen aus dem Weg zu gehen, die sie prüfend musterten, sich aber jeder Bemerkung enthielten. Doch obwohl sie sich niedergeschlagen und müde fühlte, kannte Elisa nicht einschlafen. Schließlich setzte sie sich an den Computer und schrieb Tommy eine E-Mail. Sie schrieb sich den ganzen Frust von der Seele, schrieb davon, wie unsicher sie war. Wie schwierig es für sie wäre, ihm zu vertrauen, wenn er sie nicht an seinem Leben teilnehmen ließe. Das sie zutiefst enttäuscht war, weil sie nicht geahnt hatte, dass er immer noch, wie sie vermutete, mit seiner Ehefrau im selben Zimmer schlief. Das sie nicht mehr glaubte, dass er sich wirklich aus dieser Ehe lösen würde. Dass sie sich ganz und gar auf ihn eingelassen hatte und sich benutzt vorkam. Einen Moment

zögerte sie. Sollte sie die E-Mail wirklich so abschicken?
„Was soll´s!"
Kurzentschlossen klickte sie auf den ‚Senden'-Button. Wenn Tommy sich nicht mehr melden würde, dann wusste sie wenigstens, wo sie mit ihm dran war. Alles war besser als dieses ständige Wechselbad der Gefühle. An Schlaf war nicht mehr zu denken. So nahm Elisa sich ein Buch und versuchte sich auf den Inhalt zu konzentrieren.

Sie war wohl eingeschlafen und träumte, dass Tommy sie im Arm hielt. Sie fühlte sich unendlich wohl bei ihm, versuchte noch näher zu rücken. Jetzt streichelte und küsste er sie zärtlich. Elisa öffnete die Augen. Moment! Sie hatte die Augen aufgeschlagen, er war immer noch da. Sie schloss die Augen, öffnete sie wieder - er war nicht verschwunden. Sie kniff sich in den Arm. „Aua", das tat weh, sie war offensichtlich wach. „Tommy", murmelte sie völlig überwältigt.
„Pscht, Hexchen, nicht reden." Er nahm sie noch fester in die Arme und Elisa vergaß, was sie sagen wollte.

Sie drehte sich vorsichtig um. Es war früher Morgen. Tommy lag tatsächlich neben ihr. Sie wagte es nicht sich zu bewegen, nachher handelte es sich in diesem Fall um eine Fata Morgana, die beim leisesten Hauch verschwand. Allerdings war diese Luftspiegelung sehr lebendig, denn sie/er griff, ohne die Augen zu öffnen nach ihr und überzeugte sie ganz schnell vom Gegenteil.

Später, beim Frühstück fragte Elisa: „Wie bist du überhaupt hier rein gekommen?"

„Das war kein Problem, Ich hatte schon so eine Ahnung. Zu Hause habe ich gleich den Computer angestellt und deine Nachricht gelesen. Anschließend bin ich sofort hier her gefahren. Von Unterwegs rief ich Felix auf dem Handy an. Er erklärte sich sofort bereit, mich in die Wohnung zu lassen. Wir Männer müssen schließlich zusammen halten." Er sah sie ernst an. „Deine Mail hat mich erschreckt. Ich dachte du vertraust mir."

Mit einem Mal kam sich Elisa ziemlich kindisch vor. „Das tue ich doch", murmelte sie schließlich verlegen.

„Das musst du unbedingt, denn ich liebe dich und möchte nicht mehr ohne dich sein. Aber du musst mir noch ein wenig Zeit geben. Du weißt doch aus Erfahrung, dass es nicht so leicht ist, sich aus einer Ehe zu lösen, die über 20 Jahre gedauert hat, egal wie schlecht sie ist. Das wäre nicht einmal so schwierig, denn meine Frau und ich haben uns schon lange nichts mehr zu sagen. Sie schläft seit ein paar Jahren auf der Wohnzimmercouch, das musst du mir glauben. Aber da ist noch meine Mutter, die mich im Moment braucht. Hinzu kommt, dass mein Sohn gerade dabei ist auszuziehen. Er nimmt sich mit seiner Freundin zusammen eine eigene Wohnung. Seine Mutter ist dagegen, sie macht es ihm schwer genug. Ich möchte ihm beim Umzug helfen, ihm zur Seite stehen, soweit ich kann." Er nahm ihre Hände. „ In ein paar Wochen sieht schon alles anders aus! Versprochen!"

Februar

„Ich muss unbedingt mit dir sprechen, es ist wirklich wichtig. Wenn es dir Recht ist, dann hole ich dich nach Feierabend ab. Wir können Essen gehen und miteinander reden."
Tommy hatte Elisa auf der Arbeit angerufen und um ein Treffen gebeten. Er hatte es entschieden abgelehnt, mit ihr am Telefon über die so dringliche Angelegenheit zu reden. Als er sie abholte, erschien er ihr seltsam angespannt, umarmte sie kurz und zerstreut.
Jetzt saßen sich die beiden in ihrer Lieblingspizzeria gegenüber. Tommy zerbröselte ein kleines Brötchen zwischen seinen Fingern, schien nicht zu wissen, wie er einen Anfang finden konnte. Elisa nahm seine Hände. „Was ist so wichtig, dass du sofort darüber reden musst?"
Tommy sah sie aufmerksam an. „Ich habe ein Problem, bei dem du mir helfen musst. Es ist wichtig, dass du mir deine ehrliche Meinung sagst, ohne Rücksicht auf mich zu nehmen. Versprich mir das, bitte", er verstummte, schien Angst davor zu haben weiter zu reden.
„Wenn du mir nicht sagst, was dein Problem ist, so kann ich dir nicht helfen. Aber was immer es ist, wir kriegen das zusammen hin, das verspreche ich dir. Hängt es mit deiner Frau zusammen oder mit deinem Sohn?"
Tommy schüttelte energisch den Kopf. „Nein, ausnahmsweise nicht. Ich habe dir nach unserem großen Crash versprochen, dass ich in ein paar Wochen alles in Ordnung bringe und das habe ich auch getan, aber das weißt du ja. Mein Sohn ist in seiner neuen Wohnung und mit seiner Freundin

glücklich. Ich denke, dass wir sie in der nächsten Zeit einmal besuchen werden, wenn dir das Recht ist. Für meine Mutter bahnt sich eine akzeptable Lösung an und mit meiner Noch-Frau habe ich gesprochen, die Trennung ist perfekt. Ich glaube sogar, dass sie schon seit einiger Zeit ein Verhältnis mit ihrem Chef hat. Jedenfalls ist sie plötzlich sehr vertraut mit ihm, auch offiziell. Ich Trottel habe mir viel zu viele Gedanken gemacht und kann von Glück reden, dass du immer hinter mir gestanden hast." Er lächelte Elisa an. „Aber jetzt ..."
„Sag schon, was ist jetzt? Bitte mach es doch nicht so spannend."
Tommy holte tief Luft. „Würdest Du gegebenen Falls mit mir nach München ziehen?"
Elisa starrte ihn mit offenem Mund an. „Wie ... was ... München ... warum", stammelte sie.
„Nun, ich habe mich bei einem Konzern beworben, der Autos herstellt. Das ist schon einige Zeit her, die Vorstellungsgespräche sind positiv verlaufen. Jetzt habe ist die Einladung zu einem letzten Gespräch bekommen. Es müssen noch Einzelheiten geklärt werden. Ich denke, dass ich den Job habe, wenn ich das will. Falls es also alles passt, wäre das eine große Chance für mich. Allerdings würde ich auf Dauer nicht ohne dich in München leben wollen. Wir haben uns gerade erst gefunden. Ich will und kann nicht mehr ohne dich sein. Also: Würdest du es überhaupt in Erwägung ziehen, mit mir in München zu leben? Falls du das nicht möchtest, dann sag mir das bitte ehrlich, denn dann kann ich das Gespräch absagen. Ich würde es akzeptieren, ehrlich."
Nachdenklich hatte Elisa ihm zugehört. Tausend Gedanken schwirrten ihr durch den Kopf. Sie hatte

mit allem möglichen gerechnet, aber nicht mit dieser Frage. Hilflos hob sie die Arme. „Ich würde jetzt gern einfach ja sagen. Das wäre mein Bauchgefühl. Grundsätzlich würde ich mit dir überall hin gehen. Aber es wäre leichtfertig, dir das jetzt zuzusagen. Ich muss darüber nachdenken und auch mit den Jungen sprechen. Das ist alles nicht so einfach. Bitte nimm den Termin für das Gespräch war. Dann schauen wir weiter."

… und wieder August

„Hallo und herzlich willkommen!" Strahlend öffnete Elisa die Haustür.
„Happy Birthday", Annerose drückte ihr ein Päckchen in die Hand. „Alles Gute von uns." Hinter ihr stand Peter mit einem Blumenstrauß bewaffnet. „Ja, und viel Glück im neuen Heim."
„Danke, es ist schön, dass ihr gekommen seid", sagte Elisa, während sie neugierig das Päckchen hin und her drehte.
„Hallo, da ist ja meine Lieblingsfreundin", Tommy war hinzugekommen. Er begrüßte Annerose mit einem Wangenkuss.
„Hey, Kumpel, das ist mein Mädchen und ich gebe sie nicht mehr her", erklärte Peter entschieden und nahm die über das ganze Gesicht strahlende Annerose in den Arm.
Nach einiger Überlegung hatte sich Elisa dazu entschieden, den Sprung ins kalte Wasser zu wagen und mit Tommy nach München zu gehen, denn das Vorstellungsgespräch war erwartungsgemäß positiv verlaufen. Trotz ihrer Bedenken und zahlloser schlafloser Nächte ging alles problemlos

über die Bühne. Sie fand erstaunlich schnell einen neuen Job. Felix zog es vor, die Schule nicht mehr zu wechseln, zumal er sich neu verliebt hatte. Er bezog das Gästezimmer im Haus der Großeltern. Matts zeigte sich begeistert. „Cool, in München gibt es bestimmt jede Menge tolle Frauen", stellte er fest, was ihm einen missbilligenden Blick seiner Großmutter einbrachte. „Das hast du von deinem Opa", stellte sie gnadenlos fest. „Der war in seiner Jugend ein ganz schöner Schubiak."
„Aber Ilsekind, verwirre den Jungen nicht", merkte Kalle milde lächelnd an. „Der weiß gar nicht, was du meinst und ich, ehrlich gesagt auch nicht. Letztendlich bist du immer meine große Liebe gewesen."
Zu Elisas Geburtstag waren die Eltern und Felix angereist und auch Annerose und Peter ließen es sich nicht nehmen, dem Geburtstagskind persönlich zu gratuliere.
„Wie geht es eigentlich Lara?", erkundigte sich Elisa bei ihrer Freundin.
„Ich habe sie letztens getroffen. Sie ist immer noch mit dem merkwürdigen Harald zusammen, aber sie scheint nicht besonders glücklich zu sein", antwortete Anne. „Sie hat zunächst beklagt, dass er zu viel arbeiten würde und keine Zeit für sie hätte. Aber dann meinte sie, so lange er ihre Wohnungsmiete zahlen würde, störe sich das nicht wirklich, weil sie dann genug Zeit für sich hätte. Wer weiß, vielleicht ist sie wieder mit Henry zusammen."
„Stopp", Elisa unterbrach sie. „Das will ich eigentlich gar nicht wissen. Lara wird niemals den Richtigen finden. Jedenfalls kann ich mir das nicht vorstellen."

„Ich denke, jetzt sollten wir auf das Geburtstagskind anstoßen!" Tommy hatte den Champagner geöffnet und reichte die gefüllten Gläser herum.
Annerose hob ihr Glas. „Ja dann, ein Toast auf das Geburtstagskind, auf alle unbraven Mädels dieser Welt und auf uns beide ganz speziell: Auf dass uns alles gelingen wird, was wir uns vornehmen..."
„... und dass letztendlich immer ein Happyend dabei herauskommt", fügte Elisa hinzu.

Ende

Halt, noch nicht ganz! Es bleibt noch etwas nachzutragen.

Viel später, als die Gäste in ihren Zimmern untergebracht waren, nahm Tommy seine Elisa fest in den Arm.
„Ich habe mir lange überlegt, ob ich dich das frage, denn ich weiß wie du zu der Sache stehst. Aber glaube mir, ich würde dich nie verletzen, würde dir nie wissentlich weh tun und dich immer respektieren. Ich liebe dich." Er ließ sie los und zauberte hinter dem Sofa eine rote Rose hervor. „Willst du mich heiraten?"
Elisa zögerte, tausend Gedanken schossen ihr durch den Kopf.
Plötzlich öffnete sich die Tür einen Spalt breit. Felix steckte seinen Kopf ins Zimmer und brummelte: „Du meine Güte, was gibt es da so lange zu überlegen. Sag schon ja, wir wollen endlich ins Bett. Tommy ist ein klasse Typ, wenn du ihn nicht heiratest, dann mache ich´s halt!!!"

So, jetzt ist endgültig

ENDE

*Hallo Du,
ich heiße Ann – Elisa.
Ich suche einen netten Typen zum
schmusen,
kuscheln,
lachen
und lieb haben.
Einen Mann,
mit dem ich Pferde stehlen,
albern sein
und ernste Gespräche führen kann.
Den ich
niederknutschen
und mit dem ich (vielleicht) heißen Sex haben kann.
Ich bin
meistens lieb,
aber manchmal zickig,
immer kompromissbereit,
aber sehr unabhängig.
Hier ist mein Steckbrief:
Ich bin 168 cm groß und wiege 60 kg,
habe rote Haare und grüne Augen.
Besondere Kennzeichen
musst du schon selbst herausfinden.
Interesse?
Ann-Elisa@t-inline.de*

„Elisa hat ihr Glück gefunden, das hat allerdings fast 40 Jahre gedauert, denn sie hat sich öfter im Lebenslabyrinth verirrt, ist zuweilen in einer Sackgasse gelandet, hat aber immer ein Stück Schnur abgewickelt gehabt, an dem sie sich zurücktasten konnte."

Diese Zeilen habe ich an den Schluss des ersten Romans der Ruhrpottsaga gesetzt. Sie haben sich bewahrheitet. Elisa ist auch nach über 10 Ehejahren mit ihrem Tommy noch immer glücklich. Doch sie hat gelernt, dass das Glück nicht einfach vorhanden ist, man muss es sich ein Stück weit erarbeiten. Sie hat Kompromisse geschlossen, hat zuweilen ihren Stolz heruntergeschluckt, sich wehrlos gemacht. Wohl wissend, dass jemand da ist, der sie auffängt, so wie auch sie ihn hält und vor dem Straucheln bewahrt. Denn Liebe funktioniert nur mit gegenseitigem Vertrauen, mit Achtung und Respekt vor einander.

Dafür und für noch so vieles mehr danke ich Dir.

Deine Angie

Angie Pfeiffer

Angie Pfeiffer, 1955 in Gelsenkirchen geboren, ist zum zweiten Mal verheiratet und lebt heute mit ihrem Mann im Münsterland.
Sie schreibt Unterhaltungsliteratur in Form von Romanen und Kurzgeschichten für Erwachsene sowie Kinderbücher.
Sie hat bisher 5 Romane, 1 Kinderbuch, 15 eBooks und zahlreiche Kurzgeschichten in Anthologien, Literaturzeitschriften und der Tagespresse veröffentlicht.

Home: angie-pfeiffer.com

__Ruhrpottadel__

ISBN 978-3-8370-2055-7

Tragisch und komisch, wunderbar und verrückt, so sind sie, die Jollenbecks.
Im Herzen des Kohlenpotts erleben wir ihre Liebes- und Leidensgeschichte.
 Karl, Schürzenjäger und Geschäftsmann in permanenten Geldnöten. Ilse, seine Frau, die zwar ständig über Herzprobleme klagt, aber eigentlich kerngesund ist. Opa Adolf, dessen Lebensziel es ist, möglichst immer den gleichen Alkoholpegel zu halten. Dazu die Kinder Peter Elisa, die unter nicht ganz einfachen Umständen aufwachsen.

www.Ruhrpottadel.de

Ruhrpottliebe

ISBN 978-3-8391-2885-5

Eigentlich wartet Elisa auf die ganz große Liebe, doch auf der Hochzeit ihrer besten Freundin läuft ihr der Ex wieder über den Weg. Alfred 'Freddy' Gimpel ist alles andere als ein Traumprinz, das hat Elisa schon vor einiger Zeit festgestellt. Trotzdem heiraten die beiden, doch was Elisa dann mit Freddys merkwürdiger Familie erlebt, spottet jeder Beschreibung und versetzt selbst die hart gesottenen Jollenbecks in Erstaunen.

Gelsenkirchen in den 70ern. Der zweite Teil der Ruhrpottsaga erzählt von Leben und Lieben zwischen Emscher und Rhein-Herne-Kanal.

Ruhrpottherzen

ISBN:9783735786494

Im dritten Teil der Ruhrpottsaga geht es turbulent zu. Elisa größter Wunsch erfüllt sich, sie bekommt das erste Kind. Sehr zu Alfreds Leidwesen. Nicht genug damit, verführt ihn Elisa, um ein zweites Kind zu bekommen.
Doch gerade dieser Sohn, Matts, bringt seinen Vater regelmäßig auf die Palme. Alfred kann sich häufig nicht beherrschen und schlägt das Kind. Als die Situation eskaliert, stellt Elisa Alfred ein Ultimatum.
Auch die Nachbarin Karin ist in ihrer Ehe nicht glücklich. Sie wirft ihren Mann kurzerhand hinaus. Bald lernt sie den Friedhofsgärtner Uwe kennen, doch der hat mehr Interesse an ihrer jüngsten Tochter, als an ihr.
Der dritte Teil der Ruhrpottsaga ist ein Roman
über
Macker und Tussis, Döppken und Blagen,
Hallas und Halligalli, Fissematenten, Sperenzkes,
und ein ganz schönes Schlamassel.